爱琴海
珊瑚町
Aegean sea

良人可安

轻轻 /著

我葬送一切谎言与罪恶

却唯独舍不得放弃你

故/事/背/景
GUSHI BEIJING

宁可安曾疯狂地追过警大校草言泽舟,可言泽舟从不曾为她驻足。

即使如此,她仍豪情万丈地说:"没关系,总有一天你会喜欢我的。"

后来,她在校园慈善拍卖会上,买下了言泽舟的一日约会权。

她满心欢喜地等待着约会的到来,却没想到等来了一场劫难,让她不得不选择离开。

五年后,她成为宁氏集团的继承人。而他成为名震海城的检察官。

时光匆匆,两人再见,各自恍然,可烙在心底的痕迹怎么也无法抹去……

人/物/语/录

RENWU YULU

宁可安

她不想错过任何他可能会爱上她的瞬间。

如果他是一座巍峨的山峰,她光登顶就花了五年。

——"以前,我一直想如果生活能多个你得有多美好。现在我才知道,这美好根本想象不到。"

言泽舟

他以为自己对她是不够喜欢的,可等她真的离开了,他的心却荒如空城,了无生气。

人一旦有了软肋,就不再无敌。

——"如果真的有一天,正义与你,只能择一,那我甘愿为你做个恶人,以恶制恶。"

目 录
Contents

第一章 /001　　　风住尘香

第二章 /024　　　夏有凉风

第三章 /047　　　梧桐雨上

第四章 /077　　　竹外桃花

第五章 /108　　　春风化雨

目　录
Contents

第六章 /136　　　　　　山月相知

第七章 /163　　　　　　世事几度

第八章 /195　　　　　　悲欢零星

第九章 /227　　　　　　星火盈盈

第十章 /257　　　　　　风起波生

第一章

FENGZHU
CHENXIANG

风 住 尘 香

1

四月初的海城凉得清寂,宁可安披着浅驼色的西装大衣,在众人的簇拥下走进酒店。酒店会议室的二楼,很多媒体记者在等着她。

这是宁氏董事会临时召开的记者招待会,目的是就昨天宁氏旗下一款躺椅椅脚忽然断裂造成一名孕妇流产的事情道歉。

"宁总,等下无论记者说什么,你千万要稳住!"助理于佳提醒她。

宁可安没应声,只是看了一眼表问:"徐宫尧还没来?"

"徐特助说大约十五分钟之后到。"于佳走到门口,按住门把,"记者还在等着呢,我们先进去吧。"

宁可安点头。两扇雕花大门打开,闻风而动的记者们都转过头来,霎时白光闪动晃得人睁不开眼睛。

这是宁可安主掌宁氏之后,第一次出现在公众的面前,轰动是意料之中的。一行人在工作人员的指引下,从绿色通道上台。于佳止步在台下,遥遥看着她,神色担忧。

"想必,这位就是新宁总吧。"宁可安还没坐稳,台下就有记者先声夺人。紧接着,各种质问跟着扑面而来。

宁可安只是沉默地坐着,通透的瞳仁随着明灭的光闪动。直到主持人出面示意记者安静，她才站起来。

"大家好，我是宁氏新上任的负责人宁可安。感谢各位今天能够过来为宁氏做个见证。首先，我代表宁氏对于昨天发生的意外流产事件表示深深的歉意，消费者之痛企业感同身受，我们已经第一时间赶往医院慰问伤者……"

宁可安一鼓作气地说完自己要说的话之后，放下话筒，九十度弯腰深深地鞠了一躬。可这时，"啪"的一声，她脑门上一阵疼痛，随即有黏腻的液体流下来，台下的安静瞬间转为哗然。

"你个伪善的三八，以为这样假惺惺道歉就好了吗？我孩子没了，没了！"

宁可安惊讶地看着眼前这个朝她丢鸡蛋的男人，现场骚动一片，记者的嗤笑像是冷厉的巴掌打在她的脸上。

徐宫尧不知何时到了，他拨开人群径直冲上台。于佳他们几个也围了过来。

"我带她走，你们留下来安抚记者。"

徐宫尧脱下西装罩在她的头上。宁可安眼前登时一片黑暗，她被徐宫尧护着往台下走。

耳边此起彼伏的"咔嚓"声像是一把利剑挑开她头上的衣服。宁氏总裁第一次在公众面前亮相就受了如此侮辱，这哪里是能遮住的难堪。

2

"浑蛋！"穿过了两道门后，宁可安大叫一声，将头上的外套掀飞出去。她不耐烦地抹了一下黏在额角的蛋清，"竟然算计我！"

没有人作声。

宁可安转头，这才看到外套砸中了徐宫尧身边的男人。她呼吸微停，淌在脸上的鸡蛋清像是凝住了。

是言泽舟。

"先生，不好意思。"徐宫尧捡起外套，开口道歉。

那个男人没回应。

"言检，人跑了！"门口忽然传来一声大喝。

宁可安还没有反应过来，言泽舟已经快速地跑了出去。这片刻的交锋，他连看都没看她一眼。

"我们走吧，记者马上会跟出来的。"徐宫尧还是一如既往的沉静。

宁可安瞥了他一眼，头也不回地往前走。

言泽舟穿过旋转门，跑到广场的中央，被他追赶的男子正胡乱地招揽出租车。眼见有出租车停下，言泽舟快步跑过绿化带，纵身一跃，利落地翻过了栏杆。

那男子坐上出租车正要关门，言泽舟左脚一钩，钩住了车门，男子慌乱地伸手拉门，却被他得了空当，一把拉出来按在地上。整个过程干净利落得就像是一出警匪片，宁可安收回了目光。

"宁总，去哪儿？"徐宫尧问她。

车厢里开着暖气，宁可安的手心却沁出了细汗。她忍不住又往后视镜里看了一眼，言泽舟还站在原地。他把逃跑的男人交给随行的青年之后，若有似无地回身，清阔的目光好像往她这边探来。

五年未见，他还记得她吗？宁可安的眼眶涩了。

"宁总，去哪儿？"徐宫尧又问了一遍。

她正要回答他的问题，却见言泽舟身后，刚才逃跑的那个男人脱开了青年的桎梏，随手拦了辆出租车跳上去了。

那个男人劫持了出租车司机，一路向西。言泽舟他们的车停在马路对面，这会儿要追铁定费劲。

"拦下那辆出租车。"宁可安抬手一指。

气氛像是凝滞了。徐宫尧没再作声，几秒之后，他一脚油门，车子快速地跑了出去。

被劫持的出租车横冲直撞，像是逃出栅栏的牛。徐宫尧技术不赖，没一会儿就和那辆出租车并驾齐驱了。

"追上了！"可安兴奋地大叫。

徐宫尧不动声色地扫了她一眼，脚下的油门再加重。

男人意识到除了言泽舟还有其他人在追他，更加疯狂地威胁着出租车司机。出租车司机吓得面色如土，忽然，一旁的小路上蹿出一辆白色的轿车，车身上明显标着深蓝的"检察"字样。

是言泽舟他们。

3

相比徐宫尧的沉稳，言泽舟的车技果敢许多。他一个漂亮的甩尾，就把出租车逼停在了大桥上。

车里的男人还不死心，出租车司机却趁着这个空当推门，连滚带爬地逃下车。

"救命啊！"

可安下车，看到言泽舟将出租车司机扶起。他低头安抚着，暖融融的阳光勾勒着他棱角分明的轮廓，正义又温和。

和言泽舟一起的青年走到出租车旁，他毫不留情地将男人揪了出来。

"都说了只是带你回去配合调查，你跑什么！做贼心虚是不是？"

"检察官大人，那些钱真的不是我贪污的，真的不是我！"

"是不是你法官会判，你说了不算！"青年揉了揉太阳穴，又抱怨一句，"搞得像速度与激情似的，我头都晕了。"

可安被他一提醒，才反应过来，她也有点晕。

"哎，你叫什么名字啊？"青年朝她挑了下眉，又看了一眼坐在车里不动的徐宫尧，"海城竟然还有你们这样有正义感的好公民。"

"我叫宁可安。"

青年愣了一下。

不远处的言泽舟抬头望过来，他的目光像一张网，凉薄无情。

"怎么这么耳熟，我好像在哪里听过。"青年想了想，又笑起来，"不管怎么样，谢谢你们啦。不然言检铁定削我。"

可安还没说话，言泽舟朝他们走过来。

"东生，把人带上车。"

"是，言检！"被叫作"东生"的青年中气十足地答应一声，临上车还不忘对可安行礼。

可安笑了，依样画葫芦也回了一个礼。

言泽舟没管他们，径直走到徐宫尧的大奔前，敲了敲车窗玻璃。

徐宫尧降下车窗。

言泽舟先开口:"谢谢协助。"

"不用客气,举手之劳。"

"喂!"可安冲过去,拦在言泽舟的面前,"还有我呢!我也协助了啊。"她指了指徐宫尧,"是我让他追的。你怎么不对我说谢谢呢?"

她声音柔亮,一着急就会上扬。

言泽舟看着她,瞳仁里像是飘着一朵淡漠的云。

可安莫名地慌张了:"不说就算了,瞧你小气得。"

男人薄唇动了动:"谢谢。"

4

宁可安坐回车里,言泽舟已经离开了。五年了,他不待见她的毛病真是一点都没变。

"徐特助,去医院。"

"是。"

窗外的风景随着车子缓缓地动起来,可安的思绪却停了。

医院位于市区,闹中取静的地段。整幢建筑的采光很好,但可安每次立在门口,就觉得压抑。

"徐特助,你先回去吧。"

"我送你上去。"

"不用了。"

徐宫尧给她按电梯说:"我很久没见宁副总了。"

他一句话,让她没有了拒绝的余地。

电梯一路向上,停在六楼。

六楼最大的 VIP 病房前,站着两个黑衣保镖。见到可安和徐宫尧,保镖主动打开门,比了个请的手势。

病房里静静躺着的是可安的亲兄长宁容成。

两个月前,宁容成与父亲宁启仲前往平川巡视宁氏旗下的工厂基地,谁知仓库堆积的成品突然倒塌,宁启仲当场身亡,宁容成被送往医院抢救后,至今未醒。可安当时在国外,意外发生后,她被急召回国,临危受命接下父亲的公司。

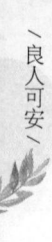

宁容成闭着双眼，脸色苍白，呼吸面罩压制着他引以为傲的鼻梁，让他看起来让人心疼。可安坐在床沿边的椅子上，这两个月她时常来医院陪哥哥说话。

"宁副总最近情况怎么样？"徐宫尧问医生。

医生是个四十多岁的女人，她对徐宫尧说话的态度比对可安更恭顺。

"各项生命体征都很稳定，虽然脑部瘀血未清，但是苏醒还是有希望的。"

可安听了，眼眶里的泪水眨眨眼就掉下来了。她低头抓住宁容成的手。那是一只骨骼分明的手，掌心宽厚又温暖，但是，无名指缺了一截儿。

她的心更难受了。

徐宫尧见她这样，没再说话。他使了个眼色，示意医生和他一起出去把空间留给可安。

医生会意，先他一步离开。

徐宫尧走到门口的时候，忽然听见她说话了。

"哥！他们往我身上扔鸡蛋了……要是你在的话，谁也不敢这么欺负我是不是？要是你在就好了。"

门合上了，病房里隐忍的啜泣声在耳边消弭……

5

当晚，宁可安当众被扔鸡蛋的新闻传遍大街小巷，全城哗然。但宁氏公关团队却发布声明，表示理解伤者家属的心情，不会追究责任。

本来，宁氏是处于舆论劣势的，但意外事件发生后，宁氏第一时间道歉并采取挽救措施的态度已经加分不少。现在，宁氏的负责人被如此羞辱，却表现得如此大度，看客们已经纷纷倒戈了。大家表示孕妇失子值得同情，但宁氏勇于认错的态度也值得肯定。

这是一场漂亮的翻身仗，不少等着看笑话的同行做梦都没想到结局会这样，唯一让人唏嘘的是宁氏失了面子的新任女总裁。

海城风雨一夜，可安却意外好眠。她起床下楼的时候，家里的仆人刚准备好早餐。

"可安啊，快下来让我瞧瞧，昨天那家伙，没伤着你吧？"木梯上迎过来的是宁可安的小婶,沈洁莹。

沈洁莹一身粉色的连衣裙,明明已经年近四十,看起来却和二十多岁的小姑娘没什么差别。她细白的胳膊往可安肩头一绕,一股浓郁的香水味就扑了过来。

"小婶,你放心,扔了颗鸡蛋而已,又不是硫酸,伤不了人的。"可安坐到位置上,随手捞起一片吐司塞进嘴里。

主位原是她父亲宁启仲的位置,现在空着。主位顺次而下,分别是她的大伯父宁稼孟、小叔宁子季、大伯母王天奈和小婶沈洁莹。

沈洁莹敛眉叹气:"虽然你爸不在了,但是你小叔和大伯也不会随便让人欺负你,你要受了什么委屈,千万别憋着。"

可安瞥了一眼宁稼孟和宁子季,这两个男人的面色都不好看。

"你怎么这么多话?"宁子季没好气地将盘子里的蛋推过去,"嘴闲就吃蛋。可安现在是公司的负责人,得为大局着想,你少在那里给我妇人之仁。"

"小叔说得对。"可安说着,又看了看沉默的宁稼孟,"我现在是宁氏的总裁,为了公司牺牲小我是应该的。但是,麻烦董事会下次再做这样的决定时,提前和我商量一下行吗?"

"可安,没有事先告诉你是我们不好。"宁稼孟终于出声了,他朝可安递来一个安抚的眼神,"但是事出有因,你的临场反应关系着整件事情的成败。若你当时表现得不够真实,那么我们计划的一切都将落空,你明白吗?"

宁稼孟放低了姿态,可安也不能得理不饶人,她善解人意地点头。

沈洁莹听着他们的对话,忽然意识到了什么。

"啊?原来这一出闹剧都是你们策划的!你们也太欺负人了吧!"

"你闭嘴行不行?"宁子季不耐烦地站起来,一脚踢翻了椅子,"不吃了,倒胃口。"

"你说谁倒胃口呢?你就这么看我不顺眼是不是……"沈洁莹追出去。

餐桌上少了两个人,忽然就安静了下来。大伯母王天奈起身给可安倒了一杯牛奶:"来,喝牛奶,吃饱好去公司上班。"

"谢谢大伯母。"可安朝王天奈露出一个甜笑,又看向宁稼孟,"我这几天不去公司了。"

"为什么？"

"因为被扔鸡蛋，心情不好。"她拉长了语调，似控诉似撒娇。可她的无理取闹反而惹得宁稼孟好心情，他的眼神瞬间慈爱万分。

"好，调节好了心情再去公司。"

6

可安参加了海城一年一度的环山骑行。这次活动是由海城政府组织的，为期两天，主旨是为了宣扬健康环保的运动方式。

可安是在逛贴吧时注意到的这次骑行活动的，这恰巧中了她的意。在美国的时候，她经常一人一车跑去公园绕圈。回国之后，身边人多了，她反而想念那时候纯粹的孤独。

骑行是从海城平川开始的，沿途会经过莫堂河，过左岭桥，最后上子目山。但可安没想到一到平川，就遇到了言泽舟。

言泽舟戴着头盔，一身黑色的冲锋衣，矫健得像是一只鹰。

"嗨，这么巧！"可安热情地打招呼。

"哎，你不是那天那个见义勇为的好市民吗？"

言泽舟还没转头，他身边的那个叫东生的青年蹿了过来。

"哇，你一女生，竟然也喜欢骑行？"东生自来熟地拍了拍她的肩膀，顺势打量起她。

她的长发编成鱼骨辫乖巧地藏在头盔下，露出一个鱼尾巴，一身冲锋衣是荧光绿的，骑行裤包裹着她纤细修长的腿，看起来飒爽利落。

"女人就不能喜欢骑行吗？"可安冲他微笑。

"我不是这个意思。只是这放眼望去少有女生，我有点意外。"

"别这么快意外，没准等下你会更意外。"

东生"嘿嘿"地笑起来："你可真是特别。"

言泽舟看了过来，一如既往的冷漠。

"对了，我们还没正式认识呢。我叫罗东生，那位是我们老大言泽舟，我们平时都喊他言检。"

"那我也要喊你言检吗？"她冲言泽舟眨眨眼。

言泽舟的目光却跳过她道:"东生,准备一下,要出发了。"
"是,言检!"罗东生应了一声,又看着可安,"你一个人吗?"
"一个人。"
"那不如和我们一起,这路上也好有个照应。"
可安斜了言泽舟一眼:"你们言检会不会嫌我碍事?"
"怎么会呢?我们言检人可好了。"他说罢看向言泽舟,大声地问,"言检,宁小姐和我们一路,你没意见吧?"
言泽舟扣起手套,拧着车把长腿一蹬,头也没回:"走吧。"

7

浩浩荡荡的一群人,随着言泽舟的一句"走吧"都动了起来。为了跟上言泽舟,可安起步就不慢。但罗东生是新手,过了个弯儿就掉到了最后。

四月初的平川,柳枝起了嫩芽,沿途都是好风光,但可安眼里只有一个背影。

言泽舟骑车的样子很迷人。他身子稍微向前沉下,迎面吹来的风填满他的冲锋衣,他蹬动踏板的每一脚都充满力量。

可安铆足了力气才勉强不被他甩掉。

同行的人开他的玩笑:

"言检,我说你怎么这么快!原来是身后有姑娘追着呢。"

"这姑娘长得那么俊俏,言检你跑什么啊?"

可安乐了:"你们猜,我能不能追到他?"

"追人还是追车啊?"

"有区别吗?"

"当然有区别,追车的话,论言检的实力,要动真格你早被他甩出十万八千里咯。追人,就看姑娘你的造诣了,我们言检可受欢迎了呢。"

言泽舟没理这些声音,甚至就像没听到一般,加速起来。

可安原本还能跟着他,这样一来,她很快就被甩开了百米距离。渐渐地,连他的背影都看不到了。

平川的风忽然就缠绵出了苦涩的味道。她知道的,要追这个男人,没有这样简单。

〈良人可安〉

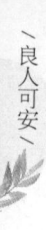

言泽舟是第一个到达莫堂河的，可安紧随其后。她刚停下车，就看到言泽舟坐在河边，正仰头喝水。他冲锋衣的拉链开到了胸前，脖子里凝着一层薄汗，喉头滚动，性感万分。

"渴死了，赏点水喝。"可安一屁股在他身边坐下，抢了他的水瓶，咕噜咕噜喝下一大半。

言泽舟皱眉瞪着她。

"言泽舟，你就不会停下来等等我吗？"可安把水瓶还回去，抹了一把嘴角。

言泽舟拧上水瓶的盖，问："你到底想干什么？"

"追你呀。"

他的眸光一凛。

她没在意，乐呵呵地又补一句："谁知道你骑这么快。"

8

大伙陆陆续续都到了。罗东生身后却多了一个女孩子，二十来岁，朝气蓬勃的样子。

"言大哥！"那女孩一见言泽舟就要扑过来，罗东生赶紧给拦住了。

"能不能好好说话，别动手动脚的。"

"我好久没见言大哥了，让我抱一下嘛！"

言泽舟站了起来。可安以为照他那脾气，他会掉头走开，没想到他竟然走到那女孩的面前，语气还很随和。

"什么时候回来的？"

"昨天刚回的！"女孩眨巴着眼，瞳仁亮晶晶的，"我听说你要和大家一起参加骑行，就赶回来了。"

"言检，我不知道小西这么任性，我就随口一提，哪知道她不止偷偷从学校回来了，还混在骑行的队伍里，要不是刚给我撞上……"

"要你知道干什么？"小西打断了东生的话，"我又不是来看你的。"

"你还真不害臊！"东生瞪了她一眼，"言检你快帮我说说她。她就听你的。"

言泽舟扬了一下嘴角，可安的呼吸停了。她都快忘了言泽舟的笑了。

虽然这笑容温柔纯粹得如宁容成每次看她时一样,但她还是有些羡慕。

"既然回来了,那就玩痛快了再回去。不过……"言泽舟话锋一转,"下不为例。"

"行,都听言大哥的。"小西挤眉弄眼地朝东生示威,忽然视线一转,略带戒备地看着可安,"这是言大哥的女朋友吗?"

"你胡说什么?"东生连忙摆手,"宁小姐,我妹妹还小不懂事,你别生气。"

"没什么可生气的。"可安笑。她是求之不得呢。

言泽舟带着东生去桥上和骑友打招呼。

罗小西警报解除后,坐下来和可安聊天。

"你叫什么呀?"

"宁可安。"

"海城姓宁的没几家,难道你是……"

"罗东生是你亲哥哥吗?"可安转移话题。

"是啊。不像对不对?我妈说我比我哥好看几十倍。"罗小西露着两颗虎牙,笑起来稚气未脱。

"有哥哥挺好的。"

"好什么啊,他经常抢我吃的。"

"你喜欢言泽舟?"

"当然。"

"喜欢他什么?"

罗小西微微一笑:"你和言大哥不熟,你不会了解他的正直、聪敏和勇敢。他是我的英雄,说了你也不会懂。"她下巴微扬,语气甜到发腻,但可安却不觉得腻。

可安的目光在人群中搜寻到言泽舟,他不知何时已经下了桥,正帮一个纤瘦的少年抬车过石阶……可安想,罗小西说的那些,她都是懂的。

9

可安认识言泽舟那一年,她大一,他大三。他们虽然不在同一所学校,但是她所在的之大和言泽舟所在的警大只隔了一堵高墙。

〳良人可安〵

他们第一次见面，是在学校附近的301路公交车上。那天可安去物美大采购，拎着大包小包回学校，却遇到了小偷。小偷会盯上她也不足为奇，毕竟没有学生会像她一样，背上背的是GUCCI最新款的双肩包。

车里人多，路又颠簸，偶有碰触可安并不介怀，所以她一点都没有注意到有人把手伸进了她的包里。

小偷掏到了想要的东西就准备撤离。

言泽舟从上车开始就一直站在可安的身后，他清楚地看到了小偷作案的全过程，他一路尾随小偷走到公交车的后门，趁着小偷得手时的一时松懈，一把将他按在了后车门上。

一切发生在电光石火间。车上的乘客见后门有人打斗，都吓得往后退。而可安就在这一片躁动不安间回头触到了言泽舟坚定的眼神。虽然她从不信英雄主义，但那一瞬间，如英雄般降临的言泽舟成了她的命运。

"你的钱包。"言泽舟抢过小偷手里的卡通小包，朝可安晃了晃。

车上的人才反应过来，眼前的这小伙子是在擒贼。

大家都沸腾了起来，一时间帮忙的帮忙，报警的报警，好不热闹。

"谢谢。"可安拿回小包道谢。

"不客气。"言泽舟转身，又补了一句，"下次出门别带这么多现金。"

可安一怔，随即笑起来："你知道这个小包里放的是什么吗？"

他看着她，不答话。

她狡黠地眨着眼，凑过去在他耳边说了一句话，他的脸忽然就红了，让她笑得直不起腰来……

警察很快就来了，言泽舟录完口供，就离开了。

围观的群众纷纷夸赞他身手好又仗义，可安却在想，他们还会不会再见面？

10

再见，恰是一个月之后。

一个月的时间不长，但漫长的夏伏天已经结束了，来来往往的人都穿起了长袖，世界好像变了一个样子。

他们再次见面是在警大对面的湿地公园里。这个湿地公园一直都免费开放,是两所学校的小情侣们约会的好去处。可安周末的时候,喜欢去那里背单词。

那天可安刚在自己的老地方坐下,就听到不远处传来孩童的哭声。她循着哭声找过去,在公园湖边看到了一个小女孩。

"怎么了?"

女孩儿抽抽噎噎地告诉可安,她本是来这里完成美术作业的,可是贪玩不小心把画画本掉到湖里去了。

可安往湖里看了一眼,果然,那五颜六色的画画本正漂在湖面上。

因孩子的哭声大,围观的人越来越多。但是,没有人愿意在这样凉飕飕的天气里下水走一遭。

孩子越哭越伤心,可安于心不忍。

"别哭了,姐姐下去帮你捡。"她脱下外套,一咬牙正准备下湖,胳膊忽然被握住了。

"我来。"

耳边的声音陌生又熟悉,她一回头,就看见了言泽舟黑漆漆的眸。他一身运动装扮,脖子里还有涔涔的汗水。

"你……"

言泽舟将她拉回来,自己下了水。半弯湖并不深,他又高,湖水只没到了他的腰。他自如地行走在这一片粼粼波光的湖里,背影被映衬出暖色。那一瞬,可安的心也是暖的。

言泽舟刚把女孩的画本捞上来,孩子的父母就赶到了。听周围的人说了来龙去脉,孩子父母立马对言泽舟表示感谢。

他还是那句平淡的"不客气",说完就走。

可安拿起外套跟着他。她想着再次遇见,他已经忘了她的脸。但是,他并没有。

言泽舟的下半身全湿了,运动裤紧贴着大腿,那是一双修长健硕的腿,带着原始的美感与力量,引人遐想。

"你跟着我干什么?"走出一段距离,言泽舟侧头看她。

"你不记得我了?"

"就为了问这个?"

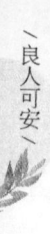

"不是,还有……你刚才抢了我见义勇为的机会。"

言泽舟停下来,无声蹙眉。

四目相对间,可安的心"扑通扑通"直跳。

忽然,言泽舟的视线下移,停在了她平坦的小腹上。

"我只是觉得你可能不适合下水。"

可安怔了半晌,才想起自己一个月前在他耳边说的那句话——

"这是'亲戚'来要用的。"

11

在莫堂河短暂休整之后,骑行队伍过左岭桥进了子目山。山路危险不好骑,为了给大家开路,言泽舟走在最前头。

可安不是第一次骑山路,子目山的程度对于她来说不算困难,但罗东生兄妹不知不觉却成了她的拖油瓶。

"眼睛看着前方的路,根据地形随时调整身体重心的位置。"

"注意碎石!"

"坡陡,你别骑太快!刹车!"

可安一身疲惫,也没有指点出个东西来。她干脆把他们的东西都接过来,下车推行。

罗东生身为男儿,自尊心不容许他这样被一个女人照顾。

"宁小姐,你把水壶给我。"

"不用,你好好看路。"

"我自己能提着……"话音未落,罗东生就脚踏青苔,连人带车滚了一圈儿。

"哎哟!"山林里一阵哀号,一阵大笑。

可安满头黑线,无语凝噎。

罗东生"哼哧哼哧"地爬起来,有些狼狈不堪。

"能走吗?"

"能能能。"罗东生一边疼得龇牙咧嘴,一边紧紧地跟着,罗小西却已经没有来时那高昂的兴致了。

"要是言大哥在就好了。"罗小西轻轻感慨一句,顺着风吹到可安耳里。

可安仰头看着天色渐暗,好像要下雨了。她也想,如果言泽舟在就好了。

一行人走了一会儿,山林旅馆不见踪影,天空却轰隆隆地响起了春雷,在林中回响放大,变得尤为慑人。

"是不是快要下雨了?"罗小西惊呼,看眼前这段路还算平整,"不如我们还是上车骑吧,走要走到猴年马月呀。"

"不行,你别乱来,太危险了。"心有余悸的罗东生立马拒绝。

"我又不是你,走路都能摔着。"罗小西不听,急急忙忙地上了车。她是临时加入的,不仅没有技术,装备也不齐。

"等等。"可安停下来,摘了自己头盔,套在罗小西的头上,"戴上吧,万一摔倒了还能有个缓冲保护。"

"我才不会摔倒呢。"罗小西撇撇嘴,手却乖乖地扶正了头盔。

为了不让罗小西落单,可安和罗东生也上了车。土路虽泥泞但并不影响骑行,罗小西渐渐抓到了感觉,速度也开始往上提。可安苦口婆心地提醒她慢点,也不起任何作用。

"难怪言大哥喜欢骑行,原来是这感觉啊?"

"什么感觉?"

"能听到风在说话。"罗小西一脸烂漫。

可安扬了一下嘴角。可下一秒转弯时,罗小西忽然尖叫起来:"啊!"

这声尖叫又高又亮,罗东生一下蒙了。可安心道"不好",立马加速冲到罗小西前面。

原来,转过路口,后面是个下坡,坡下还有个坑。

她眼见罗小西要往坑里冲,下意识地调整车头去拦。电光石火之间,只听"嘭"的一声,罗小西的前车轮卡在她的车身上,戛然停止。但她却被这猛烈的一击给撞了出去。

枝丫碎石擦过她的皮肤,痛感如地雷般在她身上逐一炸裂。她紧紧地护着脑袋,翻滚间模模糊糊听到言泽舟的呼喊——

"宁可安!"

12

可安最后被卡在一根树枝上,锋利的树梢划破她的冲锋衣,差点戳穿了肚皮。

"宁可安!"

言泽舟的声音近了,原来不是幻听。

她仰头,看到他扔了车正从坡上跑下来,这一路都是碎石,他却跑得又急又猛,几次趔趄都差点摔倒了。他终于站到她面前,神色却比想象中的要沉静。

"你有没有事?"他屈膝蹲下来,仔细地打量着她,却没有伸手碰她。

可安起身,掸了掸身上的枯枝落叶,她的手肘和后背疼得厉害,肩头和胸口也是麻麻的。

"没事。"

"真的?"

"你被人骗着长大的吗?"她咧嘴一笑。

言泽舟盯着她,停了几秒,长臂一捞,将她小心翼翼地抱了起来。

可安顺其自然地搂住他的脖子,挤到他怀里。

"说实话。"

"身上不疼,就腿好像折了。"

"哪条?"

"左腿。"然后,她晃了晃右腿。

胡扯。言泽舟没作声,抱着她往上走。

他身上很热,隔着冲锋衣她都能感觉到温度。

可安被他熨帖着,痛感慢慢变淡了。她歪头枕在言泽舟的肩膀上,他明显一僵。

她看着他紧绷的下颌,笑了。

"你笑什么?"他低头看她。

"你比以前会体贴人了。"

"你受伤了。"

"我知道。"

鼻尖闻到言泽舟身上的皂角香,她伸手就能触到他紧实的肌肉。她又想起了以前的事。

自从在湿地公园遇到过言泽舟一回之后,她经常上那里去守株待兔。

可去了才知道，要守言泽舟的女生还不少。

可安性子爽朗，出手又大方，很快就和那些"情敌"打成一片。她从那些人口里知道，他是隔壁警大的校草级人物。

警校的男生可不比一般大学里的小鲜肉花美男，那是疾风里的劲草，是经过艳阳雨雪锤炼，将来要上交给国家的男人。而言泽舟是其中的极品，也正是可安中意的类型。

所以，当女生们聚在一起，商量着谁先出面"勾引"言泽舟的时候，她毅然跳了出来。

"言泽舟，我要定了！"

13

宁可安要追警大的言泽舟，这事儿很快就传得人人皆知了。大伙都抱着看好戏的姿态围观，毕竟，不少女生在言泽舟那里吃过闭门羹。

有人怂恿她送情书，有人鼓励她去表白，她却什么都不选，每天翻网页学做便当。

要想抓住男人的心，必先抓住男人的胃，如果两样都抓不住，至少让他看到诚意。这是哥哥宁容成说过的，她一直记得。

言泽舟看着她每天变着花样的食盒，冷冷地问她："你想干什么？"

她理直气壮地答："追你呀。"

他不留一丝余地地拒绝："我不好这口。"也不知道是说她，还是便当。

可安是越挫越勇的脾气，便当被退回来了，她就自己解决找不足，隔天还是继续送。之后，言泽舟什么想法她不知道，反正她便当的味道是越来越好了……

转眼一年，她变成了大二学姐，他升入大四，学校给他们安排了密集的训练。因为训练是半封闭的，可安一下子没了见他的机会。

几天不见，她像是被人施了咒一样，惶惶不安度日如年，这才惊觉那点喜欢，已经渗进了骨子里。

之大和警大的操场只隔着一堵高墙，高墙上绕着铁网，很容易攀爬。平时有很多女生为了一睹警大男神训练时的英姿，不顾形象地爬上爬下。之大的男生吃味儿了，都戏说这是一堵"花痴墙"。

可安也爬过，她属猴，身手也灵巧如猴，同行的室友还没有踩上铁网，她已经利索地趴在高墙上张望了。

言泽舟在人群里总是最扎眼的，他身穿迷彩服的样子远远望一眼都能让人心如鹿撞。

这事去过几次，就上瘾了。渐渐地，她还摸到了规律。

每周五，言泽舟所在的队伍会在草坪上站军姿。那天是她一周里唯一能将他的脸看清楚的日子。所以，无论发生什么事情，周五可安是断不会缺席的。

有次周五，她刚爬上高墙，就听见言泽舟那个班的教官在训人。

"你们一个个明着是在训练，暗地里都在招蜂引蝶。看看隔壁那面墙上，姹紫嫣红地挂了那么多姑娘，你们是不是很骄傲啊？"教官一边训斥一边往高墙这个方向指过来。

排首的矮个男生没经住诱惑，顺着教官的指尖看了看，教官一掌就呼了过去："让你看你还真敢看，怎么，有你粉丝啊？"

矮个男生滑稽地一挺腰："报告教官，我长得丑，那里真没有。"

周围的人都笑起来，言泽舟也笑了。他新理了个板寸，精精神神的，好像在阳光下泛着光。

可安觉得今儿这一趟算是值了。她笑着眨眨眼，言泽舟却破天荒地往她这里斜了一眼。

可安一时怔忪，忘了自己还踩着铁网，刚动动脚，重心就失去了控制，人直直地往高墙另一面栽过去。

"嘭"的一声巨响，男生们齐刷刷地转头朝她看过来。

教官气得浑身一凛，大吼："这是谁的桃花债？站出来！"

队伍里鸦雀无声。可安不想连累言泽舟，正打算爬起来开溜，耳边却有一个洪亮的声音响起来。

"报告教官，我的！"

14

言泽舟往前跨了一步，严肃又认真地站在教官面前，像是一棵英挺的白杨，迎风而立，无畏无惧。

所有人都看着他。教官深呼吸,眼看怒火就要喷薄而出,可安立马按住自己的脚踝,大叫一句:"哎哟,痛死我了!"

"这么高摔下来,不会有什么问题吧?"不知是谁插了一句。

教官捏着拳心,冲言泽舟扬了扬下巴:"给你十五分钟,赶紧解决!"

"是!"言泽舟快步朝可安跑过来,他半蹲下来,紧皱着眉,"哪里痛?"

可安攥住了他的手,笑嘻嘻地说:"我脚好像扭了,站不起来。你背我回去吧?"

言泽舟不信,但想了想,他还是转身背对着她蹲了下来。

"你真的背我?"可安惊喜。

"快点。"

"来咯。"她兴奋地扬手,可刚按住他的肩膀,就被他扣住手腕一扯,直接像扛大米一样扛了起来。

"你怎么这样?"她吓得揪住他的外套,"你不是答应背我吗?"

"我什么都没说。"

绿茵场上不少人吹口哨叫好,言泽舟充耳不闻,扛着她大步流星地穿过人群。

可安的小腹垫着他宽厚的肩膀,随着他走动的频率,又疼又痒。

"言泽舟,你怎么这么不懂怜香惜玉?"

"什么玉从那么高的地方摔下来都没碎?"

"……"可安觉得自己根本不是他的对手。

言泽舟一路把她扛到医务室。

校医和言泽舟认识,两个人打过招呼之后,言泽舟把情况简单地说了一遍。

"她脚扭了,你抱来的?"

"扛来的。"

年轻的校医笑了:"你这样也太实在了,姑娘会被你吓跑的。"

他看了她一眼。

她下意识地摇头表决心:"不会啊。"然后又小声地补一句,"如果是公主抱,当然更好。"

年轻的校医笑得更大声了:"你们还都是实在人。"

15

罗东生站在狭小的山路上，一手扶着车一手扶着罗小西。罗小西憋着眼泪。刚才天旋地转的一瞬，她仿佛真的看到了死神的魔爪，哪知道被拖下去的会是宁可安。

"上来了。"罗东生往前走了两步，罗小西跟上去。

坡下，穿着黑色冲锋衣的男人正缓缓地往上走，每一步都很稳，就像怀抱公主的骑士。

罗小西嘟嘴，刚才那点担心全没了。

"看来没事。"

"哪里没事？你看宁小姐都蔫了，她刚来的时候精气神多好。"

罗东生盯着言泽舟怀里的宁可安，她这会儿柔软得像根藤蔓，明明狼狈不堪，却又美得自成风骨。

"宁小姐，你怎么样了？"他问。

"我没事。"

"你别逞强了。这可是个碎石坡，你刚才那样结结实实地滚一圈怎么可能没事……"

"回去再说。"言泽舟开口打断道。他能感觉到怀里的女人在颤抖，虽然她抖得极细微极隐忍，但这幅度在他的身上却像被放大了百倍。

"对对对，先回去检查一下再说。"

言泽舟点头："你们留在这里看着车，我会让人过来帮你们。"

"好，那你小心着点，小心宁小姐。"罗东生强调。

"我知道。"

旅馆掩在林木间，还有段距离。这一路上，可安不停地和他说话。

"算起来，我们整整五年没见面了吧？"

"不记得。"

"这些年你有想起过我吗？"

"……"

"你有女朋友吗？你这样抱过别的女人吗？"

"……"

"那天早上,你等我了吗?"

言泽舟的脚步忽然停下来。可安在他怀里仰着头,那通透的瞳仁,像灵动的水流。

"没有。"他说。

林子里寂静无声,片刻后,她如释重负地笑了。

"正好,我也没去,扯平了。"

空中一记响雷。言泽舟的瞳孔随着天色暗下来,他低头看着她脸上辨不出真假的笑容,胳膊往后撤了一下。

"哎哟!"她疼得龇牙咧嘴。

她不笑了,他好像才满意。

16

"到了。"

这一片矮灌木后面,就是留宿的旅店。旅店几乎全木构造,木头常年在山里经风沥雨凝霜褪雪,色调深重,乍一看,古风悠扬。

店门口的平地上,停了很多山地车,大厅里人声鼎沸,服务生正忙里忙外地准备晚餐。

言泽舟抱着她上了二楼。

"哟,言检察官,刚没见着你,还以为你这次没来呢。"

二楼的木栏处站着一个穿印花长裙叼着烟的女人。从她和言泽舟打招呼的姿态来看,应该是熟人。

"龚姐,拿药箱来。"言泽舟头也没抬,抬脚踹开了走廊尽头的那间房。

"你相好受伤了?"

龚姐掐灭烟头,跟进来。可安看着她,她也看着可安。

言泽舟俯身,先把床上的棉被给掀开了。棉被很软,但可安坐下去的那瞬间,还是抽了一口凉气。

"骑车摔了?"龚姐问。

可安点头。

龚姐红唇一扬,带着几分轻俏,回头朝楼下喊:"阿橘,拿药箱来!"

没一会儿,一个小姑娘背着药箱匆匆跑进来。

"老板娘,你要药箱干什么?言检察官受伤了吗?"小姑娘问。
　　"不是我。"言泽舟看着那小姑娘,"阿橘,再帮我找身干净衣服来。"
　　"谁穿?"
　　"她。"言泽舟朝可安扬扬下巴。
　　阿橘乌溜溜的眸子盯着可安,一下子犯了难。衣服她是有的,可是这姑娘穿不穿得了她的粗布衣服?
　　"我衣柜里有,阿橘,挑顺眼的拿。"龚姐出了声。
　　"好嘞。"阿橘跑出去,房间里又剩他们三个人。
　　龚姐走过来,打开药箱,然后,翘着小指捻住了一瓶消毒药水,对言泽舟启了启红唇。
　　"把她衣服脱了。"

17

　　"别开玩笑。"言泽舟凛着脸。
　　"怎么,不是相好吗?还没脱过她衣服啊?"龚姐语气暧昧,还没等他们说话,她又问,"是没到脱衣服这步?还是言检察官喜欢不脱衣服地来?"
　　"都不是。"可安开口。
　　龚姐看向她。
　　"他喜欢让我自己脱衣服。"
　　龚姐一怔,随即弓着腰大笑起来,笑着笑着,凉薄的眸子里有了温度。言泽舟脸上的表情风起云涌,可安也憋不住笑了。
　　"你的头盔呢?"他眯着眼走过来,扬手将她鬓间的碎发一撩,温柔地捋到耳后,"让龚姐检查一下,我看你是撞到脑袋了。"
　　你才撞到脑袋了!
　　言泽舟转身往门口走,龚姐还在笑。
　　"你就这么放心把她丢给我?"
　　"我看你们挺合得来。"他没好气地回头瞪她们一眼,关上了门。
　　龚姐提着裙摆,往床沿上一坐。可安自觉地把冲锋衣脱下来,她里面只有一件黑色的背心,雪白的肌肤上好几道深浅不一的擦伤。

龚姐一边用棉签棒蘸着药水,一边说:"你们不是相好吧?"

"不是。只是我想跟他好,他不想。"

"你怎么知道他不想?"

可安抖了抖自己的冲锋衣,半揶揄半认真地说:"你看,他对我连脱衣服的欲望都没有。"

龚姐无声地笑了,似乎很中意这样的对话方式。

门外又一阵脚步声。

阿橘敲门进来,手里拿着一条素色布裙。

"老板娘,你看这件行不?我刚刚碰到言检察官,他指了这条。"

"那就听他的,放着吧。"

棉签在可安的伤口上滚着圈,龚姐出人意料地温柔,但疼痛还是密密麻麻地渗进骨子里。

可安咬着唇,一声没吭。

龚姐懒懒的声音传过来:"都说女追男啊,隔层纱。那是假的,明明隔个大西洋。不过最重要是坚持,谁追谁不是持久战啊……"

第二章

XIAYOU
LIANGFENG

夏 有 凉 风

1

可安上好药，刚换上阿橘拿来的衣服，楼下就传来了喊吃饭的声音。

"下去吃点？"龚姐提着药箱，侧身看着她。

可安疼得没胃口，但还是觉得应该下去坐一坐。

"龚姐，你能扶我下去吗？"

"怎么，刚才上药都一声不吭的，这会儿倒给我娇气起来了？"

可安摇头，小声地说："我骗他脚崴了。"

龚姐一把圈住可安的肩膀："好啊，你这丫头还挺机灵，有点我当年的影子。"

"龚姐也追过人？"

"是啊。"走廊里的光晕落在龚姐的脸上，她的鱼尾纹里露出几分朝气，"那家伙也和言检察官一样是块又臭又硬的石头。"

"那追到了吗？"

龚姐抿了下红唇："追不到咯。"

"为什么？"

"他怕我，躲我都躲到天上去了。"

可安一愣。龚姐眨了眨眼，长长的假睫毛遮住了眸子里那层若有似无的水光。

"对不起,我……"

"没关系,反正没追到,他也不算我的人。"龚姐笑了一下,"走,吃饭去。"

楼下大厅里摆了好几桌,看穿着都是来骑行的。可安张望了一圈,也没见着言泽舟。

"找我吗?"身后有熟悉的声音传来。言泽舟正从厨房里走出来。

"不找你找谁,赶紧把人带走。"龚姐晃了晃挂在她手上的胳膊,装作不耐烦的样子。

言泽舟没急着接,目光肆无忌惮地打量着可安。她一身素色的长裙,长发打散了,乖巧地落在肩上,像是流淌山间的一泓清泉。

"快扶着啊。"龚姐催促。他的目光却停在她微蜷的右脚上。

"脚还疼?"

"当然还疼,灵丹妙药也没有那么快见效啊。"可安理直气壮地说。

"那你是不是疼错了?"

"啊?"她下意识换脚,动作快得险些把自己绊了。

龚姐哭笑不得。言泽舟挑了下眉,不再理会她,转身朝门口走去。可安跟过去,看他的身边有空位留着,说:"我可以坐这里吗?"

"当然可以,这是特意给你俩留的位置。"刚回来不久的罗东生答。

"谢谢。"

"谢什么啊!是我该谢谢你,要不是你反应快,今天滚下去的可就是我家小西了。"

同桌吃饭的人听了罗东生的话,纷纷朝可安竖起了大拇指。

可安一时不好意思,站在原地都不知道该怎么回应。忽然,她的手腕被人轻轻地握住了,身边的言泽舟为她拉开了椅子。

"女英雄小姐,脚疼还不坐下?"

她提着裙子,在他的身边坐下。

桌上的菜色很丰富,大家都饿了,低头吃得专注,但可安真是一点胃口都没有,身上隐隐绰绰地疼着,让她光坐着不动都有些费劲。

"你不饿?"他侧头看着她,放下了筷子,"是不是不舒服?"

罗东生兄妹一起看过来,可安受不住这么多关切的眼色,立马摇头。

"不是不是,就是不饿。"

"那你先上去休息吧。我让厨房熬了粥,等下给你送上去。"

可安心头一暖,笑嘻嘻地凑过去:"能不能你送?"

"不能。"他拒绝得干脆。

她撇撇嘴,起身太躁撞到了桌角,疼得倒抽了一口凉气。

言泽舟想起身给她让路,她却一把按住了他。

"我能过去。"她直勾勾地看着他,他还没反应过来,就感觉到她蹭着他的大腿过去了。她的裙摆带着风,他却有些热。

天已经黑了,山里下起了大雨,可安在窗口站了一会儿,浑身酥软没有劲儿。木床上的被子还散着,她俯身铺好,躺上去。

楼下,言泽舟冲大伙打了个招呼,转身往厨房走。

厨房里像刚经过一场战争,乱糟糟的。胖厨师正端着一个陶瓷风卷残云地往嘴里舀饭,一回头看到他,抹了抹唇边的饭粒道:"不好意思啊,言检察官,我这里刚忙好,你要的粥还没来得及熬呢。"

"没事。"他拍了拍胖厨师的肩膀,"你吃吧,我自己来。"

胖厨师也没有和他客气,随手翻出一把水果刨子递给他。

"番薯在水槽里。"

言泽舟走到水槽边,番薯红皮带着泥,新鲜得很。他把泥洗干净,拿出水果刨子认真地划拉削皮。乳白的汁从番薯肉上渗出来,黏住了他的手指。他忽然想起宁可安柔软的身子擦过他大腿的感觉⋯⋯

2

"言检察官,淘米的时候放一点盐,粥会特别白嫩。"胖大厨饭后搬了个长板凳坐在窗口抽烟。

言泽舟照他说的做,米和切块的番薯一起下了锅后,在另一端的凳头上坐下。

"来根烟不?"胖大厨把烟盒递过来,言泽舟摇头。

"不抽烟也不喝酒,难怪我们老板娘总说你是打着灯笼都难找的好男人。"

他笑了一下："龚姐最近情绪怎么样？"

"还能怎么样，忽高忽低的。开心起来能把人闹死，不开心起来也能把人闹死。"胖厨师吐出一口烟圈，"最近作得尤其频繁。"

言泽舟往窗外看了一眼，山里黑漆漆的，雨势不见小。

"过几天，就是刘警官的祭日，你们多担待。"

胖厨师叹了口气："我们任她打得骂得，就怕她伤害自己。前两天梁医生过来，就正好撞见老板娘她……唉，好在梁医生及时拦下来了。也不知道她的心是什么做的，能情深成这样。"

言泽舟没作声。

"刘警官在世的时候，对我们老板娘一直不温不火的，我是真看不出来他爱没爱上。我是不懂啊，要换了我，有这么漂亮又善良的姑娘追我，我一定什么都不管了，就和她好好过日子。"

两人正聊着天，阿橘端着一摞盘子走进来。

"胖哥煮什么呢？这么香。"

"熬粥呢。"

阿橘乌溜溜的眼睛转了一圈，看到言泽舟也在，就明白了。

"哦，我知道了，一定是给楼上受伤那姑娘熬的吧。"

言泽舟点头。

"那姑娘谁啊？看着细皮嫩肉没吃过苦的样子，但是很硬气啊。刚才老板娘给她上药，我在旁边看着都起鸡皮疙瘩，她却一声没吭，还冲我笑呢。好特别的性子。"

"哪个啊？"胖厨师有了兴趣。

"就刚才下楼穿着老板娘裙子的那个。我觉得，那裙子她穿着比老板娘穿着更有仙气。"

"有这么好看的姑娘，你怎么不叫我呢。"

"叫你干什么？那是言检的相好。"

"你这丫头片子净胡说，言检的相好明明是梁医……"

言泽舟掀开锅盖，锅里的米开了花，鼻尖是香香甜甜的味道，闻着很有食欲。他拿勺舀了一碗。

"言检察官,要我帮你端上去吗?"阿橘在身后喊。

言泽舟的眼前闪过那张喜笑颜开的脸,轻声道:"不用了,我自己端上去。"

3

言泽舟站在门口,碗沿有些烫手。

"宁可安,开门。"

屋里还是静悄悄的。

"你不开门我直接进来了。"

言泽舟直接推开了门。房间里灯光很亮,木床上的人却像是睡着了。他把碗放在桌子上,走到床边。

"宁可安。"

可安脸上泛着异常的潮红。

"宁可安,醒醒。"言泽舟探到了她的额头,如预想的一样滚烫。

床上的人动了动,睁开了眼。

"你怎么在这儿?"

"送粥。"

"不是说让阿橘送吗?"

言泽舟蹙眉,她都烧得迷迷糊糊了,竟然还有心思同他计较这个。

"你发烧了。我去叫龚姐。"

"叫龚姐干什么?她又不是医生。"可安扶着太阳穴,那里"突突"地跳着,她快要连他的脸都看不清了。

"她学过医。"言泽舟转身,却被可安一把抓住了胳膊。

"不用麻烦龚姐,你给我找颗退烧药就可以了。"

她借力坐起来,却摇摇晃晃的。言泽舟下意识地托住了她,她的身子又热又软。

"言泽舟,你往哪里摸呢?"可安看着他笑。

"我什么都没有摸到。"

"那是因为你手放反了。"可安挤挤眼,"背上能有什么,你手往前面来,就什么都能摸到了。"

言泽舟面无表情地瞪着她:"我看是不用叫龚姐了。"

"嗯,这就对了。"她挥挥手,"去拿药吧。"

言泽舟没挪动脚步,身子忽然往前一伏。两人的距离瞬间拉近。

"你干什么?"可安有些慌张。

"你说我要干什么?"言泽舟扬手,可安吓得立马护住了胸口。

"你还真摸啊!"

言泽舟无声地笑了,在她惶惶不安的目光里,用手捞过一个靠枕,垫在她的背后。

"没有胆子,就别乱撩男人。"然后,他便转身出去了。

可安一下泄了气。她胆子是不大,可她愿意为他勇敢啊。

没一会儿,言泽舟回来了,不仅拿了药,手里还多了一床被子。

"先把粥吃了,再吃药。"

可安看着那碗热腾腾的番薯粥,眼角有些涩。

"为什么是番薯粥?"

"这里只有番薯能用来熬粥。"他把被子盖在她身上,头也不抬地回答,答案滴水不漏。

"那你喂我吧。"

他蹙眉:"你又闹是不是?"

她把衣袖往上一挽,白嫩的手肘上被红药水染得触目惊心。

"我手受伤了,你喂我吧。"

4

言泽舟曾是枪林弹雨里活过来的男人,见过的大伤小伤无数,但这一刻,这点擦伤竟然戳进了他的心窝子。

"不怕留疤吗?"鬼使神差地,他问了一句。

"留疤了你会嫌弃我吗?"

"……"言泽舟觉得自己根本没有办法好好和眼前这个女人聊天。

他在床边坐下,随手把碗端过来。他舀了一勺,勺子搁在碗口稍稍凉了一会儿,才递到她的嘴边。

她眨了眨眼,长长的睫毛像是一把小扇子。言泽舟以为她又要得寸进尺说什么话了,没想到她只是乖乖地张嘴,抿走了勺子上的粥。

他又递过去一勺,她吞下。如此循环往复,很快,碗里的粥少了一半。

屋里洋溢着出人意料的安谧与温情。言泽舟静静地看着她,沉沉地说:"下次,不要再做这样危险的事情了。见义勇为,也要在自己的能力范围之内。"

"你在担心我。"

言泽舟没有承认也没有否认。面对他的沉默,可安心满意足。她想,他不会知道,她之所以变得越来越正义,其实是在向他学习。也许,等有朝一日她变成了和他一样的人,他就会多喜欢她一点了。

粥碗很快见了底,言泽舟起身放碗,顺手给她倒水拿药。

可安强压下胃里的不适,若无其事地和他聊着天。

几分钟之后,言泽舟的掌心托着几颗白色的药丸,走到她面前。

"把药吃了。"

"好事做到底,送佛送到西,不如药你也一起喂了吧。"

言泽舟知道她又要耍花腔,却还是耐心地配合她。

"你想怎么喂?"

"当然是用嘴喂。"

"我要是不愿意呢?"

"那就算了,我自己来。"可安忽然扬手将他的手掌拖到嘴边,趁他还没有反应过来,低头把唇贴了上去。

言泽舟像触电了一样猛然一震,那几颗白色的药丸瞬间滚进了她的嘴里。

"啊!好苦!"她一把夺过他手边的温水"咕咚咕咚"地灌下。

言泽舟正欲发火,她却猝不及防地咳嗽起来。

"看看!让你胡来!"他没好气地俯身为她拍了拍背。可安却粗鲁地将他推开,然后把脑袋探出床沿,纤细的身子如扶柳一般颤了颤,刚才喝下去的番薯粥就悉数吐了出来。

他的心一下提到了嗓子眼。

5

"你别过来!别过来!"可安的手在半空中挥舞着不让言泽舟靠近。

吐出来的秽物白的白，红的红，她不想被他看到这样狼狈不堪的模样。

"别乱动。"言泽舟挤到床沿上，按下她满是防备的手，将她软绵绵的身子拢进怀里。她靠在他怀里，身上烫得像是个火炉，面色苍白如纸，把仅有的生气都吐没了。

言泽舟随手抽了几张纸巾将她的唇擦干净，又给她递了杯水漱口。

"你别嫌弃我，我想等你走了再吐的，可我没忍住。"她说着，胃部又一阵痉挛，纤瘦的身子止不住地颤抖。

言泽舟下意识地把她抱紧："你到底哪里不舒服？"他的语气提高了几分，听来竟像是担心。

这一刻，可安有足够的理由说服自己，他是喜欢她的。

可安仰头，干涩的唇贴住他的耳郭，说："哪里都不舒服，因为……你弄疼我了。"

言泽舟这才恍然想起她身上还有伤，他连忙松手，一转头却瞥见她在笑。

"你再这样，信不信我现在就把你办了？"他的眼神凶神恶煞，短暂的温情如过眼云烟消失殆尽。

"我吐成这样，你下得了口吗？"她非但不怕，甚至带着一丝挑衅。

"你觉得呢？"言泽舟捏住她的下巴，低头几乎吻住她的唇。

可安愣住了。现在，只要她往前一分，她一直梦寐以求的事情就能发生。可是，她却不争气地扭头躲开了。

"不行。我刚刚吐完，至少也得刷个牙再说。就算你真的下得去嘴，我也不能不对你负责啊。"她红着脸一本正经的样子把言泽舟逗得没脾气了。

他扶着她躺下："别说胡话了，我去叫龚姐来给你看看。"

她乖乖地应了声，看着他挺拔的背影消失在光晕里，忽然有些后悔。或许，错过了这个村就没这家店了。

龚姐很快就过来了。

"是伤口发炎引起的高烧。现在天黑又下着雨，山路难行，没法子去医院，只能先吃消炎药和退烧药压一压。"

言泽舟看了一眼床上安安静静躺着的可安，问："会有危险吗？"

龚姐还没有答话,可安放在床头的手机就忽然响了起来。

"帮我接一下,就说我死了。"可安有气无力地把手机往言泽舟那儿推了推。

屏幕上的号码没有备注姓名,但她好像知道是谁的来电。言泽舟按下接听键:"你好。"

那头顿了一下,几秒之后,沉沉开口:"你好,我是徐宫尧。我找宁可安小姐。"

6

言泽舟侧头看了看可安,她软在床上,龚姐正在喂她喝水。

"她现在不方便接电话。"

"请问你是哪位?"

"言泽舟。"

言泽舟知道,徐宫尧想要问的不是他的名字,而是他和可安的关系。但他,不想用类似"朋友"的字眼来定义自己的身份。

那头的徐宫尧一时没了声响,言泽舟正要结束通话时,床上的可安忽然又呕吐起来。

呕吐声伴随着咳嗽,传进了听筒,徐宫尧敏感地捕捉到了这些声响。

"她不舒服?"

"是。回头让她自己和你说,先挂了。"言泽舟按掉了手机,快步走到可安身边。她胃里已经没有什么东西了,吐出来的全是水。

"看来,比想象的还严重啊。"龚姐说。

言泽舟搀起可安,给她擦嘴,眉头蹙得紧紧的。

"我没事啦。"可安捏着他的衣袖,小声地安慰。

"没事能吐成这样?"

"是啊。没事怎么会吐成这样。"可安明眸一转,"所以,你是不是往我粥里下药了?"

"我给你下药折腾我自己?"他的声线又高又亮。

龚姐甩手就往言泽舟背上呼过去:"你小子,吼什么吼?跟谁学的这暴脾气?对女人温柔点会死啊?"

言泽舟没动,结结实实地挨了一掌,手上的动作却轻了不少。

可安忍不住笑了。

气氛刚有所缓和,她的手机又响起来,还是之前那个号码。可安几乎能想象电话那头徐宫尧执拗的表情,她把手机按在耳边:"徐宫尧,我现在正在休假中,你能不能不烦我?"

"我不找你,我找言泽舟。"徐宫尧不疾不徐地说。

"……"这什么情况?

可安没力气管他们两个互不相识的大男人有什么话可聊的,直接把手机丢给了言泽舟:"喏,找你的。"

言泽舟一怔,握着手机去了屋外。可安听不清他说了什么。没一会儿,他进来了。

"徐宫尧说什么了?"

"他说,要来接你。"

7

"这深山野林还下着雨,车进不来,他怎么接啊?"龚姐嚷嚷。

可安没出声,言泽舟也没有。他沉着脸,拿起刚才盛粥的碗,转身出去。

"你去哪儿?"

"睡觉。"他的声音忽然变冷。

"你不管我啦?"

"管不着。"他头也没回。

房门合上,好像生生隔开了两个世界。可安知道,他这一次走,不会再回来了。

"睡什么觉,明明都已经把被子搬到这里来了。"龚姐一个人嘀咕着。但可安是真的累了。

言泽舟出去了也好,这样她就不用强打起精神,生怕自己哪里表现得迟钝不讨喜了。

她闭了眼,迷迷糊糊间好像沉入了海底……

言泽舟并没有回房间,他把碗放回厨房,就开了窗,坐在刚才的凳头上。

雨声已经小得微不可闻。这场风雨,比想象的短暂。

他从衣兜里掏出了一个方方正正的盒子，盒子是薄薄的木头片制成的，标签纸已经被撕掉了。

"我说你又不抽烟，总带着一盒火柴干什么？"

言泽舟抬眼，看到龚姐长裙上繁复的花纹。

"她睡了？"

"你不是不管吗？"龚姐瞟他一眼。

他又沉默了，如眼前这寂寂林川般不可捉摸。龚姐抢了他手里的火柴给自己点了一根烟。

"明明都做好要照顾她一整夜的准备了，干吗还让别人来接？"

"她需要去医院。"

"你承认打算照顾她整夜了？"

"我只是在回答你后面的问题。"

龚姐冷嗤："你怎么那么像刘叙，滴水不漏得让人讨厌。"

言泽舟扬唇："到底是讨厌还是喜欢？"

"闭嘴，老娘喜欢他个鬼。"龚姐瞪着眼，一瞬间眼神又暗下来，"他现在还真是个鬼。"

空气里飘浮的尼古丁麻醉着人的神经。言泽舟从龚姐落寞的神情里看到了很多伤痛。

"龚姐，刘哥走了两年了。你该放下了。"

"两年还差六天。"在她的世界里，刘叙离开她的时间，永远不会以年计。

8

窗外忽然刮起一阵很大的风，渐渐地耳边有了"隆隆"的声响。龚姐掐灭了烟头，站起来往窗外探了一眼。

"卧槽，竟然是直升机！"龚姐按住他的胳膊，有些焦躁，"你告诉我，楼上那个女人，到底什么来头？"

"不管什么来头，她要走了。"言泽舟安抚似的拍了拍龚姐的手，快步往大厅里去。

忽然降落的直升机引起了店里旅客和员工的注意，大家纷纷下来围观。

从直升机上下来的男人正站在人群的中央,他穿着米色的风衣,肩头虽落着雨痕,却仍是一身儒雅,正是徐宫尧。

徐宫尧正在和阿橘说话,阿橘局促地为他领路。

言泽舟穿过人群,跟着上了楼。他刚走到房门口,就看见徐宫尧抱着可安出来了。四目相对,两个男人打量着彼此。

"言检察官吧,人我带走了,谢谢你的帮助。"

言泽舟并不奇怪徐宫尧为什么会知道他的职业,因为他有足够的时间将一切查清楚。

"她身上有伤,高烧已经两个小时,吃的东西都吐了。"

"好。外面有专业的医生等着,请放心。"徐宫尧说完,抱着可安下楼了。

大厅里的人纷纷为他们让路开道。徐宫尧怀里的可安意识昏沉,只有她乌黑的长发在风里飘舞,像是舍不得离开。言泽舟远远地看着他们上了飞机……

"我一开始就觉得这个女人肯定不简单,没想到还有直升机……天哪,她会不会是海城首富宁家的人?"

"我想起来了!前段时间那个孕妇流产的新闻,宁氏新上任的女总裁,就是宁小姐啊!"

"你不早说,早说我刚才路上就去搭讪了。"

"你想飞上枝头当凤凰男啊?也不撒泡尿照照自己什么德性。"

大家都笑起来:"是啊,这样有颜有家世的姑娘,我等凡夫俗子这辈子都配不上咯。"

言泽舟在走廊的台阶上坐着,火柴盒捏在手心里,几乎变了形。他抽出一根火柴,轻轻一划,火光闪现,心头才隐约有了暖意。可火苗一路蔓延朝他的手指扑来,被烫到的瞬间,他才如梦初醒。

他松手,将火星碾灭。一切,又回到冰冷的起点。

9

可安做了很长一个梦,梦里她像一抹飘浮的幽魂,看到了言泽舟,也看到了宁容成。

言泽舟冷漠地从她身边经过,任她如何呼喊,也不曾回头。而宁容成,

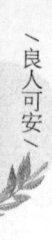

被两个陌生的男人抬走了,那两个男人像极了死神……

可安睁眼,感觉眼角有什么在往下掉。她下意识地想去擦,但是手却被按住了。

"宁总,你在打点滴,不能乱动。"

可安一扭头,看见徐宫尧站在床边,按着她的手腕。

"现在几点了?"

徐宫尧抬腕看了看表:"凌晨三点十五分。"

"和大家告别了吗?"

"言泽舟知道。"

可安脸一红:"我又没问他。"

徐宫尧并没有多说什么,只是按了床头的呼叫铃。

不一会儿,女医生走了进来,仔仔细细地替可安做了检查。

"烧已经退了,伤口炎症也没有严重起来,只要今晚不再反复,就没什么问题了,徐先生可以放心。"医生一边对徐宫尧说话,一边摘下口罩。

那是一张特别别致的瓜子脸,第一眼看的时候会觉得凌厉,但只要再多看一眼,就会觉得秀丽。

"辛苦梁医生了。"

"应该的。"梁医生对徐宫尧甜甜一笑,转而走出了病房。

"睡吧。"徐宫尧把椅子拉到床边,如刚才那样默默地坐下。

可安却没有闭眼:"你不回去睡会儿?早上还要上班呢。"

他微微一笑:"宁总若是觉得过意不去,可以算我加班。"

"你缺这点加班工资?"

"缺。"他答得坦然。

可安"嗤"的一声:"那你坐着吧。"

徐宫尧低头,继续翻阅着手里的书。他看的是高尔基的《在人间》。

10

夜深人静,病房里只有徐宫尧翻动书页的声音。可安闭上了眼睛,却没有一点睡意。南窗不知何时开了一条小缝儿,明亮的月光落在窗台上,空气里浮着暗香。

"这里没下雨吗?"可安出声。

"嗯。"徐宫尧头也没抬,好像知道她没有睡着。

"子目山下了很大的雨。"

"同城不同天,正常。"

可安抿了抿唇:"的确正常,人心那么小尚且难以捉摸,城市那么大,变个天算什么。"

徐宫尧像是没有听出她意有所指,不接话。

可安有些不快:"徐特助难道不知道和别人聊天的时候,低头看书很不礼貌?"

徐宫尧抬眸不咸不淡地扫了可安一眼:"那宁总又知不知道,工作时间请假跑出去玩会显得很不负责?"

她自嘲一笑:"一个傀儡总裁而已,负不负责任又有什么关系。"

"自己把自己当成傀儡,别人自然也会这么认为。"徐宫尧看着可安的眼睛,他的表情严厉中带着一丝安抚。

莫名地,可安想起了宁容成。哥哥每次教训她时,也总是这样的表情。严厉得让她心生畏惧,却又让她知晓自己被爱着……

"那徐特助知不知道我被砸鸡蛋的事?"可安忽然话锋一转,"我是问在记者招待会之前知不知道。"

徐宫尧顿了一下,坦诚地点了点头。

她深吸一口气,继续问:"那请问徐特助,我堂堂宁氏总裁,在整个董事会都知情,唯独我不知情的情况下,被当众挨了一个鸡蛋,颜面尽损,我该怎么办?"

月色和灯光融为一体,她的瞳仁却亮得脱颖而出。徐宫尧没有见过,在病床上还能美得这样生机勃发的女人。

"如果非要在傀儡和能屈能伸的负责人之间选择一个,我想,我会选择后者。"

这是一句蛊惑人心的话。但在这个男人,在没有确定立场之前,她不能轻易相信……

11

临近天亮，可安反而迷迷糊糊地睡着了一会儿。很安稳的一觉，最后她是被医生检查的动静给吵醒的。

"宁小姐，现在觉得哪里不舒服吗？"医生还是凌晨出现的那个梁医生。

"没有。"

"那就好，挂完水再去验个血，没有问题的话，随时可以出院。"她一边说一边在病例本上"唰唰"地写着什么。可安扫到了她胸口的铭牌，梁多丽。

梁多丽见可安不出声，抬眸看了看她："怎么了？还有什么问题吗？"

可安不好意思地笑了："没有，就是我怕抽血。"

是的，她最怕抽血了。小时候每次去医院验血，都要哥哥陪着。后来出国，她很争气再没去过一次医院，偶尔有个头疼脑热的，去药店买个药就打发过去了。

"昨天伤成那样都没见你在怕，抽个血有什么好怕的。"梁多丽对她挤挤眼，"不疼，你就当被蚊子叮了一下。"

她的语气有点像哄小孩子，可安摸摸鼻头，笑得更不好意思。

"嗡嗡……"病房里忽然响起一阵轻微的声响。

可安的视线捕捉到病床边的那把椅子上，徐宫尧的风衣口袋里有光一闪一闪的。

"梁医生，麻烦帮我看一下椅子上的外套，那里面好像有手机。"

"原来是徐先生的手机忘了带啊。"梁多丽伸手去摸手机，刚掏出来，屏幕的光暗了下去，那头的人挂断了。

"挂了。"梁多丽皱眉，这个号码有些眼熟。

"没事。放着吧。"

梁多丽把手机塞回原位，低头时看到了徐宫尧落下的那本书，她忍不住感叹道："有徐先生这样体贴的男朋友，宁小姐你可真幸福。"

可安一怔："梁医生误会了，徐宫尧不是我的男朋友。你若是喜欢，还有机会。"

前半句是解释，后半句是玩笑。哪知梁多丽当了真说："我没有那个意思,只是看到徐先生对你好,有感而发。他不是我喜欢的类型。"

"喔?那梁医生喜欢什么类型?"

"我啊,我喜欢刚毅正直、铁骨铮铮的男人。"梁多丽的脸有些红。

刚毅正直、铁骨铮铮,可安想起了那个人。

"这么巧,我也是。"

12

门口有个小护士探头进来:"梁医生,院长找。"

梁多丽应了一声,回头对可安交代:"我九点之后换休,你要是有什么不舒服,可以找我同事。还有记得去验血啊。"

可安点点头,就见她跑了出去。

病房里又清寂下来,可安爬下床,小幅度地舒展了一下身子,伤口就被牵动了。她"哎哟"一声,守在门口的两个保镖一齐往里看了一眼。

可安冲他们勾了勾手指,其中一个保镖跑进来。

"宁总,有什么吩咐?"

"谁让你们守在这儿的?"

"徐特助。"

"监视我?"

人高马大的保镖忽然慌了,连连摆手:"不不不,当然不是。徐特助让我们留在这里,是为了能有个照应。"

可安翻了个白眼:"你们两个大男人能照应个鬼,我换衣服能让你们帮?还是上厕所能让你们扶?"

保镖答不上话,墨镜下的脸还红了一圈儿。

"都回去吧。"可安说着捞起徐宫尧的风衣,塞到保镖的手里,"顺便把徐特助的外套和手机带回去,告诉他我今天要出院,让他下班过来办出院手续。"

"可是……"

"可是什么可是?我还使不动你俩了是不是?"她挥挥手,有些不耐烦了。正巧护士跑进来通知她验血,她就跟着走了。

医院的走廊宽敞明亮却非常冷。可安抱着肘,身子缩成了一团越走越

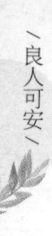

慢。她真想半路开溜，可思来想去，最后还是硬着头皮去了。

可能，因为哥哥也在这家医院的缘故，她不好意思让哥哥知道，她过了五年竟然连这点长进都没有。

早上这个点，抽血窗口的人格外多，可安刚站到队伍的末尾，身后又凭空生出了一个长队。她忽然想起了大学西校门旁的煎饼摊，每天早上，也是这样壮观。

队伍越是往前，可安越觉得瘆得慌。

"啊！"前面传来了一声叫喊。

可安探头看了看。窗口前一个两百来斤的女人，胳膊上的肉厚实，血管不好找，扎针的医生一连来了好几下，愣是没抽出一滴血。

可安眼睛一瞬不瞬地盯着那尖细的针头，双腿早已吓得虚软。她想抓住点什么，却什么都抓不到。

"害怕还看？"耳边忽然有低沉的声音传来，随即她的眼睛被一双温热的手给覆住了。

13

可安抓住那人的手，惊喜地转头。言泽舟正站在她的身后，身上的衣服都已经换过了，但那熟悉的皂角香还在，清清淡淡的，盖过了医院的消毒水味。

"你怎么来了？"可安笑吟吟的，又补了一句，"是不是不放心我？"

"你觉得呢？"

"我觉得一定是不放心我。"她笑得志得意满，"放心吧，一点小伤小烧不碍事儿。昨晚要不是徐宫尧大惊小怪地把我带来这里，我今天保准还能和你们一起再骑上两圈……"

言泽舟静静地看着她。她一身蓝白条的病号服，领口打开，锁骨若隐若现，显得她更纤瘦了。但她身上的活力，却深种在骨子里。

"你在想什么呢？"

"想你这牛，吹得挺清新。"他淡淡地说。

"谁吹牛了，我是说真的。"她嘴硬。言泽舟忽然笑了。

可安不好意思了，赶紧转移话题："今天不是还有一天骑行活动吗？

你提早回来了，他们怎么办？"

言泽舟反手牵住她的腕子，把她塞回队伍里。

"别担心他们了，你还是担心一下自己吧。"

可安这才发现队伍挪动得很快，马上就要轮到她了。她又紧张了。

"你过来，让我靠一靠。"她伸手把他拖到她的肘边，紧紧地攥住了他的衣角。

言泽舟没动，任由她靠着。

"哎，小伙子，不要插队啊。"身后不明所以的大妈表示抗议。

言泽舟正要解释，可安抢在了他的前头："不好意思啊阿姨，我贫血，怕等一下会晕倒，所以特地让我老公来扶着我。"她说着，还有意无意地摸了摸自己的小腹。

身后的大妈恍然，点点头表示理解。可安悄悄地冲言泽舟比了个"V"的手势。

言泽舟默不作声地按了一下太阳穴。

"你老婆几个月了？"大妈突然和言泽舟搭话。

言泽舟一怔。

"你不会连你老婆几个月都不知道吧？"

言泽舟低头，捕捉到可安幸灾乐祸的表情，那点得意狡黠惹得他心头一动。他挪开目光，答得冷静："才三周。"

"一个月都没到啊。"大妈打量了一下可安，"头三个月很重要的，你老婆这么瘦，你可得好好给她补补身子啊。"

言泽舟认真地应了一声。

14

可安一直在笑，扎针的医生见她粉白的胳膊上全是伤还笑得这样开心，忍不住多看了她两眼。

针头顶进血管的时候有些疼，她握住了言泽舟的手，那一瞬，言泽舟也反握住了她的。两个人的手心都有些细微的汗意，紧紧贴着的时候，好像会融到一起。可安头一次抽血，心情这么棒。

完事儿之后，她用棉花絮按着针口往回走，大妈被她的笑容感染了，

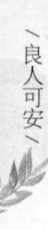

夸她:"孕妇就该像你这样开开心心的。"

言泽舟全程纵容着她,直到走出验血中心的门,才凛着脸停下来。

"以后别这样,女人的名声最重要。"他的语气很严肃。

"噢,这么说起来,你刚才把我冰清玉洁的名声都毁了,是不是该对我负责啊?"

"是你毁我名声在前。"

"那我对你负责也行啊。"

"……"

门口风大,她颈间浮了一层薄薄的鸡皮疙瘩。言泽舟扫了她一眼,在原地侧了侧身,替她挡住风口。

"我还有事,你回去吧。"

"你不送我上去吗?"可安噘了一下嘴。

"大白天的,你是喝醉了还是不认得路?"

"你这样没有绅士风度,以后一定找不到女朋友。"

"你不是想做我女朋友吗?"

以子之矛,攻子之盾,真是完美的反击。任可安再能言善辩,这一刻也只能语塞。

是啊,她就是想做他女朋友。他多不讨喜,她都喜欢啊。

风撩起他的衣角,也吹皱了她心底的涟漪。

"走了。"言泽舟对她扬扬下巴,转身的时候,手机响了。

"嗯,我在医院……看个朋友……你不认识……"

15

言泽舟的车停在医院大门口,是辆黑色越野,车子明显改装过,霸气十足,估计跑几圈山路也不会有问题。黑色越野顺着花坛绕了个弯儿,刚腾出车位,一辆火红跑车就挤了进来。跑车上下来两个女人,看见可安就喊:"可安!可安!"

是她的大伯母王天奈和小婶沈洁莹。

"小婶、大伯母,你们怎么来了?"可安对她们露出一个甜甜的笑容。

"徐宫尧说你病了在医院都没有人照顾,我们当然得过来看看你啊。"

沈洁莹伸手，触到可安的脸。

可安在心里骂了徐宫尧一句小气，不就是把他的两个人赶回去了嘛，他竟锱铢必较到换了两个更折腾的人来。

"我没事。"可安往后退了一步。

"没事就好，家里都急坏了。"沈洁莹的目光带着几分疼惜，就像看着一条受伤的金毛……

"好了好了，进屋聊吧，可安穿这么点都冻成什么样了。"王天奈出声。

可安点了下头，转身往回走，她们两个在身后跟着。

大厅里果然暖和不少，等电梯的时候，沈洁莹忽然说："容成，就是在这家医院吧。"

可安的心"咯噔"一下，眼前又浮起哥哥苍白的脸。

"你大伯安排他转到这里来之后，我一次都没有来看过他。"沈洁莹叹了一口气，"我总怕看到他了无生气的样子，索性就不见了。"

可安很理解这样的心情，只是，她狠不下心不见。

"他会醒的。"可安抿了下唇，把心底的声音说出来。

"我知道他一定会醒的，可我就是心疼你。"沈洁莹的手又伸过来，这一次，她按住了可安的手背，"你说你一个女孩子，身边没有个男人照应怎么行呢。"

"不是有小叔和大伯嘛。"可安淡淡地接一句。

"你大伯忙着替你照看公司，至于你小叔，哼，他连我这个老婆都照顾不上，哪里还有精力管你。所以啊，我想赶紧给你找个归宿。"

"小婶！"

"你知道海城那个孙家吗？孙老那个儿子……"

"洁莹，你就别乱点鸳鸯谱了，可安这么大的人了，有自己的分寸。"王天奈出声打断。

"大嫂，什么叫乱点鸳鸯谱啊，海城孙家，那可是数一数二的医药世家、名门望族，配我们可安，那是门当户对。"

"你什么时候开始操这份心了？"

"可安都这么大的人了，我操这份心难道不应该？"沈洁莹顿了顿，话锋一转，"大嫂，说实话你也应该上点心了，你家正瑜都三十了还没男

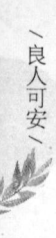

朋友，你不着急吗？"

王天奈神色一滞，但很快掩住了："孩子自有打算，我着什么急。"

"什么打算？她不会是还对徐宫尧有那心思吧。"

16

电梯门打开了，为了逃避这奇怪的气氛，可安快速地闪到最里面。

关于堂姐宁正瑜喜欢徐宫尧这件事，她也听到过一些风声。去年除夕，哥哥宁容成来美国陪她过年，饭后聊天时也提过一嘴。

宁容成难得评判别人的感情，但对于这两个人，他并不好看。他说："正瑜身为女人，攻击性太强。而宫尧，为人处事自有原则，也不是个轻易能被操控的人。"

可安当时对徐宫尧的印象并不深，唯一记得的是他开车技术很好。

她出国的那天，就是他送她去的机场，当时三环正在修路，路障特别多，但他让她安稳睡了一路，没有感觉到一丝的颠簸。她下车的时候夸他把车开出了飞机的味道，他玩笑说："那等宁小姐回来，可以把我调职去做你的司机。"

五年后，她回来了，但一切物是人非。徐宫尧，也早不是当年那个徐宫尧了。

现在的他，几乎是一人之下，万人之上。自父亲宁启仲出事之后，多少人争抢着想把他拉进自己的阵营里，可他岿然不动，守着原来的岗位，给她这个傀儡做特助。

可安也不了解徐宫尧什么，只是，她能感觉到他是有野心的……

"可安，我已经和孙老夫人约好了，过两天一起见个面吧。"沈洁莹话又绕回到她。

可安嘴一撇："小婶，我的终身大事，你是不是该提前和我商量一下？"

"我这不是和你商量着嘛。"

"你这哪里是商量，分明是通知。"一旁的王天奈帮腔。

沈洁莹不出声了。三个女人，各怀心事。气氛压抑得让人透不过气。

好一会儿，沈洁莹才放软姿态说："好姑娘，这次算我不好。可你看，我都答应人家了，你就跟我去看看，不喜欢也没有关系的，就当走个过场好不好？"

可安是个吃软不吃硬的人，况且，沈洁莹是个多好面子的人她也知道，只好说："可我现在这样浑身是伤，不适合相亲吧。"

"你衣服一换，谁能看到你身上有伤。就算看到，那也无妨，孙公子正好学医的，没准还能让你好得更快。"

可安没法子再推，沈洁莹高兴地拍了下掌："那就这样定了。"

17

验血结果正常，可安当天晚上就出院了。出院手续是徐宫尧过来办的，办完手续，他又亲自送她回家。

夜深了，但宁家大宅依旧灯火通明。

可安下车往大门口走了两步，想想又折回去。

徐宫尧隔着墨色的车窗，看见那张小脸冷不丁地凑近，将车窗徐徐地往下降。

"还有什么事吗？"他问。

"徐特助，不知道你对相亲怎么看？"她的语气俏生生的，却让人摸不着头脑。

徐宫尧怔了怔，转而道："言检察官今天没有来看你吗？"他的问题与她的一样，没有前因后果。

"我不是在问他，你不要总是忽然提起他！"可安的脸又热了。

徐宫尧心头莫名一软："我还以为你想见他。"

"什么意思？"可安不懂。

"言检察官今天早上给我打了十几通电话，我都没有接到。我以为你想见他，所以后来也没有回给他。他得不到消息，自然会担心地跑来见你。"

可安用力地拍了拍徐宫尧的肩膀："好你个徐宫尧，还挺有眼力的嘛！"

徐宫尧看了看按在他肩上的葱白小手，客客气气地回了一句："谢谢宁总夸奖。"然后想起她最初的问题，"宁总要去相亲？"

"你也觉得很意外是不是？像我这样天生丽质的人，哪里需要去相亲啊对不对？"她收手摸着自己精巧的下巴。

徐宫尧笑了，她难得在他面前露出这样淘气的一面。这一刻，他们好

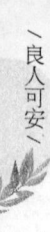

像近了很多。

"宁总,你有什么吩咐就直接说吧。"

"你真是太聪明了!"她又伸手过来,在徐宫尧还没反应过来时,脸也凑了过来。

徐宫尧彻底僵住了,后视镜映着他们几乎贴在一起的脑袋。她温热的气息落在他的耳郭上,像是蝴蝶的亲吻,但可安并未察觉,继续在他耳边说着悄悄话……

第三章

WUTONG
YUSHANG

梧 桐 雨 上

1

可安只在家里休息了一天,沈洁莹就热热闹闹地安排起了相亲。可安什么都没有过问,唯独见面的地点,她执意自己决定。

餐厅选在海城市中心一家普通的星级餐厅,沈洁莹对此颇有微词,她平日里奢华惯了,这种地方哪能入得了她的眼,好在孙公子意外地表示支持。

见面那天,沈洁莹特地帮可安从头到尾地打扮了一番。到达约定餐厅的时候,孙家公子孙时已经到了。他一个人,还未点任何饮品,正低头翻动着餐厅的招牌菜单。

"孙公子,我们来了!"沈洁莹热情地和他打招呼。

孙时抬起头来,推了推鼻梁上的黑框眼镜。他笑着,朝可安看过来。可安迎头撞上他的目光也不躲,落落大方地朝他一笑。

"你好,我是宁可安。"

孙时立马站起来,对可安伸出了手。

"你好,我是孙时。"

两只手短暂地握了握,可安坐下的时候,孙时还在看着她。

"怎么,我脸上有花吗?"

"没有，没有。"孙时摆手，脸竟然有些红了。

沈洁莹笑起来："孙公子是不是觉得我家可安美得让人挪不开视线啊？"

孙时也不含糊，点头说："早听说宁总灿如春花，皎如秋月，今日一见，真是惊艳啊惊艳。"

"早听说孙公子博学多才，没想到出口成章啊。"

"宁总夸奖了，孙某不敢当，不敢当。"

他文绉绉的语气让可安想笑又不敢笑。

"怎么不找个包厢坐？"沈洁莹有点嫌弃，"我们可安自从去了趟国外，回来之后，作风也不拘小节多了，孙公子可别介意。"

"没事，没事，我正中意像宁总这样不铺张浪费的女孩子。"孙时的目光渐渐露骨起来，可安莫名起了半身鸡皮疙瘩。

"叮！"包里的手机忽然发出一声微鸣，是短信的声音。

可安快速地掏出来看了一眼。

短信来自徐宫尧，内容只有一句："天王盖地虎。"

她不由得笑起来，对孙时和沈洁莹招呼了一声："不好意思，我去下洗手间。"然后一边往洗手间走，一边飞快地在屏幕上按下回复——小猫捉老鼠。

2

洗手间在走廊深处，可安踏着细碎的灯光，从容优雅的步子像一只猫。但那个人，可不像老鼠。

郎阔的洗手台前，有个熟悉的身影站着。那人正俯身洗手，他的外套上有好大一块被酒水打湿的痕迹。看来，徐宫尧也是费了大工夫。

可安不动声色地走过去，与那人并肩而立，装作洗手时，她叫了一声："哎呀，言检察官是你啊！好巧啊！"

言泽舟听到声响，侧头看到是她，也不意外，擦了擦手上的水珠。

"你怎么在这里啊？"可安的手在水流里搓揉着，眼睛却看着他。

"你不知道我在这儿？"言泽舟目光敞亮，照得可安有些心虚。

"我为什么会知道？"

"徐宫尧突然要请我吃饭,说是谢谢我照顾你,我以为你知道。"

"他说要请你吃饭你就来啊,你什么时候这么容易被请动了?"可安的小心思又涌出来,她挤挤眼,"你不会是以为能见到我,所以才来的吧?"

"不是以为,是确定。"他沉沉的嗓音瞬间将她击中。心口一直乖乖的那头小鹿,忽然狂跳起来。

"伤好点了吗?"他打量着她。

"没有。"她可怜兮兮地摇头,然后像武林高手点穴似的在自己身上一通乱比画,"我这儿疼,这儿疼,这儿也疼……"

言泽舟看着她耍宝,眼里渐渐有了笑意。

"这么疼怎么还跑出来?"

"出来相亲。"

"相亲?"他眉头一皱,"才出院就急着相亲,你就这么寂寞?"

可安凑到他面前,伸出一根手指拨动着他外套上的拉链扣:"我这么寂寞,还不是因为你。"

言泽舟不吃这一套,拂开她的手转身就走。

"哎,等下!"可安急了,捏住他的胳膊,"你听我说,我相亲不是自愿的。"

"不关我的事。"

"怎么不关你的事了?你身为国家公务人员,忍心看我被推进一段包办婚姻吗?"

"我是检察院的,不是民政局的。"他毫不留情地挣开她的手。

可安绕过去,张开双臂拦住他。

"我不管,你一定要帮我!"

"让开。"

"我真的不喜欢那个男的,你知道的我一片丹心只向着你啊,不信你摸!"她缠住他的手往她左胸口方向去。

"你疯了吧!"言泽舟黑着脸把手抽回去。

"那我该怎么证明我喜欢的是……"

"别废话,怎么帮?"他打断她的话。

3

可安最喜欢看言泽舟一脸不耐烦却又撇不下她的样子,她笑嘻嘻地挨到他身侧。

"你看过那种电视剧没?就是女主角在外面相亲,男主角忽然出现,霸道地宣示主权,告诉所有人女主角是他的,最后,不由分说直接把女主角带走……"她眉飞色舞地描述着,说到动情处,还攥着他的手现场演习。

言泽舟任由她翻来覆去地摆弄,不发表意见,也没有说拒绝。

半晌之后,可安停下来。

"你听明白了吗?"她有点不放心。

"听不明白怎么样?你要给我减戏吗?"言泽舟没好气地说。

"那不行,你是男主角,整场戏还指望着你来收官呢。我跟你说,你要是不好好演,我就得嫁给那个掉书袋耍嘴皮的男人了。"她正说着,洗手台的镜面上遥遥闪过一个身影,那个人慢慢往他们的方向来。

"就是他!你情敌!"可安指了指那人,压低声调,"我先出去,你等一下再出来,我们坐在9号桌。"

言泽舟转了下头,她已经一溜烟地跑到了另一边的走廊上离开了。而那个男人径直走到洗手池边,这时,男人的电话也响了起来。

男人接通电话,用腮和肩夹着手机,一边用手指拨弄自己油亮的头发,一边说:"在外面……见到了见到了……这宁总除了有钱有家世,还有颜有身材……要我拿下她?哈哈,必须的……滚,谁说我上不了这么完美的女人……"

言泽舟扫了他一眼,走了出去。

可安摆弄着手里的刀叉,对面的孙时殷勤得让她没有胃口。她不停地看表,心想着言泽舟怎么还不来。

"可安,你多吃点。"沈洁莹见她心不在焉的,在桌下轻轻地踢她,示意她打起精神。

"宁总是该多吃点,女人太瘦会叫男人心疼的。"孙时说着,将一份切好的牛排朝可安推过来。

"啪!"有什么东西飞过来,正好打在孙时的手背上,他"哎哟"一声,疼得立马把手缩了回去。

"谁啊？"沈洁莹不满地把打中孙时的硬皮小本拿起来，"海城检察？检察院的工作证！"

沈洁莹一惊，刚想把那工作证打开，本子就被人抽走了。

"还跑吗？"低沉有力的声音在耳边响起来。可安抬头，看到言泽舟正盯着她。

那是检察官审视犯人时特有的眼神。

可安顿时蒙了，她的剧本明明不是这样安排的呀。

"我问你，还跑不跑！"言泽舟提高了声调。

4

"你是谁啊？"孙时回过神来，挺身挡到可安的面前。但言泽舟看都没有看他一眼，目光牢牢地锁住可安一人。

可安有些不知所措："先生，你是不是认错人了？我又没有做错什么，为什么要跑？"

她只能先把问题抛回去。至少得等她摸清楚剧情，才能把戏唱下去。

"怎么，这么快就忘了？"言泽舟拨开孙时，随手拉了一把椅子往可安面前一坐，"前两天在夜总会醉酒闹事还打架，现在和我装失忆？"

"怎么可能！"沈洁莹尖叫起来，"这位检察官先生，你一定是搞错了！我们可安不会醉酒闹事，更不可能去打架啊！"

"不可能打架？"言泽舟一把捉住她的腕子，将她的衣袖往上一捋，语气轻讽，"难道你要告诉我，她这身伤是见义勇为摔的？"

"……"她这身伤明明就是见义勇为摔的！

沈洁莹顿时底气不足了，那天徐宫尧通知她的时候，还真没说清楚可安为什么会住院。

一旁的孙时看着可安伤痕累累的胳膊，表情更是精彩。他们孙家虽没有宁家富有，但好歹也是书香名门，如果宁可安真的如检察官所言是个放浪形骸不知轻重的女人，那么他是万万要不得的。

"没话说了？"言泽舟趁势追问。

可安心一横，拍案而起："是我！我打人又怎么样？那个臭女人抢我男人难道不该打吗？我告诉你，打她还算轻的，要再让我碰到这小三，看我不整死她！"

她言辞泼辣狠厉，惊得孙时往后退了一步，心里打起了退堂鼓。

"这些话留着跟法官说吧。"言泽舟黑着脸站起来，擒住可安的胳膊往她后背一扣，"这案子前两天已经移交检察院了，现在你跟我回去，配合检察！"他说完，半推半押地带着可安往外走。

"你放开我！你是哪个检察院的？你知道我是谁吗？得罪我有你好果子吃……"

她吵吵嚷嚷的声音一点点消失，留下沈洁莹和孙时面面相觑，气氛好不尴尬。

"孙公子，你听我说，这中间一定有什么误会，我们可安平时真的……"

"不用解释了。"

"可安真的是个好姑娘，这次的事情等她出来可以解释的。"

"我为什么要等！"孙时一声怒喝。

沈洁莹愣住了，这温文尔雅的孙公子，原来是个双面人。

孙时意识到自己态度不对，立马又软下来："不好意思！是我配不上宁总！我回去什么都不会说的。我走了，再见。"

5

言泽舟一路攥着可安。可安低着头，长发半掩着娇俏的脸蛋，看不到表情。

宽阔的大厅里，不少人回过头来看他们，还以为是吵架的小情侣。

言泽舟的车就停在店门口，他把她塞进车里，锁上了车门。

"哎，干吗锁门啊！"可安叫了一声，手拍打着车窗，颇有几分心有不甘的逃犯腔。

言泽舟没有理她，径直走到驾驶座那侧的车门边，打电话。

"你还真关着我啊……"

"哗"的一声，驾驶座的车门被拉开了。可安闻到了一股淡不可闻的微香，是言泽舟身上常有的味道。

言泽舟坐进来，随手关上车门。这一方不大不小的空间，变成了仅剩他们两人的世界。可安焦躁的心，慢慢沉静下来。有他在的地方，就算沉闷黑暗,她都不会觉得是牢笼。

"徐宫尧马上就出来了。"他望着前方,故意忽略她一直落在他身上的目光。

她正儿八经地问他:"言泽舟,你是不是拿错剧本了?"

他淡淡地斜了她一眼:"怎么,演得不好?"

"好是好。但是你知不知道,这次你是真把我名声毁了,你一定得对我负责。"

他的手指在方向盘上轻轻地跳了跳说:"事前你并没有说还要提供售后服务。"

"听你的口气,是想赖账?"她凑过去。

他转开了脸,意有所指地道:"我从不赖账,是账总赖着我。"

她没绷住"扑哧"一声笑出来。她拍拍他坚实的肩膀:"你行啊,临场表现简直比专业演员还棒。虽然没按照我说的剧情走,但好在殊途同归。那个孙时,估计下次见了我都得绕道走。"

她愉悦得如同打了胜仗。他不动声色地看了她一眼,心头五味陈杂,终究没忍住那句话:"下次相亲,眼睛放亮点。"

"你又在关心我。"可安笑得像个孩童一样满足,"不过,如果你像电视剧男主一样霸道地要求我再也不许相亲,我会更开心。"

"以后少看点这样的电视。"

"这种细枝末节你都要管,那不如做我男朋友啊。"她死乞白赖地贴到他的胳膊上,好像这一刻,他已经成了她可以为所欲为的男朋友。

言泽舟毫不留情地把她的脑袋推开:"管你?我吃饱了撑的吗?"

"你刚才不是管我了吗?你原本可以不用出现的。"她静静收敛了笑意,"你为什么要来?"

她很想,知道答案。

言泽舟一时没了声音。他开了车窗,胳膊支在窗沿上,手里不知何时多了一个火柴盒。他把玩着,有些心不在焉。

"我总不能白吃徐宫尧一顿饭。"

她认真了,他却没了正经。他总有办法,和她背道而驰。

她扬了下唇:"那为什么改了剧本?就算是假的男朋友,也这么难为你吗?"

"档期有限,怕你准备了续集。"所以,以他的方式走,比较安全。

可安抽了一口气。这个男人,怎么这么了解她。她还真是这样打算的,但凡他今天入了她的坑,她势必顺藤而上,缠得他弄假成真为止。

可惜,他没给她机会。

见她不说话,言泽舟就知道自己一定是说中了。他应该笑一下的,但逼仄在他心头的那团气,却没有让他笑出来。

"宁可安,别对我存那种心思,我们并不合适。"是的,五年前,他就知道了。

"哪里不合适?"

言泽舟虚渺的侧影让她抓不到真实感,她明明坐在他身边,却感觉离得那么远。

6

车厢静得让人窒息。

他没有回答。可安没指望他能回答。

"你不说也没关系。反正在没有得到让我信服的答案之前,我是绝对不会放弃的。"

她明显是在耍无赖,却透着一腔的孤勇。

言泽舟盯着她看了一会儿,在自己防线松动之前,挪开了视线。

这时,言泽舟的手机响了起来。

他拿着手机下了车。可安坐在副驾驶座的位置上,没动。

她看着不远处徐宫尧从餐厅出来,两道颀长的影子在灯光下靠近,言泽舟对徐宫尧说了什么,徐宫尧一边点头还一边掏出烟盒朝言泽舟递过去。

可安没想到,这两个男人竟意外地先熟了起来。

他们聊了一会儿后,言泽舟过来拉开了车门。

"下来,徐宫尧送你回去。"

可安扶着车门乖乖下车,越野车车身高,她一脚没踏稳,就要往下倒。

言泽舟眼明手快地稳住了她。

"当心……"他话音未落,就见眼前的人儿趁势扬手环了过来,鼻间一阵幽淡的清香,他的脖子就被攀住了。

言泽舟愣了一下。他没想到,宁可安竟然敢这样堂而皇之地抱他。

怀里温软的触感,真实到不真实,言泽舟的太阳穴突突地跳着,他应该立马推开她的,可是,他却只是僵直地站着,像被施了魔咒的人偶。

庞大的车身旁,一对紧紧交叠的影子落在上面,亲密得不像话。徐宫尧不知什么时候,已经不在那儿了。

风里带着微响,她纤巧的下巴卡在他坚实的肩膀上,好一会儿才动。

"不管怎么样,今天还是谢谢你。晚安。"

晚安。

这声呢喃让言泽舟忽然醒过来了。他推开了她。可安脸上眼里都是笑意。

"言泽舟,刚才我抱着你的时候,你的心跳好快。"她的手掌在他面前一张一合,模仿着他心跳的频率,"你是不是很紧张?"

"你知不知道,男人是猛兽,容不得你一而再,再而三地挑逗。"他言辞冷厉,带着一种不容忽视的警告。

她的笑容反而更盛了:"这么说来,你体内里的野兽快要被我唤起了吗?"

"你会后悔的。"

"我不会后悔。"

电光石火间,他将她顶到了车身上,刚硬似铁的身子和车子严丝合缝地夹着她,没有一处温柔。

他的手探进了她的衣摆,粗鲁地掐着她纤细的腰肢。可安疼得几乎冒出眼泪。

"你会后悔的。"他一字一顿。

"我绝不后悔。"可安并没有怕,眼前这个男人是什么样的男人,她比谁都清楚。她怕的是没有定力的自己。

她伸手按住了他的手。柔软的身子,在他没有防备的时候,突然顶回去。

言泽舟猛然一颤,快速往后退。

"疯子!"

可安笑道:"为什么躲?是怕自己忍不住对我兽性大发吗?"

"……"

"嘀！"徐宫尧的车过来了，他远远地鸣了一声喇叭。

可安整了整被言泽舟拨乱的衣服，镇定地对他挥了挥手。

"晚安。"

言泽舟捏着拳心，侧身倚在车门上看她离去。

晚安？今晚，怕是不能安了。

可安飞快地坐到徐宫尧的车里，她按着自己还在哆嗦的腿，痛快地笑了出来。

"看来计划很成功。"徐宫尧说。

"多亏了徐特助配合。"

徐宫尧揉了一下眉心："言检察官是个聪明人，他不会看不出我们是在算计他。"

可安点头，往窗外看了一眼。言泽舟已经不在那儿了，连人带车消失得无影无踪。

"他帮了我，改天我会去好好地谢谢他。"

"那现在去哪儿？"他问。

可安摸了摸自己的肚子，刚才一心应对着孙时什么都吃不下，这会儿回过神来，饿得没力气。

"先去吃点东西吧。"

徐宫尧"嗯"了一声，车子动起来。她并没有说去哪儿，就等于把选择权交给了他。只是这样闹一场，时间已经不早了，周围的餐厅多数已经打烊。他寻了半条街，也没有找到合适的。

"就那儿吧。"可安忽然出声。

他并不知道她说的是哪儿，但他先停了车。

可安先快步往街对面走过去。徐宫尧跟着下车，不过锁车门的工夫，她已经在路边的大排档前坐下了，并大声地跟大排档的老板报了几个菜名。

"宁总。"徐宫尧扫了一眼这简陋的环境，"你确定要在这里吃吗？"

可安抽了一张塑料椅子，朝徐宫尧推过去："吃啊，你应该也饿了吧。"她抬起头来，笑得特别真诚，"想吃什么就点，我请客。"

风里带着刺激味蕾的香气，路灯的光落在她的脸上，让她美好的笑容有了烟火气息。徐宫尧感觉心头松了一道口子，有一种熟悉的感觉正往里涌。

徐宫尧坐下来。他不是没有吃过路边摊，他有过很长一段只能吃路边摊的潦倒日子。

那个时候，他承诺过自己，以后但凡生活有一点起色，他都会离这些东西远远的。而此时此刻，这里却出现了最不该出现的人，让他有些恍惚。

小摊老板把几个炒菜端上来。可安利索地拿了两个碗去打饭。

徐宫尧看着她递过来的碗筷，不动声色地问："宁总是不是觉得吃路边摊很新鲜？"

"饿了就近找吃的，这是人的生存本能。"她往嘴里送了一口饭，含混不清地道，"难道在徐特助的眼里，我竟这么娇气？"

徐宫尧摇摇头。

不，她一点都不娇气，他对女人的认知，因为她，不停地被刷新。

7

可安很快就把饭给解决了。她大快朵颐的样子不像一个千金名媛。徐宫尧还是保持着原来的坐姿，一动也没有动。

"你真的不吃？"可安挑眉，"我没想到，徐特助原来比我娇气。"

徐宫尧笑了一下："也不是娇气，我甚至在比这更糟糕的地方吃过东西。宁总不会懂那是一段多么不美好的回忆。"他抽出一根烟，想抽，却发现并没有火。

可安注意到徐宫尧的小动作，她想起刚才言泽舟靠过去给他点烟的样子。火光乍亮的一刹，那张俊朗的容颜，戳中了她心底最柔软的地方。

"言检察官，今晚有和你说什么吗？"她先扯开了话题。

徐宫尧眨眨眼，眼前的女人面上虽坦然，但眼底的光却有几分拘谨。他看着，竟觉得可爱。

"他说你的伤还没好，这几天别让你乱跑。"

可安眉眼一弯，心情更好了。

"既然你不吃，那我们走吧。"可安说着，起身去结账。

徐宫尧站在原地，看她走在熙熙攘攘的人堆里，分外醒目。他的目光一直跟在她的身上，小摊老板不知道和她说了什么，把她逗得笑弯了腰。

她是宁家为数不多那么爱笑的人，而且，笑得特别有感染力。

徐宫尧收回目光，决定先去车子那边等她。

他才迈开步子，身后忽然传来她兴奋的叫声："徐宫尧！"

徐宫尧侧头，就见她捏着两瓶汽水，朝他跑过来。

"老板送我的。"她伸手一递，纤长的手指印在汽水瓶上，清清白白，像块美玉。

他的心一暖，把两瓶汽水都接了过来。

"不用，我自己能拧开。"可安抢回一瓶，手刚扣到瓶盖，就听见"扑哧"一声，瓶里的汽水全都化作气泡喷了出来。

"哎呀，我去！"她快速地往后退两步，但还是没能躲开，一时间，她的手上外套上到处都淋满了汽水。

徐宫尧被她吓了一跳，回过神来见她正小心翼翼地舔嘴角的汽水，不由得大声笑出来。

他都快忘了，自己有多久没有笑得这样开怀过了。

"你有没有点同情心！"可安瞪他，顺势把他手里的汽水也抢了过来，将瓶口对准他，拧开。

"扑哧！"又是一声。他没躲没动，任由她像个孩子一样恶作剧。

"有福同享，有难同当。"她理直气壮地朝他一笑，那笑容竟比汽水的滋味还要甜。

8

可安看着窗外，排排树影快速地往后倒退着，拐入宁家方向的大道时，徐宫尧的车速慢慢降下来。

宁家大宅前，停了一辆车子。那辆车开了后备箱，仆人正往外卸行李。

可安下车，走到门口才认出这是谁的车子。

"正阳！"可安叫起来。

屋里有人走出来，一男一女，男的高高瘦瘦，女的身材娇小但气场强大，是宁正阳和宁正瑜姐弟俩。

"怎么提前回来了?"她问。

"小婶打电话说你惹上检察院的人了,我们就改签了机票回来,反正,旅行到今天也差不多了。"宁正阳抬手摸了摸可安的发心,"只是你,真是让人不省心。"

可安有些不好意思,她忘了同小婶沈洁莹报个平安,这下估计闹得全家都知道了。

"放心,我已经解决了。"可安摆摆手。

宁正瑜的目光越过她,遥遥望着徐宫尧的车子开远了,才转过脸来看她。

"你现在已经是宁氏的负责人,好歹注意一下自己的言行,别给宁氏招麻烦。"宁正瑜黑着脸,字字凌厉。在这个家里,唯有宁正瑜,对她总是这样生冷的态度。

可安知道这事儿是她欠周到,便没回嘴。

宁正瑜见她没吱声,转身就进了屋。

气氛有些尴尬。可安朝正阳吐了吐舌:"宁大律师,你回来就回来,把这个炸药包带回来干什么?"

正阳耸耸肩:"大姐没恶意,估计是路上折腾累了。女人嘛,总有那么几天情绪不稳,暴躁易怒一点就燃。"

可安抬肘撞了一下正阳:"你这么了解女人,也不见你有女朋友带回来啊。"

"大姐和你都还单着呢,长幼有序,这点道理我还是懂的。"正阳笑了。他的笑容依旧精神,让人觉得舒服轻松。

两人进屋,正阳把可安按进沙发里问:"真的解决了?"他还惦记着她的麻烦事儿呢。

"嗯。"

"真是的,我都和我检察院的朋友联系好了,我还想趁着这个机会去见见他呢。"正阳小声地嘀咕一句。

可安伸手掐住正阳的耳朵:"你小子,原来赶回来不是救我的,是想趁机见朋友啊。"

正阳笑着讨饶:"首先是救你,其次才是见朋友。"

"什么朋友,还要拐弯抹角地去见。"

"这个朋友不是一般人,他可是名震海城的检察官。他惩治奸商,手撕污吏的时候,你还在美国学鸟语呢。"

"你说谁?"

"言泽舟,言检察官。"

9

言泽舟把车停进标准线之内,下车之前往后视镜里扫了一眼。

这个点快下班了,检察院里出外勤的车都回来了。它们停得规规矩矩整整齐齐,远远望过去,就像是一排原地待命的士兵,庄严肃穆。

他拿了法院的文件袋下车。

"言检!今天怎么去了这么久,又有什么大案子吗?"有人跑过来和他搭话。

言泽舟回头,是院里新来的同事小许。小伙子初出茅庐,年轻热血,每天都在期待着有什么大案子能让他施展拳脚。

"今天的卷宗都整理好了?"言泽舟把手里的资料袋丢给小许,快步走上台阶。

小许嘴角往下一耷拉,随口抱怨:"东生哥也真是的,每天都让我去资料室整理卷宗,我都快无聊死了。"

言泽舟笑了一下。

小许小跑跟上他问:"言检,你说,我什么时候才有机会像你一样办几桩家喻户晓、人人称道的大案子啊?"

言泽舟钩住小许的肩膀,用力地拍了拍:"等你能把卷宗都整理清楚的时候。"

小许"噢"了一声。同样的话罗东生每天都和他讲,多数时候他都是左耳进右耳出,但是这会儿言泽舟讲来,就格外令人信服。

两人并肩走了一段,快到门口的时候,小许凑过来:"言检,今天有一个超级大美女来找你呢。"他的语气带着掩不住的兴奋。

"多美?"言泽舟懒懒的,没有多大兴趣。

"美得像个仙女似的。"

"那你舍得出来？"

"我是想陪着，可东生哥那么殷勤，哪里有我的机会。"小许有点不甘。说话的间隙，他们已经走到了门口。

感应门刚往两边推开，言泽舟就听到大厅里传来一阵明媚的笑声。

"哟，言检可算回来了！"罗东生道。

言泽舟的目光跳过罗东生，直接落在了他身边那个女人身上。

宁可安今天穿着一款雪纺的刺绣连衣裙，颜色是典雅又仙气的白色，粗粗一看，还真像是落入凡间的仙女。她听到脚步声转过头来，绸缎似的乌发在肩头一扫，一张清爽的笑脸就露了出来。

罗东生和小许识相地走开了。宽阔的检察大厅里，只剩下他们两个。

"什么事？"言泽舟看着可安，目光很平静。

"你看到我来怎么一点都不意外啊？"可安有些失望。

"在法院碰到正阳了，他说你今天会来。"

"知道我会来，你还这么晚回来？"

"我在工作。"他的语调带着淡淡的疏离，"找我到底什么事？"

"来配合检察呀。"她冲他挤挤眼，"昨天晚上不是说好了吗？"

10

言泽舟看着她灵动的眸光，想起昨天晚上她忽然顶过来时的力量。

蕴藏在身体里的火种是如何复苏的，他不清楚。他只知道那一瞬间的热烈澎湃到足以吞噬他。

那天回去之后，冷水也没把身上的躁动给压下去，他在客厅里坐了一整夜。

这个女人，太危险了。

"你记错了，昨晚说好的是不演续集。"言泽舟绕开她，"回去，这里不是你该来的地方。"

可安倒退着拦住他："好好好，我不开玩笑了，说正事。昨晚的事儿多亏了你帮我，所以我得好好谢谢你。我已经和东生说好了，下班之后，请大家一起去搓一顿。"

"为什么是大家？"言泽舟眯着眼看着她。

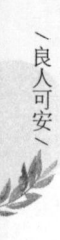

"以你的脾气,我请你一个人你会去吗?"

言泽舟扬了下唇道:"以我的脾气,你请谁我都不会去。"

"啊?言检你不去啊?"办公室里忽然拥进一群人,男男女女都直勾勾地看着言泽舟。

言泽舟蹙眉,刚想开口训人,腕上的表发出"嘀"的一声轻响,下班了。

同时,以罗东生为首的几个年轻小伙子冲过来,他们有的架住言泽舟的胳膊,有的钩住言泽舟的肩膀……一时间,威武不凡的言泽舟被擒得服服帖帖。

"言检,宁小姐请客,大家都是沾了你的光,你不去,我们算什么啊?"

"就是就是,你一定要去啊。不然多没意思!"

大伙你一言我一语的,言辞间还有些撒娇的意味。

言泽舟脸上的表情还绷着,但眼神柔和了很多。看得出来,工作中他是让人心存敬畏的风云检察官,但工作之外,他只是个格外受欢迎的"名人"。

"言检,大家好久没有聚餐了。你看小许刚来也没个欢迎仪式,今天宁小姐给了我们这么好的机会,你不会要扫大家的兴吧?"罗东生边说还边朝言泽舟挤眉弄眼的。

大伙立刻随声附和。

言泽舟笑起来:"平时没见你们谁吭声,想不到是积怨已久啊。"他抬手一人赏了一个栗暴,"既然这么想去,那就去吧。我请。"

"喔!太好咯!"

大家一齐叫起来,浩浩荡荡地往大门口走。

可安在一片欢声笑语中回首,触到言泽舟难得温和的眼神,撇了一下嘴:"你请,那我又算什么啊?"

身后奔上来的人推挤着她,她走着走着就被推到了言泽舟的身边。

不知谁大声地回答了一句:"你算言检家属呗。"

11

聚会的去处是城西的一家自助KTV,里面不仅有吃有喝有玩,价格还实在。

罗东生他们几个开路，言泽舟的越野车里坐满了检察院的女同事，剩下的，都跟着可安走。

可安的车好，坐她车里的几个同事不免有些局促，连动都不敢乱动。

"言检察官，平时桃花一定很旺吧，我看他的车都要被塞爆了。"等红灯的时候，可安主动开起了玩笑。

"可不是嘛，有言检在的地方，我们都是透明的。"

"很多女孩子都是冲着言检才考检察院的。"

"反正，我们都盼着快点有人把言检收走，这样我们才有机会找到女朋友。"

车里的气氛渐渐轻松起来。

"言检这么受欢迎，都没有女朋友吗？"

"言检从来不提他自己的私生活，我们都不知道。"

"我们只知道言检肯定是个值得托付终身的好男人，能嫁给他，绝对是前世修来的福分。"

一路聊天说笑，KTV很快就到了，等车里的同事都下车之后，可安把车开去了停车场。

停车场很大，但里面的灯常年失修，没几盏能点亮。开车进来的时候没觉得什么，一下车，森冷的气息顿时扑面而来。

她把手机掏出来，开了手电筒，疾步往前走。高跟鞋在黑暗里发出声响，衬得四周更静了。这样的场景，简直与恐怖电影如出一辙。

可安小跑了几步，远远地看到了出口才停下来。

出口处有个人站着，那人披着一身明亮的月光，虽然容貌不明，但那昂扬挺拔的站姿几年如一日，可安一眼就认出来，是言泽舟。

言泽舟握着手机，一边来回踱步，一边低头在屏幕上按着。

可安下意识地掏出手机，果然，手机很快就振动起来。她笑着躲到柱子后面。

"喂？"

"你在哪里？"

"我在停车场里迷路了。"可安压着嗓子，悄悄侧身观察言泽舟的反应。

言泽舟听到她的话，径直往黑漆漆的停车场里走。

"在哪个区？"

"我不知道。"

"周围有什么？"

"全是车。"

他抽了口气，抬手扶住了额角。

"我是指有什么特别的东西，比如消防栓。"他踢了踢脚边的消防栓，极力克制着脾气。

"有个大柱子。"可安探头看着他，憋着笑照实说。

言泽舟原地转了个圈，犀利的目光瞬间捕捉到了她。

"出来。"他放下手机，冷冷道。

可安笑嘻嘻地跳出去。

"好玩吗？"他瞪着她，薄唇紧抿成一条线。

"不好玩。"

12

"不好玩还玩？"

"我只是喜欢看你着急找我的样子。"可安把手机揣回兜里，眉角含笑。

"知道我为什么着急吗？"

"难道不是担心我？"

言泽舟一本正经地摇头："不是。"

可安不信："那你说为什么？"

"因为他们说这停车场闹鬼。"

"你胡说什么？"可安表面故作镇定，但脊背上却已是凉飕飕的。

"真的，女鬼，车祸去世的。"言泽舟煞有介事的模样。

可安赶紧扯了扯他的胳膊："我们快走吧。"

"等下！"言泽舟站着没动，忽然伸手掸了掸她的发心，"这是什么东西？"

"什么东西？"她仰头，可是什么都看不到。

"这是……"他看着自己的手掌，欲言又止，表情露出一丝惊恐。

"到底是什么啊？你别吓我！"

四周冷风戚戚,可安头皮发麻,她的脑海里无数个鬼故事闪过。

"是……是血吗?"

言泽舟沉默了几秒。在她快要被吓出眼泪的时候,他忽然收敛了神色,云淡风轻地把手抄进裤兜里。

"是柱子上蹭到的灰。"

"灰?"

可安在言泽舟黑亮的瞳仁里看到一脸懵逼的自己。她差点就忘了,眼前这个男人可是个随时入戏的演技派。

看着她精彩的表情变化,言泽舟眼里渐渐涌出笑意。

"你耍我!"可安大叫一声,气势汹汹地扑过去,拳头落在他坚实的胸膛上,一下又一下,"耍我好玩吗?好玩吗?"

他任由她打了几拳,才伸手将她的双腕固定住。

"不好玩。但这样,就扯平了。"

"……"

嬉闹一场进去,罗东生他们早已开始了。包间里闹哄哄的,有人在唱歌,有人在吃东西。见他俩一前一后地进去,大家都扭头停下来。

"言检,你和宁小姐单独消失这么久,是去哪儿了?"

言泽舟没答话,直接走到沙发处坐下。可安跟过去,挨着他气鼓鼓地坐下来。

"宁小姐的脸色怎么这么差?"罗东生好奇。

可安瞥了言泽舟一眼,故意提高了声调:"你问他,他干的好事!"

所有人都顿了一下,随即朝着言泽舟大声地起哄。气氛一下子暧昧起来。

可安微微解气,扭头发现言泽舟正看着她。

"看什么看?"

"在我同事面前,你最好别玩火,悠着点。"

13

绚丽的灯光聚集在言泽舟的脸上,他的轮廓被勾勒得更加棱角分明。

"如果我不听话,你会怎么样?"可安凑过去,和他脸对着脸。

"那就别怪我不客气。"他压着声音,略带警告地说。

可安歪了歪头,一副"我偏不信邪"的神情。

言泽舟预感到她又要要什么小聪明,正准备离她远点,却见她张开胳膊一把按住他的后颈。

"这里太吵!你别说悄悄话!我听不到!"她忽然扯开嗓子,一字一顿地嚷嚷起来。

罗东生他们几个听到动静,都回过头来。

这会儿可安正和言泽舟勾肩搭背地凑在一起,两张脸几乎贴到了一起。不明缘由的人遥遥一看,还真像是她喊的那么回事儿。

"言检,有什么话非得悄悄地说?大声说出来让大伙也听听呗。"

"就是就是,平时也没见你有什么悄悄话对我们说啊?你这样可不公平!"

几个男人逮着机会,轮番打趣言泽舟。

言泽舟清咳了声,站起来活动了一下手腕上的筋骨。

"我还真有悄悄话要讲,谁要听?过来!"他勾了勾手指,眼神如机关枪似的扫了一圈,没人往前。

也是,这会儿谁有胆儿靠过去啊。言泽舟这平和的外表下,分明藏着要把人耳朵都揪下来的气势。

可安仰头看着他,此时的言泽舟像极了大街上撩起衣袖就能打架的混子。浪荡不羁却又虎虎生威,就像行走的荷尔蒙,让人欲罢不能。

"不听不听,我们不听了,言检你还是说给宁小姐一个人听吧。"

罗东生几个面面相觑,挥舞着手臂赶紧散开。

可安被逗得哈哈大笑。言泽舟看了她一眼:"你要听吗?"

"我可以听?"

他嘴角微挑,带着几分痞气:"当然。"

他学着可安刚才的姿势,长臂一环,压住了她的后颈,轻声地说:"你的内衣带子,松了。"

14

可安赶紧低头。果然,领口有条纤细的带子正露在外面。她站起来欲往外走。言泽舟握住了她的手腕。

"需要帮忙吗?"

"言泽舟,你是流氓吗?"她的眼睛瞪得如铜铃一般,脸上火烧火燎的。

"我是雷锋。"

"你不要脸。"

"彼此彼此。"

可安甩开他的手往外跑,因为起跑姿势太猛还撞到了茶几,疼得她几乎飙出泪来。身后传来了一阵笑声:"宁小姐怎么了?"

言泽舟懒懒地回答:"人有三急。"

洗手间里没有人,可安挑了最里面的一个格子锁上门。她褪了半截衣衫,心浮气躁地扣着肩带。她真没想到言泽舟竟然是这样的高手。每一次,她以为自己要赢的时候,他就会出其不意的反败为胜……

门口传来了脚步声,有人进来了。

"那个女人是谁啊?"

"罗东生不是说了嘛,宁小姐就是言检一普通朋友,让我们别瞎好奇。"

可安听到她们在谈论自己,手上的动作缓了下来。

"我不是说宁小姐,我是说大厅里把言检叫住的那个。"

"噢,你说刚才那个啊。那应该也是言检的朋友吧。"

"我看不像,她说话的时候,都快贴到言检身上去了。"

可安的手一顿,肩带忽然就顺利地滑进扣子里了。她快速地把衣服穿好,打开门走出来。

检察院的两个女同事看到她从格子里走出来,吓得立马闭了嘴。

可安像是什么都没听到似的,故作淡定地走到洗手台前和她们打了个招呼。她洗完手,又照了照镜子,然后才快步走出洗手间。

言泽舟果然正和一个女人站在大厅里。那个女人可安认得,是梁多丽梁医生。

梁多丽今天没有穿白大褂,她一身毛衣裙,曲线玲珑有致,整个人的神采比在医院时更加饱满。她仰头对言泽舟说着什么,那姿态像极了一株向日葵。

言泽舟沉默地听着,时不时点一下头。

可安无意多想,正要掉头走开的时候,梁多丽忽然伸手抱住了言泽舟。她的脚步僵住了。这个拥抱,来得那么突兀可却又那么合乎情理。

言泽舟并没有推开梁多丽,甚至还抬手安抚似的拍了拍她的背。

"我啊,我喜欢刚毅正直、铁骨铮铮的男人。"那日梁多丽红着脸说话的场景犹在眼前。

可安心口泛起一丝苦涩。

原来所谓的巧,并不是巧在她们喜欢同一款男人,而是喜欢了同一个。

15

言泽舟去大厅里转了一圈,回来的时候看到可安正倚在包厢的门口。她低着头,长发遮住了半张脸,正把玩着一根烟。

"哪里来的烟?"言泽舟盯着她指间那根纤长的女士烟。

"刚才走廊里一个失婚少妇分给我的。"可安把手伸向言泽舟,"你能借我个火吗?"

言泽舟直接抽走她手里的烟,折断。

"你干什么!"她一瞬间被激怒。

"我没火。"他语气冰冷。

"你没火是你的事儿,凭什么给我折了?没准别人有呢!"她有些委屈,委屈得不像是在说一根烟。

"别人有是别人的事,我就折了怎么样!"

"你不讲理!"她火气大。

"你抽烟还占理了!"他火气更大。

可安眨了眨眼,水盈盈的眸子里忽然起了雾。

"你有女朋友,为什么还要来管我!"她提高音调,声音却有些哑。

时间像是凝滞了,言泽舟一动不动的,她也一动不动。四目相对间,他先挪开了眼。

"看到了?"他问。

可安苦笑:"你这是承认了?"

言泽舟没再理她,直接推开包间的门走进去。他的背影那么冷漠,丝毫没有刚才抱梁多丽时的温柔。

包间里有断断续续的歌声和笑声传出来，可安在原地立了一会儿，心像是被剜掉了一个口子。

"宁小姐，你站在门口干什么？进来唱歌啊！"罗东生在里面喊她。

可安忍着眼泪，调整了一下心情才往里走。言泽舟还坐在原来的位置上，但她没有再跟过去。

大伙还是笑的笑，闹的闹。罗东生热情地过来拉可安去点歌。

宽阔的屏幕上，歌单又长又广，可安心不在焉地滑动着屏幕，直到后面有人过来排队，她才草草地按了一首英文歌。

她选完就去沙发里坐着等。

茶几上除了零食，还有几箱啤酒放着，她随手捞了一瓶。旁边有不认识的男人主动替她打开，她说了句"谢谢"，仰头一饮而尽。

"宁小姐好酒量啊！"

"才喝一瓶就算好酒量？那我要喝一箱呢？"

"你还能喝一箱？看着样子不像啊！"

"那你看着吧。"可安又豪气地抄起一瓶酒递过去，示意他打开。

那男的还未伸手去接，酒瓶就被截住了。

16

"小杨，你去唱歌。"言泽舟对着显示屏那个方向抬了抬下巴。

小杨回头看了一眼："下一首不是我的啊。"

"言检叫你去唱歌，你就去唱歌，哪里来那么多废话！"罗东生不知从哪里冒出来，一把搭住了小杨的脖子，将他往人堆里推。

小杨顿时懂了什么，回头冲言泽舟傻笑。

言泽舟侧身，挡住了可安的去路。

"看来这五年，你没少学东西。"他随手翻倒了茶几上的一个空酒瓶，酒瓶磕着玻璃发出"嘭"的一声。

"会的再多，也没有你美人在怀过得精彩。"

他并不在意她语气里的冷嘲热讽，只是提醒她："喝醉了没有人送你回去。"

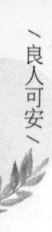

可安笑了："别以为你不送我，就没有人送我。言泽舟我告诉你，海城遍地都是想娶我的男人，我不差你一个！"

言泽舟眸色一沉，平静地说："我知道。"

可安看着他灯光下忽明忽暗的脸，有一瞬觉得自己以前的优越感真是过分了。

"知道就让开！"她粗鲁地撞开他的胳膊，一瓶一瓶地往自己胃里灌酒。

言泽舟没再拦她，很快，她脚边的空瓶子摞了一堆。她感觉到自己的头越来越重，可她不愿意停下来。

"宁小姐，到你的歌了！"

音箱里响起歌曲的前奏，前奏并不欢快，甚至有几分沉郁。屏幕上闪过歌名，是 A Fine Frenzy 的 *almost lover*。

可安摇摇晃晃地站起来，接过话筒，一张口便技惊四座，声音空灵中带着细腻，细腻里还揉着一丝哀伤。

包间里渐渐安静下来，所有人都看着她，她却浑然不觉。

Goodbye,my almost lover.

Goodbye,my hopeless dream.

I'm trying not to think about you,Can't you just let me be?

So long my luckless romance.

My back is turned on you.

Should've known you'd bring me heartache,almost lovers always do.

……

五年的国外生活让她的英文地道又性感。她半倚半坐地靠在屏幕前的高脚凳上，融了满身的光圈，美得闲散又妩媚。

言泽舟隔着光影看她，出神很久。

忽然，她停了下来。

"不唱了。"她嘀咕一声，垂头的样子有些失落。

"为什么不唱了？"

"不想唱了。"她把话筒递给下一个人，"我不舒服，我先走了。"

大家还没反应过来，就见她跌跌撞撞地夺门而出。

言泽舟抬脚踹了罗东生一下。

"送她。"

"啊?为什么要我送?言检你不也没喝酒吗?"罗东生觉得奇怪。

"送她。"言泽舟又重复一遍。

"大哥你饶了我吧。"罗东生苦着脸,"宁小姐那辆可是玛莎拉蒂!我没那个胆去开……"

言泽舟没再听他废话,腾地站起来,跑了出去。

17

走廊里已经没有了她的影子,他急躁地掏出手机,一边找一边打电话,可电话那头却始终没有人接。

跑到门口的时候,言泽舟又遇到梁多丽和她的朋友们。

梁多丽看到他,立马迎过来。

"泽舟,你们也结束了吗?我搭你的车走吧。"

"多丽,这谁啊?可不带你这样重色轻友的啊!"梁多丽的朋友们脸上浮起坏笑。

"我还有事,你自己回去。"言泽舟说着,绕开了梁多丽。

梁多丽面上有些挂不住,她拦了言泽舟一下。

"那明天一早说好的事情,你别忘了。"

言泽舟点头。梁多丽这才笑着给他让了路。

言泽舟还未跑远,梁多丽的朋友们已经围了上来。

她们兴致盎然地问:"难道这就是传说中的'边境之鹰',那个帅空血槽的言警官……"

言泽舟一直追到停车场的入口才看到可安。她把手机按在耳边,一路疾走。

言泽舟心里的大石落下了,他和她保持了不近不远的一段距离,慢悠悠地跟着。

"大姐,今天什么日子?啊?我不用你们一个个都来教训我……"长久的沉默之后,她醉意阑珊地开了这么一句腔,就把手机摔了出去,然后头也没回地继续往前走。

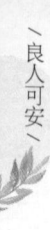

言泽舟不动声色地把屏幕碎裂的手机捡起,继续跟着。

清寂的月色勾勒着她落寞的背影,让她看起来脆弱得像个孩子。

"哥,他们都欺负我……你快醒过来,帮我教训他们好不好……尤其……尤其是那个言泽舟……他算哪根葱啊,竟然看不上我……你妹妹这么漂亮是不是……你把他打趴下了,带他去洗眼睛……"她对着空气挥了一拳,说着说着又起了哭腔,"哥,可我怕你打不过他……他很厉害的……"

言泽舟扬起了唇。他快步上前,刚想伸手搀住她,她却忽然目光一转,朝着停车场里那辆亮起车灯的黑色轿车飞奔过去。

"宁可安!危险!"言泽舟大步追着她。

喝了酒的她走路走不稳,跑起来却格外敏捷。那一瞬,他甚至根本抓不住她。

黑色轿车的车主正欲踩油门离开,可她却不管不顾地冲过去按住了轿车的引擎盖,车主急忙踩住了刹车。

"你疯了!找死吗?"言泽舟一把把可安拖到边上。

可安挣开了他的手,摇摇晃晃地蹲下来,把头压低了,看向车底。

"你疯了!找死吗?"她学着言泽舟的语气,对着车底大喊。她话音刚落,一团白色的东西受惊般蹿出来,擦着言泽舟的裤管就跑远了。

是一只小野猫。

原来,她这么着急跑过来,不是单纯地撒酒疯,而是为了救这只小野猫。

言泽舟心一软,把她拉起来,护在臂弯里。

黑色轿车的车主终于反应过来,他降下车窗,破口大骂:"你们两个有毛病啊!要死找别处去,别害人好不好!"

言泽舟道了个歉,推可安走到边上,给车主让出了一条道儿。

车子"呼"的一下开出去,照这个速度算刚才不止那只小野猫,他俩都得死。看来,刚才他也疯了。

"酒醒了吗?"他问她。

可安推开他的手,不答他的话。

"把钥匙给我,我送你回家。你这样很危险。"

"要你管!"

她语气很冲,但言泽舟却耐心十足:"把钥匙给我,我送你回家。"

他的语调轻轻的,像是一根羽毛撩拨着她的心。毫无防备地,她的眼睛冒出了泪花。

"……我不要回家。"

言泽舟顿住了。

可安的双手趁机挣脱出来,可体内有酒精在作祟,她还没走两步,意识就开始模模糊糊的了。她感觉自己已经没有力量再支撑住自己的身体了……

忽然,她人一倾,世界在她眼里换了一个角度。

言泽舟把她打横抱了起来。他没有掏到她的车钥匙,索性把她抱到了自己的车里。

越野车又高又宽敞,副驾驶座容下一个东倒西歪的她,绰绰有余。

言泽舟看了她一眼,探过身来,小心翼翼地将她扶稳。他的发丝干净清爽,可安看着,忍不住伸手摸了一下。

18

言泽舟没有抬头,但还是感觉到了她的碰触,那么轻、那么柔,就像是在抚摸小动物。他吸了一口气,没动。

"告诉我你家地址。"

"我不要回家。"

"你一个女孩子这么晚不回家能去哪儿?"

可安看着他,他此时的表情认真又严肃,像个家长。

她笑了,但目光舍不得从他脸上挪开。

许是被她盯久了,言泽舟性感有力的喉结不自然地动了动。他快速地拉过她的安全带,扣好,正想抽身回来,脖子就被搂住了。

"你别闹……"他转头,一开口就被吻住了。

可安的唇又软又香,她调皮地啄一下,又啄一下……他的理智瞬间被她啄乱了。

"宁可安,你……"他的大掌托住了她的后脑勺。她眸间波光粼粼,像是月光下的海。

"我就胡闹,你有本事报警啊。"她咕哝着。

言泽舟还没说什么,她脑袋一歪,已经慢慢闭上了眼睛。

夜色在这一瞬间忽然变得温柔起来。

言泽舟开了车厢里的灯,静静地看着眼前粉白的小脸。她睡着的样子,乖巧得让人心疼。

到底,哪一个才是真正的她。

言泽舟把副驾驶座的位置往后放倒,让她更舒服地睡下。

他发动车子,却不知道去哪儿。

可安的手机碎了,他的手机没电了。

这个世界,好像就剩他俩了。车子在河边开了一圈又一圈,最终开向了他的住处。

他的公寓亮着灯,能随意进入他公寓的只有一个人,所以他有些犹豫了。

"冷。"可安嘤咛一声。

言泽舟看了看她,把外套脱下来将她裹住,思索片刻,还是把她抱了进去。

屋里的人是言泽舟的母亲言伊桥。

听到开门的声音,言伊桥早早就等在了门口。看到言泽舟抱着个酒气十足的女人进来,她怔住了。

"妈。今天怎么过来了?"言泽舟一边问一边把可安放进沙发。

言伊桥的目光一直落在可安身上,但她什么都没有问。

"你爸做了些好吃的,让我打包给你带过来。我不知道你回来这么晚,一等就等到了现在。"

"帮我谢谢爸。"

"嗯,东西我都放冰箱里了,你自己热着吃。我先回去了,你爸还在等我。"

言泽舟点点头,他知道她经常会来看他,但很少在他这里过夜。他习惯了,所以从不挽留。

"路上小心。"

"好。"言伊桥笑了一下。她拿起自己的包,往门口走了两步,又停下来。

"泽舟,妈不想干涉你的感情生活。但是你别忘了,多丽于我们而言算什么，而且，她一直在等你。妈是喜欢她的，很喜欢。可以的话，我更希望你们两个能有结果。当然，不可以的话，我也希望你别让她受伤。"

"我知道。"

19

可安翻了个身，轻薄的被单贴在身上，又暖又软。鼻尖是熟悉的皂角香，这好闻的味道让她不敢睁眼。真怕，又是梦一场。

外面似乎有了动静，她微微开了条眼缝儿。入眼的景致很陌生，甚至被单的颜色都与她之前的不一样。

天！这是哪里？

可安几乎跳着从床上坐起来。她仔仔细细地把房间里的摆设扫了一遍，确定了这不是她的房间！

可安下意识地低头检查自己的衣服，身上的衣服都是完好的，她微微松了口气，转头开始寻找自己的手机。床头柜上两张照片就这样闯进了她的视线。

她顿住了。

照片上的两个人都是言泽舟。左边那张的他穿着警服扛着枪，蓝天白云给他做背景，他的眼神自由狂野得像是一只鹰。而右边那张，他已经穿上了检察官的制服，背后虽有庄严的检察院，但他的眼里已经充满了平和与安宁。

房门忽然被推开了。可安回神，立刻正襟危坐，像是自己误闯了别人的地盘。

"醒了怎么不出声？"言泽舟看了看床上的可安，把一套全新的洗漱用具放在她手边。

"我为什么会在这里？"

"你吵着不要回家，我当然只能把你带回我自己这里。"

"我手机呢？"

言泽舟指了指床头柜。可安这才发现，照片后面有一个屏幕四碎的手机。

"忘了？"言泽舟挑眉看着她，"用左手砸的，我帮你记着呢。"

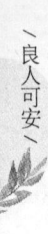

"我还做什么了?"

"非礼我了。"他一本正经,"事后,你还建议我报警。"

可安扶了扶自己晕乎乎的脑门,她的记忆一片空白,而言泽舟又不像是在开玩笑。

"对不起。"她低头,凌乱的长发遮住了半张脸,"如果给你和你的女朋友造成困扰了,我道歉。"

"我还以为你全忘了。"他走到衣柜前,拿了外套穿上。一身黑色的正装,他的身形看起来更挺拔了几分。

"知道你有女朋友是在喝醉前,我没忘。"

言泽舟停了几秒,淡淡地说:"态度不错,我接受你的道歉。"

可安眼眶一涩,咬住了唇。

"我还有事,得先走了,洗手间在这里。"他抬手敲了敲房间另一边的玻璃门,"早餐在厨房的桌子上,也许不合口味,但足以填肚子。还有,走的时候,记得帮我锁门。"

可安点了点头,看着他走到了门口,又把他叫住。

"言泽舟!"

"嗯?"

"谢谢你。"她藏住情绪,"我以后,不会再来缠着你了。"

第四章

ZHUWAI
TAOHUA

竹 外 桃 花

1

言泽舟把车停好之后,望着副驾驶座的位置出神。

梁多丽拉开他手边的车门。

"泽舟,你怎么了?"

言泽舟下车,摇了摇头。

"龚姐还没来?"

梁多丽抬手看了看表:"不该啊。她不会来晚的。"

话音刚落,林间有一辆白色的轿车飞驰过来,挨着言泽舟的车尾停下。车上下来一个穿着红裙,戴着墨镜的女人。

"龚姐!今天是我小舅的忌日,你怎么穿成这样啊?"梁多丽皱起了眉。

龚姐摘了墨镜,露出一张精致的脸,她化妆来的。

"他喜欢看我穿成这样。"

梁多丽还想再说点什么,言泽舟上前一步打断了:"走吧。别让刘哥等。"

言泽舟知道,他和梁多丽是来祭奠死者的。但对于龚姐而言,她是来见心上人的。

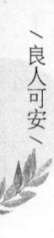

墓地很安静，他们三个人穿过整齐的青松，在一处墓碑前停下。

今天天气很好，墓碑上黑白照片里的人，笑得也很好。

言泽舟弯腰放下怀里的花束，抬手对他行了一个军礼。他身后的梁多丽开始抽泣。

言泽舟屏息片刻，开始沉默地处理墓碑边上的灰尘和杂草。

龚姐跪在软软的草坪上，从自己带来的篮子里拿出一瓶红酒和两个高脚杯。

"我知道你看不上红的，但是今天我想喝，你就陪我喝点吧。"龚姐说着，拔了红酒瓶的木塞，往两个高脚杯里倒酒。

馥郁的红滚过透明的杯壁，热烈如血。

龚姐先仰头喝了一口。

"活着真好啊！"她晃了晃杯中剩下的酒，笑了，婉转的目光落在照片上，"可我怎么总是忍不住想去找你呢。"

"龚姐！"

"嘘！"龚姐食指压在红唇上，示意梁多丽小声点，"你舅舅最不喜欢女人大喊大叫，还有，下次叫我舅妈。"

梁多丽苦着脸看向言泽舟，言泽舟向她投来一个安抚的眼神。

"不过你放心，我不会去找你的。你又不喜欢我，我干吗总去倒贴你是不是？"龚姐笑呵呵的，听得旁人只觉得酸涩。

"你说你，为什么偏偏死了？如果你还活着，就算有其他女人，我也比现在容易死心……可你为什么偏偏死了？"

言泽舟停下手里的动作，回眸看了龚姐一眼。他在这张美艳的脸上，想起了另一个女人。

那个女人说："如果给你和你的女朋友造成困扰，我道歉。"

那个女人还说："我以后，不会再来缠着你了。"

2

可安好几天没有来公司了，助理于佳看到她时，好半晌才反应过来。

"宁总，你怎么来了？"

"怎么，我被革职了？"可安顺势拿过于佳手里的资料翻了几页。

"我……我不是这个意思……"

"徐宫尧呢?"

"徐特助正在开会。"于佳话音刚落,会议室那边的门开了。

门口走出一大拨人,为首的就是她大伯宁稼孟和小叔宁子季。徐宫尧走在他们身后,正和身边的人说着什么,并没有看到她。

"大伯,小叔。"可安叫了一声。

所有人都抬头看她,徐宫尧也转过脸来。

"不是让你在家多休息几天吗?"宁稼孟走过来。

"我已经没事了。再不来上班,大家都快忘了我是谁了。"可安冲宁稼孟身后的那群部门经理微微一笑。

"怎么会呢。忘了谁也忘不了我们宁总啊。"宁子季对于佳扬了扬下巴,"于佳,去准备一下,宁总不在的这几天都有什么工作安排,给一一汇报清楚了,别让宁总有什么不放心。"

"是,宁总监。"于佳应了一声,赶紧跑开了。

宁子季的手机正好响起来,他对可安示意了一下,转身就走。走廊里近乎一半的人跟在他身后,浩浩荡荡地离去。

宁稼孟看了一眼宁子季,笑了。

"你也别太操心,公司的事情交给我们,现在你姐也回来了,好歹能帮你分担一些。身体重要。"

可安在人群里找到了宁正瑜,她站在徐宫尧的身后,听到父亲提到她,表情也没什么起伏。

"知道了,大伯。"

"嗯。那你先忙,我们走了。"

宁稼孟往宁子季的反方向离开了。走廊里剩下一半的人,也都跟着宁稼孟走了,眼前只剩下了徐宫尧。

徐宫尧打量着她,她难得穿了套装,整个人利落干净,有几分总裁的气势。

"身体好了?"他问。

可安没有回答,只是站在宁子季和宁稼孟离开的交叉口出神。

"是这样的吧?"她说,"公司的格局是两派,以我大伯为首一派,

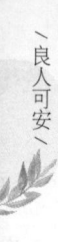

以我小叔为首一派。"她的声音凉凉的。

徐宫尧顺着她的视线两边看了看，道："不，是三派。"

"哪里来的三派。"

可安把目光挪到徐宫尧的脸上。他的脸逆着光，只能看到一个坚毅的轮廓。

"你。"

"我？"可安自嘲一笑，"就凭我？"

徐宫尧没答话。

可安盯着他："或许，徐特助你也是我这边的？"

3

徐宫尧还没说话，助理于佳"呼哧呼哧"地跑回来。

"宁总，我把会议纪要都拿来了。你想先听什么？"

"我想先听徐特助的回答。"

徐宫尧接过于佳手中的资料道："你去忙你的，这里我来。"然后替可安打开办公室的门，"我们进去说吧。"

可安耸耸肩，从门里走进去。徐宫尧把门合上。

可安的办公桌上很干净，没什么文件需要她批示，只有几盆绿植放着。她抬手钩着皮椅坐下。

"徐特助，怎么说？你到底是不是我这边的？"

徐宫尧把手里的东西放下。

"宁总，我只是个特助，我的力量，微不足道。"

"你的力量有多大我不知道。我知道的是我爸和我哥出事之后，很多人在暗地里较劲，就是为了要得到你。"

可安把话彻底摆到了明面上，她想借此来观察一下徐宫尧的反应，但徐宫尧还是镇定如初。

"宁总是哪里听来的这些风言风语。"

"我进宁氏的第一天，就亲耳听到小叔对你抛出橄榄枝。还有大伯，你一定知道，我大姐正瑜正对你一片痴心。"

"照这么分析，我的行情似乎真的不错。"徐宫尧笑了。他和言泽舟一样,并不是个爱笑的男人。这一笑,笑得坦荡自若,让他英挺的脸庞明亮了几分。

"所以,你是怎么想的。"可安看着他深邃澄明的眼睛,"我要听真心话。"

徐宫尧久久没有出声。

可安耐心地等着,默默祈祷,她真诚待人,也能被真诚以待。

"宁总,你知道我刚来的时候……"

他顿了一下,可安点头。徐宫尧刚来的时候,只是一个司机。她知道他走到今天这一步,有多不容易。

"如果不能走得更远,我想,至少要守住我现在拥有的一切。"

这是个无可厚非的答案。

可安握紧拳心,藏住自己的忐忑。

"那如果,跟着我不能守住你现在的一切呢?"

4

徐宫尧走过来,在她面前站定。

"我希望没有这样的如果。"依旧是坦诚的答案,也依旧似是而非。

可安笑起来,笑得有些乏力。

"徐特助你知不知道,太滴水不漏的人一点都不可爱。"

"宁总也该知道,商场如战场,随便与人交心,很危险。"

可安摆手道:"算了算了,反正我来去一个人,谁不碍我事儿,我也不碍谁事儿。"她有些破罐子破摔了。

"掉以轻心,也很危险。而且,你已经踏入了这个圈子,不可能再置身事外。"

"你不用吓唬我。"

"我是认真的。"

"你讲正事吧。"可安不想和他再绕圈圈,她指了指于佳刚抱来的那沓文件,"这些天有没有什么重要的事情发生?"

"一切正常。"

"很好。"

"暴风雨前也很宁静。"

"我说了,别吓唬我!"可安看着他,"有没有我的工作安排?"

"有。"徐宫尧把其中一份会议纪要打开,推到可安面前,指了指其中一条,"仁田那里有一个慈善活动,为期三天。"

"仁田,那不是很远?需要我亲自过去吗?"

"是董事会的安排。"

可安双眸微微有了怒意:"董事会就这么闲?每天开会讨论我的行程吗?还是,他们就想把我支得远远的,好对我……"她的话音停住了。莫名其妙地,她想起了哥哥和父亲在平川遇到的那场意外。

明明,警方两个月前就已经证明那只是一场意外。可偶尔,她脑海里还是会冒出可怕的想法。

"宁总,能随时有这样的警戒是正确的。"徐宫尧似乎看穿了她的想法,"不过你放心,这次慈善之行没有那些别有用心,而且,我会跟你一起去。"

这是什么意思?他会保护她吗?

"你……你……"可安忽然结巴了。

"我先出去。"他又笑了,他今天笑得有点多了。

5

临出发那天,可安才知道,宁正瑜会跟着他们一起去仁田。想想也是,宁正瑜怎么可能会放心徐宫尧和她两个人去那么远的地方共度三天两夜。

上车的时候,可安懂事地把副驾驶座的位置让给了宁正瑜。

徐宫尧饶有深意地看了她一眼。

可安打了个哈欠:"我好困,坐后面躺下就可以睡。方便。"

一路上,可安都静悄悄的,闭眼假装睡觉。宁正瑜有一搭没一搭地和徐宫尧说话,徐宫尧虽然每句都有回复,但是他语气礼貌又疏离,听得可安这个局外人都有些尴尬。

原来,女追男就是这样的状态啊。那她追言泽舟的时候,是不是也这样?

车程进入仁田区之后,风光骤变,沿途的高楼大厦被一望无际的田野替代。

可安开了车窗,静静地感受眼前的辽阔和风里的清香。沉郁的心情,忽然在这一刻被净化得很澄明。

徐宫尧好像感觉到了她的欢喜,渐渐放慢了车速。

"忽然觉得这是趟美差。"

徐宫尧应了一声。而此时,宁正瑜正睡得昏天暗地。

三人到达目的地已是傍晚。因为慈善之行的第一站是去仁田残障人士康养中心,所以预约的酒店也在这附近。

可安一下车,就看到宁正阳的车正停在酒店的广场上。她拉着行李箱绕过去,看到车头三三两两立了好几个男人正在抽烟聊天。

"正阳!"她叫了一声。

听到声音,围成圈的男人往两边打开。可安还没找到宁正阳在哪儿,就先看到了坐在车头上的言泽舟。

所有人都站着,就独独他一个人坐着,背后一片火红的夕阳。

"你怎么来了?"一身运动装扮的正阳从人群里走出来。

"这话该我问你。"

"我们是和言大哥一起来做义工的。"正阳抬手,指了指言泽舟。

"真新鲜,你还会做义工?"

"怎么新鲜了,去年这个时候我们也在啊,是不是言大哥?"正阳看向言泽舟,急于求证似的。

言泽舟单手一撑,从车头上跳下来,没有应声,也没有否认。

可安装作不经意地朝言泽舟看过去,却发现他一直在盯着她看。她紧张得手心冒汗。

"家里的炸药包也来了,我得先去办入住了,不然,她又得炸起来。"可安一边对正阳说,一边拖着行李箱拐弯往里走,可她一转身就绊到了自己的行李箱。

站在她身边的正阳连忙把她扶住了,但行李箱"啪"的一声翻了。

"我说你,这么大的人了,怎么还跟三岁小孩子似的连路都走不稳?"正阳数落着,正要俯身去捡她的行李箱,却发现言泽舟不知什么时候上来了,先弯了腰。

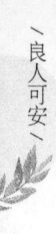

"谢谢。"可安伸手想去把行李箱接回来，但言泽舟已经把行李箱提了起来。那么厚实的一个箱子，在他手里，却轻巧得像是一团棉花。

言泽舟回头，对那一大帮男人扬了扬下巴："都进去吧。准备一下，该吃晚饭了。"

6

徐宫尧办好了入住手续，言泽舟一路把可安和行李箱送进电梯才松手。

可安道谢，抬手按了关门键，她从轿厢的镜面里看到了局促到不像话的自己。真是，没用极了。

酒店不大，各项配套服务自然也没有那么完善。可安倒是没什么不适应的，但宁正瑜大小姐却各种挑剔。

最后，徐宫尧只好饿着肚子，陪她去找这附近"比较好"的酒店。

可安收拾了一下东西，快六点的时候，宁正阳上来叫她吃饭。

她换了身轻便的衣服，跟着正阳出去。和他们一起吃饭的，就是可安之前碰到的那群男人，言泽舟也在。

言泽舟身边剩了两个连着的空位，是给他们留的。

正阳一屁股占了言泽舟身边的位置，可安挨着正阳坐下了。刚好，这合她心意。

男人多的地方，自然少不了烟和酒。

同桌的一高个儿起身给正阳倒酒的时候，顺手把可安的酒杯也捞了过去。

"别别别。"可安连忙起身按住了自己的酒杯，"我不喝酒。"

"怎么，不会喝酒啊？"

"不是，我酒品差，喝醉了会乱来，怕到时候你们不安全。"可安一本正经地说。

同桌的男人们都怔了一下，随即大笑起来。

"这个答案挺新颖的啊！"高个儿性子爽快，也不强人所难，他挥了挥手，"既然你不喝酒，就和言检坐一块去，他也不喝。你俩正好有个伴儿。"

可安"啊"了一声，还没反应过来，高个儿就冲正阳说："宁正阳你傻坐着干吗？还不快腾地儿！你也不喝啊？"

正阳直愣愣地站起来，言泽舟也大大方方地站了起来，和他换了个位置。

他们两个，又近得手挨着手了。但那时，她还能肆无忌惮地表达对言泽舟的喜欢。而现在，她战战兢兢只想躲他远一点。

几个男人喝得热火朝天。

她和他吃得沉默又慢条斯理，好像被编排在那个火热的世界之外。

仁田这里的菜系口味多数偏辣，桌上唯一偏南方口味的，只有糖醋排骨。他和她你一块我一块，很快就消灭了大半。最后，他们的筷尖同时戳向了盘子里仅剩的一块排骨，筷尖架在了一起。

这是他们今晚最亲密的一次接触。

可安自觉不妥，率先把筷子抽了回来。

言泽舟的筷子顿了一秒，还是伸过去夹起了那块糖醋排骨，却见手腕一转，把那块排骨放进了她碗里。

7

"吃吧，不够再叫。"他说。

"够了。"可安赶紧低头，把碗里的米饭一扫精光。

他俩最先吃完饭，正阳他们几个还在没完没了地喝酒。

"差不多可以了。"言泽舟提醒他们，"明天还有正事要做。"

"言检你放心，这点酒睡一觉就全醒了，不碍事。"高个儿摆摆手，"你要是吃饱了，带宁小姐去附近走走吧。这里的夜市挺有意思的。"

言泽舟看着她："想去吗？"

"就我们俩吗？"

"怎么，宁小姐你还不放心言检啊？"高个儿像听了个世纪大笑话似的，笑个不停，"你放心，就算全世界的男人都变坏了，言检也一定是好的。他绝对不会对你下手。"

可安心想，她是怕自己对他下手。

"走吧。"

言泽舟站起来，走到了门口。可安跟了上去。

仁田的月色比城市更撩人，晚风习习，暗香幽浮。他们并肩走着，隔

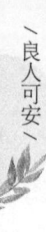

了半米的距离,像是同行者,又像是陌生人。

走过长长的街道,尽头就是夜市。

仁田夜市是出了名的繁荣。可安看着眼前灯火如画、游人如织的景象,一下恍若梦中,她真的太久没有感受过这样热气腾腾的氛围了。

她印象里的上一次,还是母亲在的时候,那时候,她不过四五岁的年纪,懵懵懂懂,一根糖葫芦都能把她哄得很开心。

哥哥宁容成总说她容易满足,其实不是的,那时候一家人完完整整、健健康康,是她能想到的最奢侈的幸福。

"想先逛哪里?"言泽舟绕到了她的面前。

"都想逛。"她脱口而出。

他抬手看了看表:"离闭市还有两个半小时。"

"来得及吗?"

"来得及。"

言泽舟走到前面替她开路,可安紧紧跟着他。来来往往的人潮把他们推到了一起,亲密得好像永远不会分离。

在摊贩此起彼伏的叫卖声里,他带她从市头逛到市尾,多数时候,都是她在吃在玩,而他默默地跟在身后,替她挡开乌泱泱的人群,也替她买单。

"言泽舟。"她忽然低低地叫了他一声。

"嗯?"言泽舟转头,看到她靠过来,轻轻攥住了他的衣袖。这是她今晚第一次表现出反常,他预感到有什么不对。

"三点钟方向,那个黑衣服的男人是色狼。"

言泽舟顺着她的视线,微微侧目。果然,不远处的小饰品摊前,有一个穿着黑色风衣的男人,正趁着人多对一个年轻姑娘上下其手。

因为拥挤,那年轻姑娘并没有意识到这些,她还低着头专注地挑选着什么。

"怎么办?"

"你别动,我过去折了他的手。"言泽舟迈开步子。

"等等。"可安握住言泽舟的手腕。她的手心很凉,像沁人心脾的一汪水。

言泽舟低头看了一眼,她才意识到,这个动作太过亲密了,松开了手。

"你这样过去,他肯定不会承认的。我来。"

言泽舟看出了她的意图,连忙伸手拦了一下。可安笑着冲他眨眨眼:"放心,我不会给他占到便宜的。"

8

小饰品摊前都是年轻姑娘,三三两两,结伴而来。

可安独自一人,专往那个黑衣男子边上挤,男子自然是求之不得。他甚至主动给可安腾了个位置,让她站到他前面。

"谢谢。"可安对他嫣然一笑。黑衣男子愣了一下。

可安趁机抬手,对准刚才一直被非礼的那个姑娘狠狠地掐了一把。那姑娘受惊回头,可安装作同样受惊的样子,指着黑衣男子大叫起来:"啊!非礼啊!"

人群立即骚动起来。

"啊,我也被摸了!"那姑娘反应过来了。

黑衣男子眼见形势不妙想逃,言泽舟抓准时机跑出来,擒住那男子的手往后一折,将他按倒在地上。

"啊啊!疼疼疼!"那男子挣扎着大叫,他越挣,言泽舟擒得越紧。

周围立即有人掏出手机报警。

夜市附近有执勤警察,接到报案,他们第一时间赶过来,色狼很快就被带回了警察局。这样刺激又新鲜的体验,让可安兴奋地朝言泽舟扬起了手。

"Give me five!"她笑着。

言泽舟愣了一下,和她击了个掌。

警察走后,那小姑娘的注意力一下子转移到了言泽舟身上。也是,他身手好颜值高,足以成为任何姑娘的意中人。

可安比谁都理解这样的感觉。因为言泽舟,也是以这样的方式闯进她的世界里的。

一瞬间的心动,蹉跎了五年的时光,依旧没有抵消。

爱是如此荒唐又如此理直气壮。

"我们走吧。"她说。

"不逛了？"

"不逛了。"

"为什么？"

"把你好好地带出来，总得把你好好地送回去吧，不然我怎么交代，是不是？"可安说着，对他努了努嘴。

言泽舟这才意识到，自己已经成了别人虎视眈眈的艳遇猎物。他神色一凛："那走吧。"

可安被他的反应逗笑了，笑着笑着嘴角染了几分苦涩。

"言泽舟，你这样，你女朋友得多不放心啊。"

"嗯？"他没听清。

"没事，赶紧走吧。"

"等等。"他拉了她一下。

可安站定，看着他往回跑到一个小摊前，快速地掏钱买了什么。

她等着，直到他捧回一盒麦芽糖。

"给我的？"可安打开盒子，排列整齐的麦芽糖，颗颗莹白圆润，珍珠似的。

"嗯。"

"为什么？"她捻了一颗放进嘴里。

"奖励你见义勇为。"

可安笑了，舌尖的甜味浓浓地裹住了她。

9

回来的时候，几个男人的酒局还没散。

他们一进门，就听高个儿在喊："回来了，回来了！"

可安抱着糖走在后面，言泽舟停下来，她才看到大厅里站着的梁多丽。

梁多丽的长发绾成了发髻堆在头顶，看起来风尘仆仆却又有别样的风情。

"你怎么来了？"言泽舟有些意外。

"和同事换了班，想和你们一起做点有意义的事情。"梁多丽笑着，朝言泽舟走来。她看到站在言泽舟身后的可安，有些意外。

"宁小姐？这么巧！"

"你好，梁医生。"可安上前一步，坦然地和梁多丽面对面。

"你一个人来的吗？"

"没有，我和徐宫尧他们一起来的。"

"喔，我懂了。"梁多丽坏笑着拉长了语调，神色变得有些暧昧。

"懂什么啊？"半醉半醒的宁正阳听到她们的对话，忍不住好奇。

可安扭头，瞪了正阳一眼，却发现言泽舟也在看着她。

"我们是来工作的。"她下意识地解释，末了又后悔自己为什么要解释，"你呢？为什么而来？"

"我……"梁多丽的脸忽然红了，她悄悄抬眸，看了言泽舟一眼。

言泽舟并没有看她，只是出声扯开了话题："不早了，都去休息吧。"他说着，走到酒桌处叩叩桌面，"你们也是，赶紧散了！"

几个男人喝了酒都懒洋洋的，但没人不听话。大家站了起来，大厅里顿时闹哄哄的。宁正阳走路已经东倒西歪了，但还不忘凑上来。

"你老实和我说，你和徐宫尧到底什么关系？你俩什么时候好上的？"宁正阳说话没有遮拦，声音更是震天响。

所有人都朝他们看过来，言泽舟也是，他深邃的目光里，带着凉凉的情绪。

可安有些尴尬，却又莫名痛快。

"少废话！管好你自己！"她抬肘往正阳的小腹上一撞，不耐烦地往电梯口走。

这时，她隐隐约约听到梁多丽柔柔的声音："泽舟，酒店没有房间了呢，都怪我没有事先计划好，今晚都不知道睡哪里。"

"去我的房间睡。"言泽舟忽然开口，声音不大不小，刚好让可安听到。

可安的身子僵了一下，她飞快地转过头去，想要看清楚言泽舟此时是用什么样的表情在说这句话。倏地，竟对上了言泽舟的目光。

他好像，就是在等她回头。

可安还没反应过来，就听到他又补了一句："我去正阳那里挤一晚。"

丫的，吓她一跳！

10

也许是因为梁多丽来了，可安一晚上没有睡踏实。天一亮，她就起了。

酒店有提供早餐，她洗漱完下楼的时候，言泽舟正从外面进来。看样子，是刚跑完步。

"早啊。"

"早。"言泽舟对她点点头。运动完的男人，鬓角莹亮的汗意都是性感的，更别说那深邃的眼。

可安端了自己的早餐，选靠窗的位置坐下，不敢再去看他。她怕心头的那点悸动，会抑制不住泛滥成灾。

可没一会儿，耳边就有脚步声传过来。言泽舟端着餐盘，在她对面的位置坐下了。

窗外是清晨的阳光，一丝一缕都带着温柔。两个人静静地拨弄着自己餐盘里的食物，平和安谧。

快吃完的时候，大厅里的人渐渐多了起来。

"言检、宁小姐，早！"昨晚的高个儿也端着餐盘往他们这桌挨过来。

可安和他打了个招呼，顺势看了一眼他挑选的食物，高个儿吃得又多又油腻。

"睡得惯吗？"高个儿用筷子夹着一根油条，一边嚼一边问。

"还行。"她答。

高个儿又看向言泽舟。

"言检呢？昨晚正阳没少折腾你吧？"

言泽舟点点头："喝醉了耍酒疯，闹了一晚。"

"我就知道。这小子的酒品也不知道是随了谁。"高个儿一副恨铁不成钢似的样子。

可安漫不经心地抬头，就见言泽舟正好在看她。

"你看我干什么？难道像我吗？"她心虚地出声。

言泽舟扬了一下嘴角。他一笑，她更心虚了。

可安正要为自己辩驳些什么，酒店门口突然停下了一辆黑色的大奔。车上下来的人是徐宫尧。

言泽舟看了一眼。

"早。"徐宫尧和他打了个招呼。

"早。"

"我大姐呢?"可安问。

"她还没起来,等下会直接去康养中心。"

"那你来干什么?"

"我来接你。"徐宫尧目光温和。

可安下意识地去瞄言泽舟,他已经吃完了,但还坐在她对面,迟迟没动。他们,好像都在等她的回答。

"好。"她应了一声,站起来说,"你等一下,我上去收拾东西。"

11

康养中心的行程结束之后,他们马上要去下一个慈善聚点,之后也不会再回来了。

可安收拾了一下她的行李箱,出门前不忘带上了言泽舟给她买的那盒麦芽糖。

糖盒沉甸甸的,塞在包里,包也变得沉甸甸的。

下楼的时候,言泽舟正在和徐宫尧说着什么,两个男人站在一起,一样挺拔的背影成了酒店一道别致的风景线,吸引了不少姑娘回头。

"好了,走吧。"可安站到徐宫尧身边。

徐宫尧点点头,一边走过去开车一边对她交代:"言检和我们一起走。"

"为什么?"

可安看向言泽舟。

言泽舟的目光黑漆漆的,一脸坦然:"有点事情,需要提早过去。"

可安还没有审度出这话的真假,就见他又挑了一下眉:"怎么,不方便?"

"当然不是。"她高兴还来不及呢。

"那谢谢了。"

她摆手,淘气地躬了躬身:"你先请。"

言泽舟一点也不客气,径直走过去拉开后车厢的门。他刚坐定,就见她拉开了另一侧的车门,钻进来。

车厢不大,她带着风和一阵甘洌的香,和他隔了一个弯肘的距离。

"我可不是为了和你坐一起才坐后面的,我来的时候就是坐后面的。"这解释有些多余,言泽舟竟莫名其妙地笑了。

忽然,车子一震。

可安一个不察,就这样,堂而皇之地倒下去,枕在了言泽舟的大腿上。

两个人都愣住了,尤其是可安,她紧张得脸都不知道该往哪里转。

言泽舟腿上的肌肉紧实有力。这要是在他有女朋友之前,她一定就躺着不动了。

"不好意思。"可安挣扎着起来,刚刚翘起一个头,车子又是一震。

"嘭!"这次是更激烈的碰触,她分明感觉自己的额角撞到了什么。

言泽舟居高临下地看着她,脸上表情古怪。

她红着脸,都不好意思说了。

后排的气氛尴尬又暧昧,他们大眼瞪小眼地看了彼此一会儿,言泽舟才别开脸伸手按住了她的后背,将她撑起来。

"撞……撞疼了吗?"可安支支吾吾,盯住他的裤裆。

言泽舟瞪了她一眼:"你确定要和我讨论这个?"

她捂住了嘴低头憋笑,言泽舟的脸更黑了。

12

仁田的康养中心虽然位置比较偏,但依山傍水,环境宜人。

可安他们到的时候,宁正瑜已经到了,院长和副院长正亲自陪着她。

言泽舟下了车就和他们分开了,他一路径直往康养中心的北院走,好像是真的有事。

"言检是这里的老义工了,他经常过来帮忙。"副院长是个心思细腻的中年妇女,她捕捉到可安的目光,主动把话题绕到了言泽舟的身上。

可安看着北院那条小径,他的身影消失在了葱翠的灌木中。

"这里的大人和孩子都很喜欢他。别看言检平时不苟言笑的,但他其实很能逗人开心。有时候病人闹情绪,我们医护人员都搞不定,偏偏他可以。"

可安笑了一下,点头。她知道,言泽舟干什么都拿手,哄人也一样,只是,他从没有哄过她。

和院长他们聊了一会儿,门外就有大巴车来了。

大巴车上,都是今天要和康养中心工作人员换班的义工们,正阳和梁多丽他们都在其中。

这次来的义工多为男人,仅有的几个女孩子年纪都不大,而可安只认得梁多丽。

梁多丽没见到言泽舟,一路都显得心不在焉的。可安也没有告诉她,言泽舟去了北院。

最后,梁多丽因为是医生,被派去给整个康养中心的老人体检,而可安,则被派去东院的儿童区。

康养中心的孩子,都是被折了翅膀的小天使。他们年纪都在三到十岁间不等,明明是最无忧无虑的年纪,却已经遭受了很多成人都无法抵御的苦难。

可安望着一张张可爱又带着戒备的脸庞,一时间手足无措。

"大家好,我叫宁可安。你们可以叫我的名字,也可以叫我姐姐。"她一边自我介绍,一边试着套近乎。然而,收效甚微。

孩子们不但没有靠过来,有几个胆小的,反而躲得更远。

"原来照顾你们的阿姨,她回家休息了,所以,今天由我来照顾大家,好不好?"

"为什么是你?我们不要和你一起!"一个看起来年纪稍大的小男孩跳出来表示抗议。

可安注意到,这个孩子的腿脚不利索,虽然看起来完完整整,但那条左腿明显是假肢。

"为什么不要和我一起?"可安走过去,蹲下来和那小男孩平视,"是因为姐姐不够漂亮吗?"

小男孩涨红了脸,用力地拂开可安的手。

"你滚开!漂亮顶什么用,我妈也漂亮,但她心肠坏,她不要我了!"

可安一怔,恍惚间听到身后有脚步声。

"小奈,我说过,不许没有礼貌。"是言泽舟的声音,带着一丝严厉,也带着不可名状的温柔。

可安没有回头,她还沉浸在刚才被戳中软甲的那一秒,心很疼。

"这么巧,我妈妈也不要我了。"她轻声地说。

13

那个被叫作小奈的男孩子顿住了。

言泽舟也是,他的目光却落在可安的脸上。

可安脸上仍挂着笑,让她刚才说的话像极了玩笑。但是,她眼底的悲伤,却那么真切。

"你妈妈去哪里了?"小奈问。

可安抬手,指了指天:"天上。"

"那就是死了。"

"小奈!"言泽舟喝止他。

小奈眼里有晶莹的泪花在闪耀:"泽舟哥哥,我和她不一样。我妈妈没死,她就是不要我了,她生了更健康的小弟弟,她不要我!"

言泽舟蹲下来,抱起了小奈。小奈搂住言泽舟的脖子,忍不住就呜咽起来。

"你等等,我和他聊会儿。"他回头,安抚似的对可安交代。

可安点点头,看着言泽舟抱着小奈走到凉亭那边的木椅上。他轻手轻脚地将小奈放下,和他一左一右坐在长椅上。

两个紧挨着的背影,一个强大,一个瘦小,阳光洒在他们的身上,和谐又神圣。

可安的眼眶也湿湿的。

"姐姐。"有个小女孩跑过来,拉了拉可安的衣角,"姐姐你别生小奈哥哥的气,小奈哥哥的妈妈不要他了,他很可怜的。"

可安摇摇头:"姐姐不生气。"

小女孩笑了。

"那就好,姐姐特地来这里照顾我们,你心肠很好,一点都不坏。我妈妈说,心肠好的女孩子最美了。喏,这是我妈妈送给我的手链,她说戴着漂亮,我送给你吧。"

小女孩扬起仅剩的左手,用两颗门牙咬住手上的链子,轻轻一扯,链子就脱出了手腕。

"为什么送给我？"可安有些受宠若惊。

"因为姐姐没有妈妈，姐姐很可怜。"

可安的眼泪，倏地涌出眼眶。她想去抹，但还没有抬手，刚才围在一旁打量她的孩子们一窝蜂地拥过来，七手八脚地给她擦眼泪。

"姐姐你别哭，我妈妈她一个礼拜就会来看我一次，她下次来我让她给你带好吃的。"

"对，还有我妈妈。她能做出漂亮的花衣服，我让她给你做一件，不收钱。"

"……"

孩子们叽叽喳喳地讲开了。

可安笑着听，一边听一边和他们拉钩。

她想，如果人人都能像这些孩子一样，即使自己经历了坎坷和挫折，却依旧能用悲悯的眼睛去看待别人的苦难，用温暖的双手去呵护别人的伤口，那么，世界得有多美好。

14

言泽舟牵着小奈往回走，却不见可安的身影。他找了一圈，忽然在孩子堆里看见了她。她没有蹲着了，而是直接盘腿坐在了地上。

孩子们围着她有说有笑的，她捧着一个糖盒，正随手派糖。见他和小奈过来，她从地上起来，朝着他们走过来。

"小奈。"她笑着把糖盒往前一递，"吃糖。"

小奈往言泽舟身边躲了躲，别扭地不肯接。

她继续凑过来："最后一颗咯，姐姐特地给你留的。"

言泽舟低头，她干净的发丝就在他手边，扫过他的手背，痒得让人心动，是春天的感觉。

忽然，她抬起了头，冲他眨了眨眼。两颗黑宝石一样的瞳仁泛着光。

他看懂了她的眼色，伸手接过了她手里的糖盒。

"小奈，想吃就拿着。弟弟妹妹们都吃了，不用不好意思的。"他轻声哄着。

小奈这才伸手,把仅剩的那颗糖拿起来,放进了嘴里。

麦芽糖很甜,能甜到人心里。小奈虽然没有说话,但可安知道,他感受到了。

小朋友们吃了糖,都兴致勃勃地聚到一处去玩耍。唯有可安站在言泽舟面前,没动。她看着言泽舟,眼神炽热。

那是爱慕与尊重,崇拜和虔诚。她很久,没有这样看着他了。

"看着我干什么?"言泽舟避开了她的目光。他觉得被她这样肆无忌惮地看着,身体会燃起来。

"觉得你很帅。"

"现在才觉得?"

"一直觉得,但现在特别帅。"

他笑了一下,晃了晃手里的糖盒,扯开话题:"我买的糖,为什么没有给我留?"

"留了。想吃吗?"可安咧开红唇,莹白的牙齿咬着糖果。

"宁可安,你……"

"没错,我就是在对你耍流氓。"可安调皮地笑着,默默掩住了心里的忧伤。

如果,你没有女朋友的话,我会直接把糖送进你嘴里。

可你有,所以我不会告诉你。

15

可安一早上都和孩子们混在一起。她教孩子们识字,也和孩子们一起玩游戏。她会的游戏不多,好在孩子们给面子,一个"123木头人"的游戏,也玩得兴致盎然。

言泽舟看她渐入佳境,就去了别的地方帮忙,没有再回来。

一晃到了饭点,可安还没觉得饿,但孩子们已经纷纷喊饿。

食堂有些远,她一路唱着儿歌带队走着。孩子们言笑晏晏地跟在她身后,手牵着手,乖乖地跟着。

她走几步回头看一眼,走几步回头看一眼……专注得连徐宫尧迎面朝她走来,都没有看到。

"宁总。"他叫她一声,在她面前站定,"看来已经得心应手了。"

徐宫尧扫了一眼她和她身后的孩子。

可安得意地一挑眉:"当然。我素来人见人爱,花见花开,不喜欢我的都是眼神有问题的人。"

"看来言检得去医院检查一下眼睛了。"

"你也觉得吧?我都怀疑他有白内障。"

徐宫尧笑了,他真是头一次遇到能把玩笑话讲得这样正儿八经的女人。

"走吧,食堂那里都准备好了。"

可安点点头,也没问是什么准备好了。

"孩子们早就嚷嚷着饿了,你看我,像不像老母鸡带着一群小鸡去觅食?"她回头指了指孩子们。

徐宫尧静静地打量着她。她穿着白色的T恤,外面罩了件黑色的短马甲,整个人精精神神的,明明和所有义工都一样,他却总觉得,有哪里不一样。

"像。"徐宫尧顺着她的意回答。

可安突然眼睛一亮。

"那你做老鹰好不好?"

"嗯?"徐宫尧愣了一下没有反应过来,她已经兴奋地冲孩子们叫起来。

"姐姐想到下午玩什么了。我们玩老鹰捉小鸡好不好?让这位哥哥……"她拍了拍徐宫尧结实的胳膊,"让他当老鹰好不好?"

孩子们都捧场说好。

徐宫尧皱眉,凑到她耳边轻声抗议:"我还没答应呢。"

"孩子们这么给面子,你矫情什么啊?"可安瞪了他一眼,接着警告,"我花了一早上树立的威信,你可别给我掉链子啊。"

徐宫尧没了声响。

这不是第一次了,但好像每一次只要是她,再不可思议的要求,他都能接受。

徐宫尧随着大部队一起走,也享受着大部队的福利。

原来,她不只是能说会道,连儿歌也唱得这么好。那空灵干净的嗓音配上简单欢快的歌词,让他都忍不住想要轻轻地哼唱。

食堂还有段距离,但他却觉得去的路比来时有趣得多。

"姐姐!"

身后忽然有人叫了一声。可安和徐宫尧一同回头。

"怎么啦?"

"小奈走不动了。"有人说。

果然,刚才还生龙活虎的小奈,这会儿已经落在了最后面,他俯着身,按着自己的假肢,表情痛苦。

"小奈,哪里不舒服吗?"可安立马走过去。

"没事。"小奈倔强地摇头。

"姐姐,他骗你的。他的腿常常发作,根本走不了这么多的路,以前每次吃饭,都是阿姨推着他坐轮椅去的。"

可安一听,顿时懊恼,她竟然没有想到这一点。

"没事,我可以自己走。"小奈的眼神坚定得让可安心疼。

"不行,我背你。"可安在小奈面前蹲下来,"来,抓住姐姐的肩膀。"

小奈红着脸,别扭着没动。

"上来啊。"可安急了。

徐宫尧走过来,将她搀起来:"宁总,我在这里呢。你什么都亲力亲为,我算什么?"

他走到小奈面前,抚了抚小奈的后脑勺。

"我知道你在想什么,也是,让姑娘背可不是大老爷们能干的事儿。来,我背你。"他说着,蹲下来。

小奈怕生,往后退了一步。

"小奈,别怕。"可安拍了拍自己的胸膛,"姐姐保证,这个哥哥他是个好人。"

她的语气诚恳而真挚,这一瞬间,徐宫尧仿若被雷电击中,不能自持。

这么多年来,他在商界摸爬滚打,"好"字如何界定,他早已忘了。可这个女人,她凭什么说,他是个好人。

16

言泽舟忙了一早上，作为仁田元老级的义工，他不仅要做好自己的事情，还要帮助新加入的义工去适应这里的环境。

吃饭时间一到，他没有径直去食堂，而是往东院那里绕了一圈。

东院安安静静的，一个人都没有了。他进去，收拾了一下孩子们玩闹的玩具，正准备转身出来，无意间却瞥到了小黑板上的字。

"言泽舟"和"宁可安"，这六个字整整齐齐地排列在一起，一笔一画都工整用心。而他的名字后面，还画了一条小船。

他几乎可以想象到，她是如何对孩子们解释他的名字的。

言泽舟扬手，用手指抹了一下小船上多余的粉笔灰。透明的窗玻璃上映着他俊朗的容颜，可他没有看到，他的眸子里此时荡漾着什么样的温柔。

正阳打电话催促他快些去食堂，说要等他一起吃饭。他抄小路过去了。

今天食堂的伙食比平时好很多，这些高档的食材，都是以海城宁氏的名义派送过来的。

言泽舟走进食堂，先扫了一眼，没看见可安和孩子们。他忽然担心，她一个人能不能应付得过来。

"泽舟，坐这里。"梁多丽远远地朝他挥了挥手。她已经帮他打好了饭。

"你们先吃，我等下过来。"言泽舟说着，往门口跑。他刚跑到门口，就看到通往食堂这边的大道上，那群孩子已经手拉着手过来了。

他的脚步和视线一起顿住了。

走在队伍最前头的，是徐宫尧。徐宫尧小心翼翼地背着小奈，一边走一边和小奈说着话，小奈虽然没有开口，但眉目间有和煦的笑意。

可安跟在他们身边，她一手托着小奈的假肢，一手扶着徐宫尧的胳膊，像是螃蟹一样几乎横着前行，但她这样，一点都不影响画面的温馨。

他们，可真像是其乐融融的三口之家。

言泽舟停了一会儿，转身。他有些躁，只想快些走到阴凉的地方。

梁多丽追出来。

"你不吃饭去哪儿啊？是不是发生什么事情了？"她急切地问。

"没事。"言泽舟往前走，"吃饭吧。"

17

可安带着孩子们走进食堂。因为来得晚，食堂排队的人已经不多了。她先安排孩子们在最前面的位置坐下，又挨个给孩子们打了饭。

孩子们是真饿了，再加上今天食堂的菜对胃口，一个个吃得寂静无声。

可安刚刚坐下，就看到食堂入口处拥进一大批扛着摄像机、拿着话筒的人，那些人径直就往她的方向冲过来。

是记者！

可安一怔，随即站起来，阻止记者的靠近。

"徐宫尧，你过来！"她皱起了眉头。

徐宫尧立马走到她的面前，是待命的状态。

"这些媒体记者是谁叫来的？"

"是宁经理。"

"宁正瑜她疯了是不是？她要拉着我作秀可以，但孩子们不行。"可安压着声音，但是，她脸上的表情已经泄露了她的火气。

孩子们都往这边看过来，一双双乌溜溜的眼睛，单纯干净。

徐宫尧对记者们使了个眼色，示意他们稍等一下。

场面一时有些难堪。

"我知道这不是你的意思。你去把宁正瑜叫来，我和她谈。"

徐宫尧点了点头，他掏出手机拨了个电话。没一会儿，宁正瑜就踩着高跟赶来了。她一早上都穿着裙装，半点没有来做义工的意思。

"你想干什么？"可安问。

"我想干什么你看不出来吗？你不会真的以为，我们把你从海城大老远带到这个鸟不拉屎的地方来，就是为了让你穿成这样哄孩子玩的吧？"

从董事会安排这次慈善之行开始，可安就隐隐预感到不会这么简单，可她没有想到会有记者采访跟拍。

"我不管你们之前的计划是什么，现在，必须听我的。"可安言辞间有着不容辩驳的气势，"带着你的人，从这里出去。立刻！马上！"

宁正瑜冷嗤一声。

"我和你说过多少遍了，你现在是宁氏的负责人，你不是你，你代表了整个公司，你懂吗？"

"你说得对,我是宁氏的负责人。那么,我现在以宁氏负责人的身份命令你,带着你的人,出去!"

"如果你搞砸了这次的宣传活动,你要怎么和董事会交代!"宁正瑜的语气已经有了警告的意味。

"那是我的事,你先做好你的事。我说第三遍,也是最后一遍,请你们出去,孩子和病人都需要好好吃饭。"

也许是他们这群人太过显眼反常,在食堂吃饭的所有人都朝他们看过来,有人窃窃私语着,也有人指指点点着。

很多不满、愤怒的声音陆陆续续地传过来。康养中心的残障人士,多数是介意以这样的方式出镜的。

宁正瑜有些下不来台,她深呼吸一下,看向徐宫尧。

"徐特助,麻烦你收拾一下这残局。回去之后,也希望你能如实报告,宁氏的负责人,是如何擅作主张,破坏整个董事会的计划的。"宁正瑜说完,转身就走。她走路的姿势,已经不如刚进来那般气势汹汹了。

宁正瑜走了,可安绷紧的弦才微微松下来,她吐了口气,抬头却发现徐宫尧正看着她。

"看什么啊?"

"宁总刚才很像宁氏的负责人。"他的目光里有坦然的赞赏。

"我本来就是宁氏负责人。"

"是。"他笑着凑过来,"你不是一个傀儡,你是宁氏负责人。"

他们挨得很近,近到可安足以看到徐宫尧眼底的星光点点。她有些不好意思,悄悄别开头,却发现徐宫尧的身后有人靠过来了。

那人应该是康养中心的病人,他身材魁梧,却只有一条腿。他盯着徐宫尧,眼神复杂,忽然扬起自己手里的拐杖,重重地朝徐宫尧挥过来。

"当心!"可安惊叫一声,扑过去挡住了徐宫尧的身子……

18

言泽舟忽然跳起来,动作太猛,桌上的餐盘被撞了个底朝天,盘里的汤汤水水,洒了一桌。

梁多丽吓得往后缩了缩,转头言泽舟已经跑远了。

"怎、怎么了？"她问。

"那里好像出事了。"

同桌的男人们像拔萝卜似的一个个站起来，纷纷跟着言泽舟跑过去……

徐宫尧只感觉到自己身上一暖，耳边响起一记浅浅的闷哼，挡在他身前的女人，就软软地倒在了地上。

众人哗然，孩子的哭声和尖叫连成一片，四周乱糟糟的，他的心也乱糟糟的。他手忙脚乱地把地上的女人抱进怀里，抬头看到言泽舟拨开人群飞跑过来。

"大郑！"言泽舟扑过去将发了狂似的男人死死按住，那根把可安击倒的拐杖，被他甩得老远，"你疯了是不是！"

"我没疯！我就是要教训一下这些家伙！仗着自己有几个臭钱，就跑来这里卖弄同情心！我们是残了，但残了也是人！要拍是吧，我就让他们拍个够！"

"别闹了！"言泽舟厉声一喝。

宁正阳和梁多丽他们正好围了过来。

言泽舟仰头看着他们，眼里有可怕的冷静。

"多丽，你快带着他们去医护室。正阳，把记者都请出去，刚才发生的事情，不能让它出现在任何一条新闻里。大壮，你和我一起把大郑带回去。剩下的人在这里照顾孩子们。"

"是！"随着一声整齐的应答，所有人都分头行动起来。

言泽舟手上还擒着大郑，但目光却穿过混乱的人群，紧紧地跟着徐宫尧怀里的可安。

她闭着眼，长发散在徐宫尧的胳膊上，像个洋娃娃一样。

刚才，他看到了。

她朝着徐宫尧扑过去的那一秒，她张开双臂紧紧护住徐宫尧的那一秒。

到底，是什么让她奋不顾身？是勇敢，是善良，还是因为爱？

"言检，你怎么了？"大壮推了他一下。

"没事。"言泽舟拎着大郑的领子，把他推到大壮手边，"你先把他带回去，我晚点再来和这家伙算账。"他说完，就大步往医务室那个方向跑。即使知道那里有医生会照顾她，可是，他的脚和他的心，总是不听使唤。

19

医务室的医生和梁多丽一起给可安做了检查，诊断结果并无大碍。这让所有人心头悬着的大石，都落了地。

言泽舟站在床尾，静静地看着病床上的可安。从检查结果出来开始，他就一直那样站着，一动不动的，没有人知道他在想什么。

"泽舟，你不出去吗？"梁多丽拎着药箱说。

"你先出去，我再等一下。"他依旧没有把目光从可安身上挪开。

"等什么？"梁多丽有些奇怪，她想了想，又问，"是等徐先生吗？"

言泽舟没答话，梁多丽浅浅地笑起来。

"徐先生和宁小姐，看来是真的很恩爱呢。之前宁小姐受伤的时候，徐先生在医院寸步不离地守了整夜。而今天，宁小姐为了救徐先生，竟然可以那样勇敢地用自己的身体去挡，我真是佩服她。"

言泽舟还是没有说话，他的眼里像是飘着一朵云，有着冷冷的淡漠。

梁多丽放下手里的药箱，伸手挽住了言泽舟的胳膊。

"不过，你相信吗？如果今天换成是你和我，我也会和宁小姐一样，奋不顾身地保护你。"

梁多丽的脸红彤彤的，这番话花尽了她所有的勇气，可言泽舟推开了她的手。

"多丽，我说过，我们不可能。"他的语调一如既往的平淡，淡得仿佛没有希望，也没有伤害。

"为什么？为什么你总是这样断然地拒绝我？你给我一次机会，或许我们会很合得来是不是？"梁多丽红着眼瞪着言泽舟。

"你先出去。这里是病房，不适合谈论这个话题。"

梁多丽忍着眼泪，虽然心里诸多不满，但也知道，他们两个之间的关系，不是用三两句话就能理清楚的。

她拎上药箱出去了。

病房里又安静下来。病床上的人并没有要醒的迹象，可言泽舟觉得自

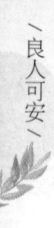

己已经等了很久很久。

没一会儿,病房的门被推开了。

徐宫尧刚和宁正瑜通完电话回来,事情闹成这样,不管原来的计划是什么,现在都得停下。

宁正瑜虽然意外于这样的反转,但是她依旧认定是可安搞砸了所有的事情,她甚至还说:"挨这一拐也好,让她长长记性,下次别那么嚣张。"

徐宫尧在宁氏这么多年,饶是明白宁家的格局,还是被这样冰冷的亲情给震慑到了。

"发生了这样的事情,言检应该有得忙了。这里有我看着,你去忙吧。"徐宫尧绕到床沿边。

"这次的事情,很抱歉。"

"该说抱歉的不是言检。"徐宫尧停了一下,"而且,言检应该比谁都担心宁总吧。"

两个男人遥遥看着彼此,气氛忽然就古怪起来。

言泽舟还没接话,病房门口探进一个脑袋。

"言检,孩子们又吵又闹,我们镇不住,你帮忙去看看吧。"

言泽舟先挪开了目光。

"那我先出去,这里,麻烦了。"

20

可安睁开眼,后背疼得她想骂脏话。

最近真是撞了邪了,滚了一圈碎石坡也就算了,现在竟然还挨人打。

"醒了?"病床前头站着一个男人。

她眨眨眼想看清楚,那个男人识趣地把脸凑到了她的面前,是徐宫尧。

可安长长地出了口气。

"怎么,看到是我,很失望吗?"

"也不是失望,就是没有惊喜。"她实话实说。

徐宫尧笑了一下:"言检守了你两个多小时,他刚被叫走,你就醒了。"

可安挣扎着从床上坐起来。

"徐特助,你不会是因为我救了你,所以专挑我喜欢的讲给我听吧。"

徐宫尧搀着她的胳膊，扶着她坐稳。

"是真的。"

"那他是被谁叫走的？肯定是梁医生吧。"

"言检和梁医生？"徐宫尧有些意外。

"嗯。"可安垂下头，"你一定不知道，梁医生是言泽舟的女朋友吧。"

徐宫尧摇头，这个他真没听说。不过经这一提点，好像是那么回事。梁多丽看着言泽舟的眼神，总比看其他人更热烈些。

"所以，言检有女朋友，你就放弃了？"

"我能怎么办？"她轻声反问着，带着一丝疲惫与无奈。

她这样无力的样子，莫名戳中了他心底的柔软。他想张口安慰，却又觉得，沉默是最好的安慰。

"如果他没有女朋友，我一定会去争取的。可是他有……"她的声音弱下去，"我可以去争，但绝不能去抢。"

可以去争，但绝不能去抢。

这样平凡却又震撼的答案，囊括了一个女人所有的原则、骄傲和自尊心。

他静静地看着，只觉得眼前的宁可安，有着一种让他不敢直视的美丽。

"好了，不说这个了。"她收敛了一下情绪，"刚才那个男人怎么回事啊？"

"是康养中心的病人。大概是怕记者出现会打扰到他们原有的生活，所以情绪有些偏激。"

"我就说，找记者来跟拍这样的计划不合适！董事会那些家伙，不知道脑子里都装了什么，成天就想着利用别人达成自己的目的！"她骂骂咧咧的，言辞间对那个男人竟然没有半分抱怨和指责。

徐宫尧已经习惯了她不按常理出牌的性子，只是有一点，他仍然很好奇。

"为什么救我？"他问。

那一瞬间，女人身体的柔软和馨香，如汹涌澎湃的海。

人若掉进了深海，势必九死一生。

而他回眸的那一秒，就知道，自己死定了。

21

徐宫尧还没等到答案,言泽舟就从外面敲门进来了。

可安看到言泽舟,忽然大叫起来。

"啊啊啊!疼死我了!徐特助我是不是受内伤了,我会不会死啊?"

徐宫尧扶着额答不上话,倒是言泽舟真的皱了一下眉。

"姐姐,你很疼吗?"言泽舟的身后闪出一个小小的身影,是小奈。

小奈满眼的担心,他走到可安的床边,轻轻地握住了她的手。虽然这个动作让他红了脸。

"不疼了。看到你,姐姐瞬间就不疼了。"她伸手,搂住了小奈。

小奈似信非信。

"那姐姐真的不疼的话,可不可以不要怪大郑叔叔?"

可安愣了一下,她不知道大郑叔叔是谁,但是她能猜到。

"大郑叔叔真的是个很好的人,他以前是个很了不起的警察,他是为了抓坏人才变成这样的。他和我一样,没有腿,所以他平时特别疼我……"小奈说着,眼泪就冒了出来,"他们都说大郑叔叔打了人,他可能会坐牢,我不想要他坐牢……姐姐,你是真的不疼对不对?"

可安的眼眶湿湿的,但她还是笑了。

"当然是真的不疼。"为了让自己的话听起来更可信,她还扬手挥舞了一下手臂,"你放心,你大郑叔叔绝对不会坐牢的。不信你可以问你这检察官哥哥,法官是不会判好人坐牢的。"

小奈看向言泽舟:"是吗?"

"是。"言泽舟走过来,握住了她的胳膊,"就算不痛,也别乱动。"他轻轻地将她的胳膊压下。

可安"嗤"的一声:"你又不是医生,我为什么听你的啊?"

"是医生交代的。"他说。

"对啊姐姐,多丽姐姐走的时候特地交代的,她说你不能乱动。"小奈在一旁接话。

"梁医生走了吗?"可安意外。

"是的,医院那里临时有个紧急的手术,非要多丽姐姐回去。"

可安把目光转到言泽舟身上。

"你女朋友走了,你怎么没走呢?"

徐宫尧和小奈同时看向言泽舟。

言泽舟依旧云淡风轻的,他不说话,只是看着可安的眼睛。

可安自然不会让他看穿自己的醋意。她别开头,躲掉了和他的对视。

"泽舟哥哥,你什么时候交女朋友了?你的女朋友是谁啊?"小奈扯住言泽舟的衣角,把可安想知道的问题,全都问了个遍。

屋子里静得能听到人心的躁动,所有人都默默地等着言泽舟的答案。

言泽舟停了几秒,低头捏了捏小奈的脸颊:"哥哥并没有女朋友。"

第五章

CHUNFENG HUAYU

春 风 化 雨

1

哥哥并没有女朋友。

没有？

"咳咳咳！"可安止不住地咳嗽起来，心里却有一万头草泥马奔腾而过。

徐宫尧递了一杯水过来，可安没有接，而是直接抓住徐宫尧的胳膊晃了晃。

"徐特助，我好像真的受了内伤，你去帮我叫一下医生。"

杯中的水险些被她晃出来，徐宫尧赶紧放下了。

"小奈，徐宫尧哥哥他不知道医生办公室在哪儿，你可以给他带路吗？"可安又看向小奈。

小奈当真了，走过去牵住徐宫尧的手。

"哥哥，走吧。"

徐宫尧犹豫了一下，可安立马又对他使了个眼色。

他懂的，怎么会不懂。因为懂，才不想把空间让出来。

"哥哥，快走吧，医生办公室在楼下，要走很长的路。我怕姐姐会难受。"小奈催促着。

徐宫尧应了一声，俯身把小奈抱起来。

"这样走，比较快。"

病房里终于只剩下可安和言泽舟两个人了。

言泽舟若无其事地走到可安的床头，把刚才徐宫尧放下的那杯水拿起来，重新递给她。

"喝点水再说吧。"

可安遂意，将水杯里的水一饮而尽。

"内伤能喝这么急这么快？"他随手把玩着空空的水杯，嘴角藏着一丝戏谑。

"我没内伤，我承认我撒了谎，那你呢，没什么要说的吗？"

"我说什么？"

"你不是说你有女朋友吗！"可安忍不住朝他吼。

言泽舟一脸无辜："我什么时候说过？"他指了指自己的嘴，"用这张嘴说的？"

"你是没有承认，但是你也没有否认啊。难道你不知道，那就是默认。"

"哪里的规定？"

"这里的规定。"可安拍了拍自己的心口。

言泽舟看着她一脸认真的表情，忽然笑了。这是她醒来之后，他第一次对她笑。那笑容里的释然和宠溺，让可安觉得，她好像只是做了一个梦。

她揉了揉太阳穴："所以，一直以来，你都是在耍我？"

"我哪里知道你们女人这么多内心戏。"言泽舟更无辜了。

"不是我们女人内心戏足，而是你们男人，不，是你，你太会演戏了。"

"你不是早就知道，我是演技派？"

"……"可安觉得眼前这个男人，随时随地都能把她气得呕出一口老血来。但是，不管怎么样，他没有女朋友这个消息，对她来说是最好的消息。

阴云笼罩的日子已经过去了，她现在神清气爽，就像是被打通了任督二脉一样，除了那几分浅薄的委屈，什么烦恼都没有了。

"你过来。"可安对言泽舟勾了勾手指。

言泽舟难得听话，乖顺地靠过来，和可安脸对着脸。

时间好像静止了，唯有窗外风起，风又落。

〉良人可安〉

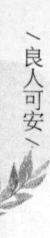

她伸手，一把揪住了他的衣领，将他拉得更近。
"那么言检察官，我是不是可以光明正大地追你了？"
言泽舟眨了下眼，温柔地抬手将她的鬓发抚顺。
"欢迎。"

2

康养中心的行程当天就结束了。晚上安排好病人休息之后，所有义工聚在一起吃了顿饭，可安也被叫去坐了。

大家喝了点小酒，热热闹闹地讨论着明天的行程。
"宁小姐，你明天不去了吧？"有人转头看向她。

可安点了点头。虽然，她背上的伤并不严重，但是大家都把她当成病人，她怕自己跟去反而会成为累赘。

"那什么时候走？"

"今晚。"其实，宁正瑜的计划被打乱之后，她从下午开始就吵着要走，是徐宫尧一直牵制着她，才等到了晚上。

"那明天的人数一下少了很多哎，你不去，梁医生不去，宁律师和言检也不去……"

"言检为什么不去？"可安忍不住打断。

餐桌上的人都停了下来，大伙看着她，似乎有些犹豫。

可安静静地等着，她知道，依言泽舟说一不二的性子，肯定是因为发生了什么事情，才不去的。

"怎么了？"她追问一遍。

"听说是大郑老家的弟弟出了点事情。"

"大郑？"

"就是误伤了你的那个大郑。大郑腿脚不方便，他家又远，在汝古县呢。这次他弟弟的事情好像闹得还挺严重的，要是没人出面解决，估计得吃官司。好在言检和宁律师仗义，愿意出面替他跑一趟。"

可安抬腕看了看表："他们什么时候走？"

"估计该走了吧，十几分钟前就看到言检在和院长告别。"

可安站起来，顾不上和餐桌上的人打个招呼，就飞快地转身跑出去。

她一边跑一边拨言泽舟电话，可是没有人接。她立马转拨宁正阳的电话，没响几下，宁正阳就接了起来。

"喂。"

"在哪儿？"

"停车场，怎么了？"

"还没走吗？"

宁正阳似乎被她没头没尾的问题给问蒙了，半晌才答："刚上车，还没走。"

"好，那先别动。"可安一路跑上楼，背上自己的包，"千万别走，我有惊喜要给你们。"

"我们？你知道我和谁在一起吗？"

"言泽舟。"

"哎，你还神了。"宁正阳在电话那头笑，"什么惊喜啊？言检说不知道什么惊喜他不等。"

"不等他会后悔的。"可安快步穿过大厅，朝迎面走来的徐宫尧和宁正瑜挥了挥手，来不及交代，就朝停车场奔去。

康养中心的停车场很大，但可安一跑到入口处，就看到了言泽舟那辆越野。

可安心想这言泽舟嘴上说着不等，身体还挺诚实的嘛。

她跑过去，没打招呼就拉开了后车厢的车门，坐进去。

驾驶座和副驾驶座上的两个男人同时回头看着她。

"惊喜呢？"正阳期待地问。

"我！"她指了指自己，"我就是惊喜。"

"你？"正阳瞪着她，"你什么时候改名叫惊喜的？我怎么不知道？"

"呸，我这样一个如花似玉的大美女忽然出现，难道不算惊喜吗？"

"如花似玉，你只做到了前两个字，至于惊喜，真的只惊不喜。"

"宁正阳，你找抽是不是？"

可安扬拳朝正阳挥过去，正阳敏捷地躲开了。他有些委屈："本来就是，不信你问言检。"

可安的目光转向言泽舟。从她上车开始，言泽舟一直没什么反应，只

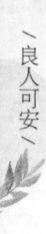

是握着方向盘,平静地看着她。

不用问也知道,他非但没有喜,连惊都没有。

"你来干什么?"言泽舟问。

"听说你们要去汝古县,我和你们一起去。"

"我们有事情要办。"他的言辞间,拒绝的意味明显。

"我知道,我也不是跟去玩的。"

"那给我个理由。"

可安想了想,按住了宁正阳的肩膀:"你带着我弟弟去那么远的地方,我不怎么放心他,所以我要跟着一起去。"

正阳"嗤"了一声:"我说姐姐,我满世界飞的时候,怎么不见你担心?现在我就跟着言检去趟汝古,要劳你亲自跟着?"

可安没管宁正阳,她只顾看着言泽舟,眼里的情感缭绕出一张网,她相信言泽舟看得懂。

言泽舟还没说话,她又凑过去,在他耳边轻声地补了一句。

"如果不够满意,我再换一个包你满意的。"她露骨的眼神带着一丝挑逗与威胁。

宁正阳还没看出点什么情况来,言泽舟已经转回去,发动了车子。

"言检,真要带她一起去啊?"宁正阳叫道。

言泽舟转动方向盘,踩了一脚油门,车窗外的景致动了起来。

"你刚才不是说两个大老爷们赶路没意思,现在正好。"

"……"

3

去往汝古县的路不仅远而且多为山路。可安被颠得睡不着,她静静地倚在后座,看着驾驶座上言泽舟专注的侧影。正阳已经睡着了,车厢里响着他起伏的鼾声。

"疼得睡不着?"言泽舟忽然出声。

可安愣了一下。

他的声音在黑夜和发动机的衬托下,很温柔。

"不疼。"她轻声地答。

言泽舟往后视镜看了一眼。她一个人霸占着宽阔的后车厢,脸藏在光影下,美得神秘。她好像,是个特别耐疼的人。

"为什么要跟着?"

"不是说好了要追你吗?那当然你去哪儿我都要追着跑。"

言泽舟扬了一下嘴角。

可安挪到了他的身后,用手扳着他的椅背,和他靠得更近些。

"你困吗?"她问。

"不困。"

"你应该说困,这样我才能陪你聊天解困嘛。"可安没好气地教他,"男人不能太实在。"

言泽舟又笑了一下:"我在开车,现在不能聊天。"

他的意思是,如果他没有在开车,他们就可以好好聊天了吗?

"你睡吧,路还很远。"

"今晚能到汝古吗?"

"到不了。"

"你要开一晚上吗?"可安有些心疼,"把正阳叫起来,让他替你开一会儿吧。"

"不用,前面有个加油站,去那里休息一下。"

可安应了一声,乖乖地不再说话。

夜间山路,岌岌难行。黑暗里是看不见的悬崖峭壁,但是可安的心却很安定。

又开了几个小时,言泽舟所说的加油站终于出现了。他熄火后下了车,把打瞌睡的加油站工作人员叫了起来。

工作人员和他说了几句话,他点点头,就拐进了边上的便利店。没一会儿,他就出来了,手里多了一个塑料袋。

后车厢的车门被拉开了,他站在门口,把手里的塑料袋递给可安。

"吃点东西,不然得饿到天亮。"

可安往袋口看了一眼,里面是巧克力、饼干、面包和水。

她看了看他:"那你呢?"

"我不饿。"他按着车门,合上时交代,"吃完睡会儿。"

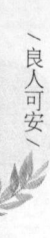

可安捏着手里的饼干咬了一口,她的视线,隔着车窗却没有从他身上挪开。

言泽舟站在加油站外面的吸烟区,从口袋里掏出了一盒烟。

无边的夜空,苍凉的月色和抽烟的男人,这画面,真是性感。

这是可安第一次见他抽烟。

她记得自己之前问过罗东生,为什么言泽舟从来不抽烟。罗东生说,言检之前受过伤,那伤的位置很特别,医生不让他抽烟……

可安推开了车门,从高高的越野车上跳下去。

他听到脚步声,回头。缭绕的烟雾让他俊朗的脸更添几分诱惑。

"风这么大,你出来干什么?"他看着她。

"提醒你不能抽烟。"她说着,抬手抢过他指尖燃了一半的烟,扔在地上,抬脚将那点猩红碾灭。

言泽舟没说什么,只是按了按自己的太阳穴。

"很困是不是?"她走近他,"我有办法帮你醒醒神。"

言泽舟抬眸,见她忽然贴过来,攀住了他的脖子。

他下意识地往后退,但她柔软的唇,已经覆了上来。

4

唇贴着唇的一瞬,他们谁都没有闭眼。

言泽舟是因为错愕,而可安,是怕错过。她不想错过任何他可能会爱上她的瞬间。

然而,言泽舟的眼底像住着一片平静无垠海,她什么都看不到,除了满眼期待的自己。

她松开了他,有些尴尬地扫了扫言泽舟的肩膀。

"那个,这样,应该清醒了吧。"

可安的目光心虚地乱晃,言泽舟却一瞬不瞬地盯着她看。她的脸绯红一片,如同月光下的罂粟,美得致命。

"疲劳驾驶很危险的,为了我和正阳的安全考虑,我才亲的你,我……我不是对谁都很随便的女人,我只是……只是,算了,不说了。"可安有些语无伦次。

"我知道。"他开口,嗓音带着不易察觉的喑哑。

"知道什么?"

"知道你不是随便的女人。"他停了一下,"也知道,你随便起来不像女人。"

"……"

两个人往回走,正阳不知道什么时候醒了,正坐在车里吃东西。可安和言泽舟忽然一前一后地拉开车门,把他吓了一跳,他刚开的矿泉水全都洒了出来。

"大半夜的你们去哪里了?我还以为自己被丢了呢。"他一边委屈地抱怨,一边抽了纸巾擦拭着被水打湿的座椅和裤子。

"要真准备把你丢了,就不会给你准备口粮了。"可安抢过他手里的袋子。

袋子里剩下的零食不多了。

"真能吃。"她白了正阳一眼。

"吃饱睡足了才好开车啊。"正阳看着言泽舟,"言检,接下来的路我来开吧。我以前玩赛车的时候也开过山路,你放心。"正阳说着,推开副驾驶座的门,绕过车头。

言泽舟想了想,把驾驶座的位置让了出来。

"噢,言检你坐后面吧。"正阳有些不好意思地挠了挠头,"副驾的位置被我弄湿了。"

言泽舟"嗯"了一声,拉开了后车厢的门。

可安刚把半块巧克力含进嘴里,见他进来,她剩下的半块给了他。

"是山路哎,你确定要坐后面吗?"可安似笑非笑地问。

"怎么?"

"山路很颠簸,你不怕再被我撞到吗?"她的目光下移。

言泽舟一僵,随即清了清喉咙。

"你敢的话,试试。"

可安悄悄地靠过去,在他耳边低语:"我真不敢。要是撞坏了,我下半辈子的'幸福'可怎么保证?"

言泽舟转眸,触到她故作轻佻的目光。他大掌一扬,捏住了她的肩膀,将她的脑袋往他大腿上一按。

可安又如那天的姿势一样,枕上了他的大腿。

"别那么多废话,睡吧。"他轻声地说。

5

言泽舟的腿一如既往的结实有力,甚至细细感受还有几分弹性。

可安很快就睡着了。迷迷糊糊间,总感觉按在她肩膀上的手一直没有松开。

言泽舟,是个多让人有安全感的男人啊。

醒来时,天已经微微亮了,可安睁眼,看到言泽舟还保持着昨晚的坐姿,一脸谨慎地观察着窗外的路况。

"前面五十米处有弯道。"他轻声地提醒着开车的正阳。

正阳"嗯"了一声,忍不住埋怨:"言检,你就这么不放心我吗?以前又不是没赶过夜路,也不见你这样小心翼翼的,难道是因为多了我姐?"

"别瞎猜。"

"其实,我这个姐,从小天不怕地不怕的,她真不是个会拘小节的女人,你看她,随随便便枕着个男人的腿就能睡得这样香,就足以说明她多糙了。"

"那也是个女人。"言泽舟望着晨光里连绵的远山,神色温和。

"反正是她自己要跟来的。"正阳咕哝着,过了一会儿又问,"你知道她为什么要跟来吗?"

言泽舟耳边回闪过她的话:"不是说好了要追你吗?那当然你去哪儿我都要追着跑。"

他按在她肩膀上的手往上挪了几分,轻轻地拨弄了一下她的长发。忽然,他的手被握住了。

言泽舟低头,才发现,原来她早已经醒了。

四目相对,两个人的眼神一样的明亮。她先对他笑了一下。

"早。"可安握着他的手,紧紧的。

"早。"言泽舟也笑了。他没挣,任由她握着。

可安贪心，换了个十指相扣的姿势，他这才把她推开。

"醒了就起来。"言泽舟的手指弹了一下她的额头。

"就是，你知道你睡了多久吗？"正阳听到动静叫起来，"我都怕言检的腿会被你压残了。"

"宁正阳你少说几句能死啊！"可安跳起来，一离开言泽舟的身体，顿时感觉一阵刺骨的寒意。她抱着胳膊抖了一下，身旁的言泽舟见状，把外套脱了下来罩在她的身上。

"谢谢。"他的外套和他的身子一样暖。

言泽舟动了一下腿，伸手捏了捏。

"我来。"可安俯过身去，想给他按腿，他却伸手挡开了。

窗外路牌一闪，他沉沉的声音传过来："到汝古了。"

6

汝古是个很小的县镇，放眼望去，有田野也有远山。镇上的房子多为土屋，棕砖黑瓦，矮矮地连成一片。

他们下车之后，找了条清澈的小溪简单地洗漱了一下之后，才进镇。

可安从来没有见过这样的风景，她边走边看新鲜，镇上的居民也在看着他们的新鲜。的确，这里大概很难再找出这样三个衣着容貌皆靓丽的人。

大郑的家就在镇尾，三间平房外加一个小院子。院子里挂满了玉米棒子和辣椒串子，颜色鲜艳。

"郑叔。"言泽舟朝屋里喊了一声。

屋里很快传来了脚步声，一个皮肤黝黑的老人从里面跑出来。

"啊呀，小言小宁，你们还真来了啊！"郑叔憨实地笑着，脸上尽是叨扰了别人的不好意思，"大郑总是这么麻烦你们，我都替他难为情。"

"郑叔你可别这么说，我们正好都在休假，就算没有二柱的事情，我们也得来看看你和郑婶，顺便呼吸一下这里的新鲜空气。"宁正阳一嘴的花腔，在这里正好派上了用场。

郑叔点着头，目光一转，看到了言泽舟身旁的可安。

"这位姑娘是？"

"我姐。"宁正阳把可安拖到他身边,然后抬手揉了揉可安的发心,"也是大郑哥的朋友。"

可安乖乖地随着他们叫了一声:"郑叔。"

"哎哎!"郑叔开心地应了两声,"快进去坐吧。老婆子在里面做饭呢,我得让她赶紧多炒几个菜。"郑叔说完,先他们一步跑进去,不时响起踢踢踏踏的声音。

可安低头看了一眼,郑叔脚上那双军绿色的解放鞋裂了个大口子,他黑瘦的脚趾露在外面,像颗破土的种子。

他们三人进了屋,屋里只有一张小方桌和四条板凳,其他什么都没有。三人刚坐下,郑叔就提了个水壶和几个大碗过来了。

"来来来,大家喝水。"

可安也不扭捏,放了背包就捧着大碗"咕噜咕噜"地喝水。宁正阳见她喝水喝得这样汉子,忍不住又想开口数落。可安掐了他一把,他才没作声。

言泽舟在屋里转了转,径直往厨房去了。厨房里很快传出女人中气十足的笑声。没一会儿,他走出来了,厨房里的郑婶也跟了出来。

郑婶也很黑,看起来比郑叔年纪更大,但精神头很足。她的腰上系着皱巴巴的围裙,两只手卷在围裙里头搓着。

正阳叫了声"郑婶",又把可安介绍给她。

郑婶看着可安,眼角眉梢的皱纹里都是笑意。

"啊呀,这么俊俏的闺女啊,长得跟电影里头的明星似的。是不是啊老头子。"

"你这一辈子都看过什么电影啊净瞎说,要我说啊,那比电影明星都好看。"

可安被夸得不好意思,她看了看言泽舟。言泽舟正抬头看着房梁上的燕子窝,似乎并没有听到他们的对话。

"郑叔郑婶,别夸得太过分了,我姐不经夸,一夸就上房揭瓦。再说了,海城比她漂亮的姑娘多了去了,下次我带你们进城,保准让你们后悔今天说过的话。"

郑叔郑婶被宁正阳逗得直乐。

言泽舟这时忽然回过身来。

"二柱的事情，怎么样了？"

"噢，昨天晚上我去县长家里拨了电话之后，没过多久就有人来捎信，说二柱没惹上事儿，都是一场误会。我本想去通知你们，可是县长家里的人都去做客了，不在家。"

"那二柱人呢？"

"我也不知道，两天没回来了。不过昨天捎信的人说，他今晚就会回来了。这个臭小子，回来我一定教训他，真不让人省心，还让你们白跑了一趟。"

言泽舟笑了一下："没关系，没事就好。"

7

郑婶擦干净了桌子，热热闹闹地招呼大家吃饭。小方桌只有四面，但是他们有五个人，可安直接一屁股坐到了言泽舟的凳子上。

言泽舟看了可安一眼，什么也没有说，只是往边上挪了挪。

正阳终于觉察到有什么不对劲儿了，他噘了噘嘴，闷声问："姐，你为什么不和我坐一起，却要和言检一凳？"

"因为我喜欢和长得帅的坐在一起。"

"我不够帅吗？"

"海城比你帅的男人多了去了，但是比言检帅的就不多。懂我的意思了吗？"

"懂了，你这是在报复我刚才说你不漂亮。"

"对，我记仇，下次说话小心点。"

大家都笑起来，餐桌上的气氛很好。

可安没什么顾忌，也不挑嘴，郑婶做什么，她就吃什么。言泽舟和她一样，两个人坐在一起，连舀饭的姿势都有些像。

"这闺女胃口好，将来一定好生养。"郑婶冷不丁地说。

宁正阳一口饭差点喷出来："郑婶，你的对比标准，是你们后头猪圈里的老母猪吧？"

"你这孩子，净瞎说。"郑婶瞪了瞪正阳，又看向可安，"闺女，有男朋友了不？"

"没呢。"可安小声地说。

"小言,你也还没女朋友吧?"郑婶又把话题扯到了一直默不作声的言泽舟身上。

"没有。"

"那你们处处呗。"郑婶眼里忽然有了光,"看看你们坐在一起多般配啊,跟回门的新婚小夫妻似的。再说了,小言和小宁又是朋友,知根知底的,多好啊。"

言泽舟不说话。

可安不停地点头:"郑婶,你说得有道理,我们会好好处处的。等事儿成了,媒人的大红包归你。我接你和郑叔去城里吃酒哈。"

"哎哟,真的啊,那可就这样说好了啊。"郑婶开心得合不拢嘴。

桌上三个男人看着她们两个女人自说自话的,皆是寂静无声。

言泽舟看了可安一眼,伸手夹了一块鸡肉放进可安碗里。

"多吃点。"

可安热泪盈眶:"你也觉得该好好处处对不对?"

一旁的正阳翻了个白眼:"言检的意思是,让你多吃点饭,少说话。"

"……"

吃完饭,言泽舟就去车里补眠了。正阳带着可安四处闲逛,只要到了晚上,看到二柱平安回家,他们就可以返程了。

镇上什么都有,而且很多东西,在海城也不一定能看到。

可安一路逛一路买,惹得宁正阳"嗷嗷"叫苦。

"言泽舟和大郑一家什么关系啊?"路上,可安忍不住问。

言泽舟虽然话少,但是,可安还是能在他的眼睛里感觉到他对大郑一家的感情。那是一种无法用言语去形容的复杂感情,她看不透也猜不着,所以好奇。

"具体我也不清楚,我只知道,大郑和言检,以前是一起出生入死的战友。大郑出事之后,言检一直帮他照顾着二老和弟弟二柱。"

"出生入死?检察官的职业这么危险吗?"

"你不知道吧。言检是近两年才转职的,他以前是边防警察。"宁正阳说起"边防警察"这四个字的时候,眸子里光彩熠熠,那是一种毫不遮掩的崇拜,"昨天康养中心遇到的那些男人,以前都是言检的部下,那个高大个儿大壮,现在还在职呢。"

可安若有所思地看着前方。她承认,五年岁月的留白,让她一点都不了解自己现在喜欢的男人到底是什么样子,曾走过什么样的路。而她的喜欢之所以还这么坚定,可能就是因为每一次她向别人打探这个男人的过去时,她听到的答案都比她想象的惊艳。

这个男人身上,有一个让所有女人憧憬的英雄梦。

"还有呢?你还知道什么?把你知道的都告诉我吧。"

正阳警觉地瞧着她:"你干什么?你不会真的想追言检吧?"

"怎么,这么一个拉风的姐夫,你不喜欢?"

"喜欢是喜欢,但是你行吗?"

"怎么不行了?你摸着良心说,我真的那么丑吗?"可安斜了正阳一眼。

"丑倒不丑,可我总觉得,言检该配梁医生那样小家碧玉型的,而不是你这种类型的。"

"你倒是说,我什么类型?"可安抬手朝宁正阳掐过去。

正阳一边躲一边大叫:"破马张飞!"

"……"

8

言泽舟靠着睡了两三个小时,醒来人就精神多了。他推开车门,下车舒展了一下身子。刚走到郑叔家的院门口,就看到可安坐在石头上,低头按着自己的手机。

"正阳呢?"他朝她走过去。

"东边干河,他正在那里看他们捉鱼捡螃蟹呢。"她抬起头来,白皙的脸被太阳晒得红红的,"睡着了吗?"

"嗯。"言泽舟应了一声。

她把手机举起来,在半空晃了晃。

"这里信号怎么这么差?"她问。

"你要打电话?"

"嗯。有个未接来电,是徐特助找我,我怕他有什么事情,想给他回个电话,可怎么都打不出去。你知不知道这里有没有信号稍微好点的地方?"

"没有。"他想也没想就答。

可安"哦"了一句,也没有在意。

言泽舟掉头往里走,可安跟着他。

郑叔和郑婶正拎着个大袋子从屋里跑出来,见到可安立马朝她招招手。

"哎哟闺女啊,你怎么给我们买了这么多东西啊。这可使不得啊。"

言泽舟停了一下,转头看向可安。可安已经朝他们跑了过去。

"怎么样?你们喜欢吗?"她接过那个袋子,打开了袋口,"郑叔,你脚上那双鞋底都快掉了,这样容易绊着,太危险了。你看,我给你买了新鞋。"她说着,从袋子里掏出了一双新球鞋。

"我不知道你的尺寸,但是卖鞋的那个大伯说你以前的鞋都在他那里买的,是他推荐的尺寸,应该错不了。来,你把鞋脱了,快试试。"

她蹲下来,将那双新鞋放在了郑叔的脚边。

郑叔赶紧往后退了两步,满脸局促:"闺女,你这样我怎么好意思啊。"

可安会意,站起来。

"好好好,我不帮你,你自己进屋去试吧。我和那卖鞋的大伯都说好了,不合适可以退的。"

郑叔黑黝黝的脸都笑亮了。

"所以人家都说生娃娃要生女娃啊,果然,女娃就是比男娃贴心啊。"

可安点点头,忽然看向言泽舟:"嗯,我将来也想生个女儿。"

言泽舟盯着门栏上的女人,她正暖洋洋地笑着。那好看的眉眼,像是能带着阳光笑进他的心里。

他比任何一刻都确定,他心动了。

9

等到天黑,二柱也没有回来。轻松了一天的气氛,瞬间就逼仄起来。郑叔坐在门口不停地叹气,郑婶也坐不住了,一直在屋里转圈。

言泽舟一瞬不瞬地盯着腕上的表,他直觉,这件事绝对没有想象中的简单。

"郑叔,昨天来捎信的人你认识吗?"他问。

"认识。二柱的朋友小马。"

"他住哪儿?"

郑叔想了想:"小马他们在北坡下的那个大仓库里做工,白天晚上都住在那里。"

言泽舟点了下头,穿好外套,准备出门。

"你要去找他吗?我也去。"可安立马跳出来拦他。

"你留在这里。"他的语气带着不容商榷的决绝。

"不行,我们一起出来的,就得一起行动。而且你明明知道我为什么……"

"正阳,你看着她,我去去就回。"言泽舟打断了可安的话,对正阳使了个眼色。男人之间的眼神,可安看不懂,可越是看不懂,越是觉得蹊跷。

她还想要个赖,言泽舟已经转身跑出去了。

屋外是苍茫的夜色,连绵的远山在黑夜里乌压压的,像是一只巨大的鬼魅。他脚步如风,只一会儿,连背影都看不见了。

少了一个言泽舟,屋里不安的气氛更浓重了些。可安也加入了郑叔和郑婶坐立不安的队列之中,只有宁正阳,四平八稳地坐着。

"你们放心,有言检在,什么都可以解决。"

郑叔摇摇头:"你不知道,北坡那个地方,住了很多小混混,我们平时都不太敢去,我是怕小言这样忽然找上门去,会有危险。"

"郑叔,你瞎操什么心啊。你忘了大郑哥和言检之前的身份了?他们什么大场面没有见过,就算真的有混混要闹事,言检也必定可以以一敌百。"正阳说着,挥舞着手在半空中比画了几个武打片的姿势。

二老见正阳耍宝,脸上的神色微微放松了些,可安却莫名更担心了。

以一敌百,那都是电影里的情节,但是生活就是生活。他再厉害,也不过是血肉之躯。

约莫等了半个多小时,宁正阳的手机忽然响了一下,是短信的声音。

可安起初没有在意,但是正阳看过短信的内容之后,神色忽然变了。

"怎么了?"可安把脑袋探过去,正阳站起来一躲。

"没事,你在这里待着,我出去打个电话。"

可安盯着正阳,他的目光有些跳跃。她想起小时候,每次正阳一撒谎,就会露出这样的神情。

"外面天都黑了,你在里面吧。"可安佯装不再管他。

"不用了,我去外面。"正阳沉着脸往外走。可安趁他松懈,忽然一抬手,将他握在手里的手机抢了过来。

屏幕明亮的光一下子照亮了黑暗,上面只有一行字。

"北坡有毒窝,报警。"来自言泽舟。

10

言泽舟匍匐在半高的小矮坡上,借着铁皮仓库漏光的裂缝,观察着里面的场景。

这个地方,表面和普通的工厂仓库没有什么不同,守在门口执勤的男人,也是普通工人的装扮。可就在刚才,那个守门人俯身系鞋带的时候,言泽舟分明看到,他的腰上别着枪。

到底是什么样的工厂,工人需要持枪工作?

夜空里飘过几朵云,遮住了漫天的星辰和月光。

门口有一群人出来了,言泽舟把头压得更低。

"明哥,这次交货的速度,你该满意了吧?"灯光下一个矮个头的男人,仰着头满脸讨好地看着他对面那个瘦高个。

瘦高个从口袋里掏出一个塑料封袋,掂了掂袋子里的白色粉末,又闻了闻袋口,不怎么领情的样子。

"马马虎虎吧。"

"哎呀,你也知道,我这里人手少,招新人又不放心。"

"调教人不是你最拿手的吗?"

"那要看什么人了,你别以为这山里都是粗野的小子,一身正气的还不少。前两天就刚碰上一个惹事儿的,还把我的人给打了。"矮个男人往里指了指,"现在还在后面破屋关着呢。"

"关着干什么?直接做了不就完了?"

"这小子有点特别,他有个哥哥,之前是条子,我怕做了他会有风险。"

瘦高个大惊:"条子的人,那你还留着?赶紧去给我做了!这荒山野岭的,多一个死人可比多一个活人安全。"

言泽舟闻言,趁着他们不注意,悄悄起身往仓库后面的破屋绕过去。

破屋有人看守着,但只有一个人。

风声凄凄,言泽舟轻巧又快速地靠过去,在那人回首要拔枪的瞬间,捂住他的嘴,折了他的脖子。

看守者昏死过去,言泽舟摸到了他的枪,放在自己的身上。破屋一下成了失守状态。他推门,看到成堆的草垛里,躺着一个人。

"二柱。"他压低了声音。

二柱双手双脚都被绑着尼龙绳,听到声响,他翘起脑袋看了一眼,这一眼,让他死气沉沉的眸子里有了光彩。

"言哥,你怎么来了?"

"出去再说。"言泽舟帮二柱松了绑。

两人刚站起来,破屋门口就传来了急促的脚步声。

"还真有不怕死的!"随着一声啐骂,门就被堵住了。

言泽舟把二柱推到了自己的身后,来的人是矮个男人和他的手下。

矮个男人瞧了一眼言泽舟,咧嘴一笑,回头交代手下:"你去和明哥说,恐怕要多挖一个坑了。"

言泽舟拧着眉,腰上的枪似乎在发热,可他并不打算去碰它。

"给我上!抓活的死的都成!反正结果都一样!"矮个男人一声令下,他身后七八个男人一齐围了上来。

言泽舟主动上前,先伸手擒了最前面的两个,狠狠甩出去。

后面的人如涨潮时的浪花,一波波涌来。他摁住一个,借力踢腿,踹飞了一排。随着"噼里啪啦"的倒地声,破屋里顿时稻草飞扬,原本气定神闲看热闹的矮个男人忍不住浮躁起来。

"你们这么多人,一个都对付不了吗?白养你们了是不是?"

"大……大哥,这人身手……身手不简单啊!"剩下还站着的几个男人,脸上有了惧色。

"身手不简单要你和我说?"矮个男人原地跳脚,"你们是不是蠢?还不赶快去抓他身后那个身手简单点的?"

随着这一声提点，重新爬起来的那几个立马朝二柱围了过去。

言泽舟捡起地上的尼龙绳，勒住了几个推出去，身后冲上来的人如多米诺骨牌一样被撞倒了，可尽管这样，还是被个别人钻了空子，冲向二柱。

受伤的二柱抵抗了几回合，还是被他们抓住了。

"言哥，别管我了！你快走！"二柱大喊一声，但立刻被甩了一个巴掌。

言泽舟分神回头，有人往他膝盖上踹了一脚，他浑身一震，感觉自己的双肩也被按住了。他还没来得及脱开这些桎梏，额角忽然一凉。

矮个男人拿枪抵住了他的额头。

"你有本事再给老子牛？信不信我现在就一枪崩了你？"

言泽舟没动，昏暗的灯火下，他站得如一株白杨。

二柱死咬着唇，眼里闪着晶莹。

"言哥谁让你来的！你为什么老是听我哥的！你又不欠他！你没必要为我们家付出这么多……"

"言泽舟！"门外忽然传来女人的叫唤。

11

所有人都顿了一下。几乎同时，矮个男人握枪的手就被击中了，不过不是子弹，是颗弹珠。

言泽舟飞速扫了一眼破屋外的土堆上，一个纤瘦的身影端着一杆枪，站得直直的。夜风撩起她的长发，拂起她的衣角。即使逆光看不清她的脸，他也知道，那是怎样的一种美。

"卧槽！谁打老子！"矮个男人握着自己的手，话音刚落，已经被言泽舟擒住，拔枪顶住了脑袋。

情势顿时来了一百八十度的大转变。

"都放下枪。"言泽舟勒了一下矮个男人的脖子。

"好好好！有话慢慢说，当心点枪。"矮个男人惜命得很，一下子就变成了孙子。

"要我重复一遍吗？"言泽舟又顶了他一下。

"不用不用。你们听到没有！都放下枪！别乱来！"

矮个男人的手下不敢轻举妄动，都乖乖地把枪扔到了地上，举起了双手。

言泽舟抬脚，把枪都踢得远远的。

"言泽舟。"可安跑进来。

"带着二柱走。"言泽舟朝二柱的方向，扬了扬下巴。

"那你呢？"

言泽舟看着她，眼里的杀气渐渐淡出温柔。

"我会回来的。"他说。

言泽舟的本事到底有没有好到可以一个人对付这么多人，她不知道。但是她明白，她和受了伤的二柱继续留在这里只会给他制造麻烦。

"走吧。"可安朝二柱伸出了手。

"言哥他……"

"走！"言泽舟提高了声调。

可安抓住了二柱的胳膊，回头又看了言泽舟一眼。

"我听话，你也要说到做到。不仅要回来，而且要好好地回来。"

言泽舟默默地点了点头。

门外漆黑一片，像是个无底的黑洞。可安拉着二柱往门口跑了几步，刚要跨出破屋，门口忽然蹿出了一个持枪的壮汉。

壮汉的枪口，对准了她。

"嘭！"

可安还没有反应过来，眼前的壮汉已经倒地。她的白衫溅了鲜血，颤抖着回头，言泽舟的枪口冒着烟。他的眼睛，冷厉得好似浴血。

"看路！"他提醒她。

可安的腿已经软了，但还是跨过了地上壮汉的身体。

野外的空气甜得像是在庆祝重获新生。可安和二柱在仓库不远处的一个土坡后面躲了起来，她不想离他太远，无论发生什么事情，都不想。

风声似乎大了些，从一开始的凄厉变成哀号，破屋里却久久没有传出任何动静。

"言哥他不会有事吧？"二柱问。

可安没作声。但她的心已经跳到了嗓子眼，快得就像她第一次见到他的那一刻。但这种慌乱，又远远深于那一刻。

她不敢想，如果他真的有事，她会怎么样。

12

"嘭！嘭！嘭！嘭！"

仓库的前门响起了枪声。这是一个讯号。

"警察来了！"二柱兴奋地叫起来。但可安不敢确定，这时响起枪声对言泽舟有利还是不利。

果然，一直僵持的破屋里，开始传来打斗的声音。言泽舟有枪，但是不到万不得已的时候，他好像并不想开枪。

"打起来了！"二柱跳起来，可安一把将他按住了。

"他答应了，会好好地回来。"

二柱看着近在咫尺的女人，这是个非常标准的美人，但是这会儿，却美出了几分可怕的冷静。

风还在呼啸，屋里的打斗声不曾停止。模模糊糊中，可安看到宁正阳带着一队警察，往后围包抄过来。

她一秒一分地等着。

即使破屋里自始至终都没有传出枪声，她仍是害怕。

战斗很快就结束了，警察押着罪犯们从屋里走出来。

可安从土坡上站起来，她用目光清点着人，终于看到宁正阳和言泽舟一前一后地从里面走出来。明明才几秒的光景，她却像是等了一个世纪。

言泽舟的身上打斗的痕迹明显，但是却一点都不让人觉得狼狈。

可安扔下手里一直紧紧握着的枪，一步步朝他走过去。

此时，宁正阳正在和他说着什么，但他似乎没有在听，目光在混乱无章的人群里搜索着，直到锁定她的位置，才像找到了方向。

可安开始奔跑，在他温柔的目光里，像一个小女孩一样跑得跌跌撞撞。

昏黄的灯火前，她终于抱住了他。

宁正阳傻了眼，言泽舟却笑了。

言泽舟抬手，轻轻地抚了抚她的后脑勺，柔声问她："有没有受伤？"

"没有，你呢？"可安松开他，上上下下地打量。

"我也没有。"

她松了口气:"那就好。"

"好什么好?我受伤了!"正阳在一旁叫着。

可安扭头看着他:"伤哪儿了?"

"这儿。"正阳撸起了裤管,他的膝盖上有一片瘀红。

"怎么弄的?"

"这里路不好走,来的时候摔的。"

可安瞪他:"你倒是好意思说!"

"怎么不好意思说了?要不是赶着来救你们,我能走那么着急吗?"

"……"

言泽舟看了一眼黑暗里沉默站着的二柱,他走过去。

这个黝黑的少年,眼里有倔强和委屈。

"言哥。"他叫了一声。简简单单的一声,却诉尽了所有不为外人道的感情。

言泽舟抬手,拍了拍他的肩膀:"没事了。"

夜空里的乌云被风吹得散开了的,明亮的月色,又露了出来。

13

他们一行人,跟着警察去警察局做了笔录。这场意外,生生端掉了一个毒窝,绝对是意想不到的收获。

回到家已经很晚了,但是郑叔和郑婶还坐在屋里等着。二柱虽然受了点伤,但好在都是皮外伤,并不碍事。倒是可安,身上一大片血迹,看着怪瘆人的。

"闺女,吓着了吧?"郑叔咬着烟杆问她。

"是我吓着他们了。"可安笑吟吟地坐到郑叔边上,"郑叔,你那杆打鸟枪,使起来太得劲儿了。"

"你这闺女,看起来文文气气的,没想到还会玩这玩意儿。"郑叔想起早几个小时前,可安提枪跑出去时,视死如归的坚定,他们拦都拦不住。

可安不好意思地摸了摸自己的鬓角:"我学过。"

"为什么要学这个?"身后冷不丁传来了言泽舟的声音。

可安回头,他手里拿了块毛巾,不知何时倚在了门框上。

"为了要像今天这样,来个美女救英雄啊。"她眉眼一弯,眼里的笑意像星星。

言泽舟的眼前,闪过她端着枪沉着镇定的样子。那个时候的她,没有半分此时鬼灵精怪的影子,那时候的她,沉着镇定得像个女战士。

"今晚,谢谢。"他看着她。

"怎么谢?"她淘气地眨眨眼,"不如以身相许?"

"哎哟,这闺女!"郑叔朗声大笑,用烟杆敲了敲可安的脑袋,"我看你今晚是真吓到了吧,说的都什么胡话哪!"

郑叔说着进了屋,门口只剩下了他们两个人。

她仰着头看着他:"你知道我说的不是胡话,对不对?"

他绕到她面前。看着她衣服上黏着血,裤腿上沾着土,头发乱糟糟的,脸也不干净……完全是一副劫后余生的狼狈样,心头一紧。

她明明不用跟来遭遇这样的事情。

"起来,洗脸。"

言泽舟向她伸出了手。他的手掌宽大,指节分明,指腹上的茧虽然粗糙,但是给人莫名的安全感。

可安握着他的手借力站起来,本想故意装作惯性撞进他怀里的,没想到他先用了力。

她猝不及防,被他的长臂一环,抱进了怀里。

夜已经很深了,深得带着一种蛊惑人心的力量。

她依旧能闻到,那熟悉的皂角香。即使经历了一番混战,但那香味也没有消失。

她揪住了他后背上的衣服,有些不知所措。她本是耍尽心机都想要从他那里得到一个拥抱的人。如今,他真的抱了她,她却忽然没有了底气。

"你……你为什么抱我?"

"反正我不抱你,你也会抱我的。"

她笑:"你真是越来越了解我了。"

他松开了她,转而牵起她的手,往井边走:"去洗脸。"

14

清凉的井水从井里拉上来,言泽舟把毛巾按进水里,顺势挽起了袖子。他胳膊的线条结实流畅,竟然还带着伤。

"你刚才受伤了?"她刚想凑近看。他就一把托住了她的后脑勺,将拧干的毛巾糊在了她脸上。

一阵舒爽的沁凉。但可安还是惦记着他的伤。

"你刚才怎么不说。"

言泽舟不说话,但手上擦拭的动作却格外认真,好像她的脸是一件珍品。

可安渐渐安静下来,怕破坏了这一刻的温情。印象里,除了母亲,没有人给她洗过脸。而母亲故去多年,她早已忘了被悉心呵护的感觉,原来如此甜。

给她洗干净了,言泽舟把毛巾扔回桶里,搓了两把,自己也洗了把脸。

"郑婶在烧水,等正阳出来,去洗个澡休息吧。"他把桶里的水浇在菜园里。

可安没动,只是看着他。他高高的个子,硬挺的背影,做起这些琐碎的事情,怦然美好。

没听到她的回答,他回过头来看她。

"你没带换洗的衣服?"他认真地问。

"你是指内衣吗?"她开玩笑。

"……"言泽舟眯着眼瞪她,这女人三分钟跳戏,冷不丁就挑逗他一下,他想防备都来不及。

"带了,我都带了。"见他瞪眼,她赶紧补救。

言泽舟转开了头。

"言泽舟。"她叫一声。

他俯身把井盖盖好,不理她。

"言泽舟。"她又叫一声。

他拎起了桶,继续不理她。

"言泽舟!"她忽然朝他跑过来。

他站在原地,两只手都拿了东西,无法推开她也无法拥抱她,只能眼睁睁地看着她在他面前踮起脚尖……

她的脸干干净净的,眼神也是。

他静静地等着她的下一步动作。可是她什么都没有做,只是在他耳边轻声说:"晚安。"

言泽舟目光一跳。

原来,只是为了说句晚安。

"晚安。"

15

第二天,言泽舟很早就起了,确切地说,他几乎整夜没有睡着。他望着黑暗里显得越发低矮的房顶,脑海里回闪过这一天发生的所有事情。

厨房里亮着灯,他往里望了一眼。原来,二柱也起了,正立在砧板前,利索地切着什么。

"早。"言泽舟走进去。

二柱看到是他,咧嘴笑了:"言哥,你怎么不多睡会儿?"他放下手里的刀,手往围裙上一抹,"是不是睡不惯?"

言泽舟摇了摇头。

锅里的水开了,正"嗤嗤嗤"地叫着。二柱跑过去,娴熟地夹出了炭火。

"你怎么和那群人扯上关系的?"言泽舟问。

"是小马,他骗我可以赚外快拉我进去的。我进去第一天还好好的,第二天就感觉到不对劲儿了。别的不说,我哥以前是警察,他和我讲过很多缉毒故事,我一猜这些家伙就是干这个勾当的。想拉我下水,呸,我的志向可是当警察,我才不干呢。"二柱一边把水灌进热水壶里,一边义愤填膺地说。

"所以你把人打了?"

二柱不好意思地笑起来:"是啊,所以他们嚷嚷着告我,才会闹到我哥那里去的。我知道这样做太莽撞了,但是我没有忍住。"

言泽舟扬了一下嘴角。这哥俩,还真是一个脾性。

"下次如果再遇到这样的事情,没有确定又不想报警时,你可以先给我打电话。绝对不要让自己陷入危险。"

"我知道了。"二柱乖顺地点了点头,把装满热水的壶排在墙边,又往锅里添了点冷水。

"伤还疼吗?"言泽舟替他把炭火夹回去。

"不疼。"二柱动动胳膊,"比起当年你和我哥受的伤,我这种程度根本不算什么!"

当年……

言泽舟盯着锅子底下炭火的那片灼热的红,眼前渐渐浮现一个被血色浸染的当年。

他很久没动枪了,原以为这样,就可以忘掉那段踏着枪林弹雨前行的岁月,忘掉那时是如何高歌磨剑快意恩仇。一切,都像是一场梦。

"言哥,这次,多亏了你救我。我欠你一条命。"二柱忽然说。

"二柱……"

"我知道你在想什么,可我说过,你根本不亏欠任何人。相反,这两年来我们一家蒙你太多照顾,这样的恩情无以为报。"二柱说着说着又动了情,他吸了吸鼻子,"言哥,事情过去了,你也该放下为自己而活了。"

"我一直为自己活着。"言泽舟的语气有些恍惚。

"不,你没有。"二柱激动起来,"如果你有,就不会放着可安姐这样好的姑娘不抓住了。"

言泽舟挑了下眉,好似一瞬间被拉回了现实。

"她和你说的?"

二柱顿住了,半晌之后,硬着头皮点了点头。他不会撒谎。

"什么时候说的?"

"从破屋出来的时候。"

"怎么说的?"

"她说她不怕死,就怕绕了一圈之后,好不容易又遇到你,却还是不能在一起。"

言泽舟不能想象,那么一个乐天达观的她,会用什么样的表情说出这样怆然的话。他的心,有些疼。

"我觉得,可安姐是我见过最好的姑娘。"二柱的目光一闪一闪的,"她漂亮又勇敢,善良又真诚,还爱你爱得无所畏惧。"

言泽舟沉默。二柱这个说客太让人意外。这足以说明，宁可安的魅力有多不凡。

"所以言哥，你千万别错过这样的人。"二柱神色坚定，带着些许的安抚，"就算当年刘哥死了，我哥残了，但你能好好活着这绝对不是错。你就应该好好活着，也一定要好好活着。"

16

言泽舟从厨房里出来，天还灰蒙蒙的。二柱说他要给大家做早餐了，让他别在屋里碍手碍脚的。

几个月不见，这小子真的什么话都敢和他讲了。但是，二柱说的也没有什么不对。

关于那段过去，二柱看得比他本人更加透彻。那是他一直解不开的枷锁，纵然钥匙就在他手里，他也从没有想过要解放自己。

有时候，沉重地活着，反而更为踏实。

言泽舟摸到了口袋里的烟，还有那盒从不离身的火柴。

他点了一根烟，靠在柱子上，望着远方连绵的群山。

"啊哈！又被我捉到抽烟！"

对面的廊檐下，传来一声清亮的呵斥。

他的视线挪过去。可安刚起床，她的长发盘成了丸子头，此时正咬着牙刷，白白的泡沫像胡子一样在她唇边黏了一圈，看起来朝气蓬勃。

她快速地漱了漱口，低头往自己脸上泼了几捧水，就大步朝他奔过来。

言泽舟看着她。那张凝了水的白皙小脸，如剥了壳的鸡蛋一般，她的眼睛，像是嵌在鸡蛋上的两颗黑葡萄，澄亮又精神。

她站到了他的面前，仰头瞪着他。

"一大早的抽什么烟！你是不是忘了，我说过不能抽烟！"她伸手去夺。

他轻松躲开了。

"记得。"言泽舟丢下烟头，将火星踩灭，上前一步揽住她的腰，"我记性很好，记得你的每一个步骤。"

她还没完全明白过来他的意思，他的唇已经压了下来。

男人的气息带着甘洌的烟草香,而她的唇上,一片清凉。
她动了动唇,他悄无声息地将吻加深。
远山之后,朝阳初升,晨光那么温柔。
天亮了。

第六章

山月相知
SHANYUE XIANGZHI

1

徐宫尧坐在会议桌的东南角上，身后是一大片落地窗。距离会议开始还有十五分钟，参加会议的人已经到得差不多了。

助理进来给他送了份文件，顺便在他耳边轻声地报告："宁总已经到楼下了。"

徐宫尧点头，端正了坐姿。

没一会儿，会议室的门被推开了，宁可安踩着高跟鞋从门外进来。

会议桌前的人还在小团体聊天，似乎没有人注意到她。她也不声张，径直走到主位坐下。

徐宫尧看了她一眼，她正好转过脸来，两个人的目光相遇，她先笑了。

几天不见，她黑了也瘦了，但精神头却依旧饱满。

那日她匆匆离开之后，只传了一条短信给他交代行踪，后来，几乎完全处在失联状态。他尝试了很多种办法，但是依旧找不到她。他很担心，但是这种担心只能压在心底。

"事情都解决了？"

"解决了。"她又笑了，眉眼里带着光，心情特别好的样子。

徐宫尧把手上的文件递给她。这是他让助理特别准备的一份会议资料，上面一条条列清楚了今天开会会讲到的所有事项，足够她临时抱佛脚了。

"徐特助，你最义气了。"她靠过来，抬肘撞了撞他，江湖气十足。

"嗯。但宁总一直不接电话，是不是显得不太仗义？"

她不好意思地抬手拨了一下头发："山里信号不太稳定，我想给你回电话总拨不出去。"

徐宫尧并没有真要怪她的意思，见她起了愧色，就更不忍心。

会议开始了。

主持会议的是宁稼孟，会议的主要内容是确定下一季度新产品的风格类型。

宁子季和宁稼孟作为设计部和销售部的负责人，展开了激烈的论战。PPT一张张地在眼前翻过，徐宫尧却有些心不在焉，他从来没有像今天这般无法专注。他眼角的余光，不经意就落在身边的女人身上。

"徐特助。"她忽然凑过来，"之前康养中心的宣传活动搞砸之后，董事会这群人都没有什么反应吗？"

她问得小心翼翼。徐宫尧有些想笑，当时是谁正义凛然又威风堂堂的？现在倒是后怕起来了。

"有啊。"他吓她，"今天会议的最后一个环节，就是留来声讨你的。"

她拧了拧眉，立刻将他准备的会议资料翻到了末页，认认真真地看了一遍。

"没有啊？上面并没有写到这一项。"她的语气莫名慌乱。

徐宫尧忍不住笑了。

她瞥见他的笑脸，才意识到他在逗她，不由得朝他翻了个白眼。

"友谊的小帆船，真是说翻它就翻。"

徐宫尧笑得更深了："放心吧，只要你坚信自己做的没有错，谁也没有权利指责你。"

2

会议结束后，宁子季和宁稼孟的人都没有离开，这场嘴仗，到最后都没有分出胜负，而不分出胜负，又不是他们的作风。

可安不想掺和他们之间的争斗，倒是徐宫尧留了下来，帮忙调停。

"宁总,你去哪儿了?怎么晒黑了?"助理于佳跟在她身边,边走边和她聊天。

"黑了不好看吗?"

"好看,宁总底子好,怎么都好看。"于佳笑嘻嘻的。

"嘴这么甜,有男朋友了吗?"

"啊?"于佳忽然愣住了,原本活灵活现的表情,顿时变得有些僵硬。

可安以为自己问错话了,连忙摆手:"我就随口问问,你不想回答也没有关系。"

于佳沉默了片刻,最终点了点头:"有的。"

可安伸手,推开了办公室的门。等于佳也进来了,她立马把门合上了。

"怎么了?"于佳有些摸不着头脑。

可安拉着于佳去沙发那边坐下:"既然你有恋爱的经验,我想向你咨询个问题。"

"宁总,你尽管问就是了。"她严肃的样子,让于佳有些惶恐。

"我想知道如果一个男人,他长久地对你冷漠,却在有一天,忽然主动吻了你,这是什么原因?"

可安想起那天清晨,言泽舟吻她的画面。他近在咫尺的温润眉眼、他的呼吸,还有热烈悠长的纠缠。她甚至以为,她会缺氧晕倒在他怀里。但那一瞬间,死也甘愿。

"宁总你被吻了?"于佳笑起来。

"不是我。"可安把头摇得像是拨浪鼓一样,"我是替我一个朋友问的。"

真是,蹩脚又老土的解释。连她自己都不信。

于佳笑了了:"只有两种解释。"

"哪两种?"可安迫切地想要得到答案。天知道她被吻之后,已经失眠整整两天了。她每天都想见他,却比从前更不敢去见他。

"第一,他爱上你了。"于佳说。

可安想了想,这样的可能性几乎为零。他那样冷静自持的男人,绝不会轻易动感情。

"第二,就是荷尔蒙分泌旺盛。男人都是容易冲动脑热的动物,很多时候,他们表现出过分的亲密,都不过是时间和环境使然。"

"那你觉得你男朋友对你是第一还是第二？"

于佳的脸涨得红红的："宁总，你怎么又扯到我身上来了。"

"不是说我。是我朋友。"

"好好好，是你那个此地无银三百两的朋友。"

"……"

3

可安思来想去一整天，最终还是觉得被吻了一下就兵荒马乱不是她的风格。就算言泽舟不是真的爱她，那么，至少也证明，他的荷尔蒙已经开始向她倒戈了。等她再加把劲，让他体内的兽性也为她爆发，那么，他就逃不出她的五指山了。

专家都说了，爱情是骗来的，感情是睡来的。

可安掏出手机，给言泽舟发了一条短信。

"今晚有空吗？"她像是投出去一个炸弹，战战兢兢地等着远方传来回响。

然而，到了下班，言泽舟都没有回复。

可安等得没了耐心，直接打电话过去，可是电话也没有人接。

可安不气馁，拨了一遍又拨一遍。

"喂，你好。"那头终于有人接了起来，但不是言泽舟的声音。

"你好，我找言泽舟。请问这是他的手机吗？"

"是言检的手机，但是言检今天出外勤，手机没有带。"那人语速很快，似乎在忙。

可安说了声谢谢，刚刚想挂电话，又想起什么："等下。"

"你说。"

"刚刚手机响的时候，你看到言检屏幕上的备注名了吗？"

那头顿了一下，半晌才犹犹豫豫地说："没有备注，就是一串号码。"

可安正失望，就听到电话那头传来躁动，那人忽然对她道："请稍等，言检回来了。"

可安屏息等着，她从来没有因为一个电话而紧张成这样。但毕竟，这是言泽舟吻过她之后，他们的第一次通话。

对于女人而言，什么第一次，都是很重要的。

"有事？"

"你怎么都没有存我的号码？"她劈头盖脸又没头没尾地说。

"谁说我没存。"

"那为什么没备注？"

"你打电话就是为这个？"

"备注这个问题，很重要！"

言泽舟沉默了几秒，然后淡淡地说："那你想我怎么备注？"

可安正儿八经地建议他："亲爱的，不错。"

言泽舟还没有作声，就听见有人远远地在喊他。他轻轻咳嗽了一句，然后对可安说："如果没什么事情，先挂了。"

"哎，别。"可安扫了一眼窗外渐暗的天色，问他，"吃饭了吗？"

"还没有。"

"我去你家给你做吧。"可安脱口而出，说完就有些后悔。

"你有我那儿的钥匙？"果然，言泽舟一下就抓到了重点。

可安"嘿嘿"地笑着，只能坦白从宽："上次走的时候，你不是让我帮你锁门嘛……"锁完门，她就顺手带走了，然后，一直没有还给他。

她几乎可以想象到言泽舟的脸黑成什么样子，心更虚了。

"我不是故意……"

"那你去吧，我晚点回来。"

他竟然没有深究，反而轻易地允许了。

可安挂上电话的时候，心还在"扑通扑通"地乱跳着。她反复咀嚼着他的回答，这多么像是一个晚归的丈夫对妻子的交代。

浮沉了一天的心绪，就这样安安稳稳地回顺了。

他是她的救赎。

4

言泽舟停了车，望着公寓里的灯火，微微出神。

以前，能让这幢冰冷的房子温暖起来的人，只有母亲。现在，又多了一个。

他下车,把车门关好。转眼看到她的车,正规规矩矩地停在他隔壁的车位里。

这个小区,车位都是业主购买标号的,他记得以前隔壁的车位是有人的,可今儿,车位前头的号码已经改成了她的车牌号。

言泽舟无言地笑了,转身往家的方向走。他刚走到门口,手机里跳出了一条短信。

"你什么时候回来?"

他收起了钥匙,没着急进屋,而是倚在门框,给她回短信。

"临时要加班。"

短信发送没几秒,屋里就传来一阵哀号。

言泽舟扬了扬嘴角,开门进屋。

可安正四仰八叉地倒在他的沙发上,听到声音,她颓颓地翘起脑袋看过来,一看到是他回来了,她立马跳起来整了整自己的衣服。

"你……你不是要加班吗?"她脚上踩着他的大拖鞋,像只小企鹅一样摇摇摆摆地朝他跑过来。

"临时又取消了。"他一本正经地说。

可安瞪着他:"你们'领导'可真随意。"

"还行,至少不会随便拿了别人家的钥匙走。"

可安顿时脸红了。

"我那是没找着机会还给你。"

他没说话,俯身打开了鞋柜的门,鞋柜上的第一排,有一双女式的拖鞋。

可安刚才并没有开鞋柜,这会儿看到顿时有了防备的神色。

"这双女式拖鞋是谁的?看来你家里经常有女人来啊。"

"偶尔。"

"偶尔?那就是有咯!"可安不乐意了。

言泽舟看着她,似笑非笑:"你连我家的钥匙都有了,其他女人有我家一双拖鞋怎么了?"

"那个女人是谁啊?"

言泽舟不说话,俯身给自己找了双备用拖鞋换上。他进了屋,她还不甘心地继续追问:"那个女人到底是谁啊?"

他喝了口水,倚着吧台转过身来。她站在他面前,来势汹汹,几乎都要贴到他身上了。

"看来不说是没饭吃了。"他扫了一眼餐桌上的菜。

她昂首挺胸地点头:"你知道就好。"

他想往边上挪挪,可她看出他的意图,双手一撑,就来了"吧台咚",将他两边的路都给堵死了。

"说不说?"

他无奈地举双手投降:"我妈的。"

她神色一松,这才收手往后退了两步。

"原来是未来婆婆的啊。"她小声地咕哝着,"那就算了,去洗手吃饭吧。"

未来婆婆?言泽舟按了按太阳穴。他只是由着她登堂入室,她倒好,已经得寸进尺地惦记上他家的户口本了。

"还不快洗手。"她催促。

言泽舟往厨房走。

厨房里并没有他想象中的那样狼藉,她收拾得很干净,用过的砧板和切刀都洗过了,用剩的食材也都分门别类地用保鲜袋装好了放在冰箱里。

上得厅堂,下得厨房,这个女人,几乎是十项全能。

他洗了手,刚要出去,就听到她在餐厅里喊:"言泽舟,拿个汤勺出来。"

汤勺……言泽舟环顾了一圈。他很少进厨房,这会儿突然要他找个汤勺,还真是有点难为他。果然,他翻找了一圈,什么都看到了,就是没有看见汤勺。

可安估计是在外面等得不耐烦了,跑了进来。

"找不到吗?"

"好像没有。"

"我刚才都看到了。"她麻利地蹲下来,打开放碗的那排柜子,一下就把汤勺找了出来。

他别过脸去,假装什么都没有看到。

她站起来,得意地笑了:"你家得添个女主人了。走吧,去吃饭。"

言泽舟走在她身后。她窈窕的身姿在灯光下带着光圈,柔和得不像话。

她是有魔力的。

他觉得，他的房子，因为多了一个她，忽然变得更像一个家了。

5

三菜一汤，她的烹饪手艺带着西式风格，口感却是传统的东方味道。

"怎么样？"言泽舟才尝第一口，她就迫不及待地问。

"不错。"

她顿时来劲儿了："怎么个不错法？"

"比起当年的便当……"

"哎呀！"她叫起来，有些害羞地挥挥手，"当年做便当的时候，我根本还不会下厨，那能比吗？"

言泽舟搁落了筷子，表情严肃："当时不会下厨，你就给我做便当？那你是拿我当什么？小白鼠？"

"不不不，当然不是啦。"她摇着头，"我要是拿你当小白鼠，还能每天在你便当里淋个爱心酱吗？"

"那你拿我当什么？"他忽然较了真。

可安眨眨眼，凑过去看着他的眼睛，笑着说："我拿你当初恋啊。"

他没动，也没逃离她的目光。

她的眉眼里像是藏着星星花，每次只要一笑，总让人想起浩瀚的夜空，想起温暖的春天。她的坦荡和洒脱，像是个无底的蛊。

"不过，你那时候不是都没有吃我的便当吗？"她噘了噘嘴，"你要是吃过，你就会知道，我的厨艺，一直在为你进步。"

屋里浮动着菜香和温情，言泽舟的胃里和心里都很暖。

他伸手，给她舀了一碗汤，推过去："我后悔了，没有尝过你做的便当。"

可安抿着唇，眼角忽然不争气地湿了。她佯装低头喝汤，却还是忍不住说："嗯，活该你后悔。"

言泽舟笑了，也低头喝汤。她熬的汤很鲜。

"你为了来给我做饭，买下了车位？"

"你知道车位的事啦？"可安吐了吐舌。

言泽舟笑了："你是怎么说服原来那个业主的？"他好奇的是这个。

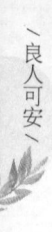

可安想了想道:"我和他说,我在追你,可你很难追。所以,我现在还不能和你在一起。但是,我希望我的车能和你的车停在一起。"

6

她一板一眼,说得真诚又有趣,反而淡化了那丝心酸。

言泽舟看着她出神。原本冷峻的眉眼,在灯光下灼热异常。可安不好意思起来。

"吃饱了吗?"她扯开了话题,站起来想收拾桌上的空盘子。言泽舟骨骼分明的大掌忽然伸过来,按住了她的手。

"干……干吗?"每次只要他一主动,她就紧张。

"我这么难追,是不是该罚我去洗碗?"他说罢,轻轻地推开了她的手,站起来收拾桌子。

可安往后退了两步,给他腾出空间。

都说做家务的男人最帅,言泽舟本就生得那么好看,偏偏又在她眼前做起家务来,简直就是逼人犯罪。

"你等下。"

可安拉了言泽舟一下。

言泽舟回头看她,她跑进了厨房又快速地跑出来,手里多了一个围裙。

"来,我给你戴上。"

言泽舟还笔直地站着,军人特有的英挺站姿,让他看起来更加高大。

"把头低下来呀。"她扬手拍了一下他的肩膀。他把头低下来。可安把围裙套上去,趁此机会,将他的头型打量了个遍。

"头发长了很多,该理发了。"她喜欢看他修剪精短后,更为轩昂凛凛的模样。

围裙是碎花围裙,戴在他身上怎么看怎么违和,却让人觉得格外温馨。

言泽舟端着盘碗进厨房,可安想跟进去,却被他制止了。

"你在客厅里等着。"

"我想看你洗碗。"

他不解风情地问:"我洗碗能有电视好看?"

可安郑重其事地点头:"你可比那些电影明星帅多了。要有导演请你去拍戏，就算你什么都不演，就站在那里洗上二十集的碗，我也保证不换台。"

言泽舟更不让她进去了："既然这样，你要进来看就得收费了。"

他入戏这么快，把可安逗笑了。

"那出场费多少？"

"至少得有个二五八万。"他正儿八经的，想了想又补一句，"我刚才陪吃陪喝陪聊的，这个更贵，也得算上去。"

可安抬起一只手钩住了他的脖子，凑到他耳边轻声地说："我再加点钱，今晚陪睡怎么样？"

"不好意思，卖艺不卖身。"言泽舟挣开了她的胳膊，转身往水槽方向走。

可安追过去，光明正大地摸了一把他结实的胸肌和腹肌："你这样好的身材，不卖真可惜。"

这语气，失望满满。

言泽舟手上沾了油腻，不好去推她，只能任由她吃着豆腐，哭笑不得。

"洗洁精在哪儿，你刚才看到了吗？"他的目光在台面上扫了一眼，什么都没有看到。

可安瞬间回到现实。

"噢，我忘了，洗洁精被我用完了。得去附近超市买了。"

言泽舟解开了围裙："走吧。"

"要去逛超市吗？"可安莫名兴奋起来。

"不想去？"

"不是。"她看了看腕上的表，"这个点去，会遇上你的邻居吧。"

"你都买车位了，还在乎遇到几个邻居？"

"我就等你这句话，走吧。"她一拍掌，怕他后悔似的，跑到门廊里给自己换好鞋。

"……"她的欲擒故纵，玩得可真好。

7

饭点之后，正是散步之时，逛超市的人很多，且多是成双成对的。

言泽舟推了购物车,走在人堆里也格外惹眼。可安一路看一路挑,洗洁精还没有买到,购物车里已经放了很多她的东西了。

"你买这些干什么?"言泽舟对着购物车抬了抬下巴。

购物车里是牙刷、毛巾、水杯、拖鞋……全都是女式的。

"买来放着啊。"她暧昧地冲他眨眨眼,"没准有一天忽然要用到呢。"

"不会有那么一天。"他斩钉截铁的,不给她留一丝余地。

可安撇了撇嘴:"我以前也从来没有想过,你有一天会和我一起逛超市啊。所以,一切皆有可能。"说话的间隙,她又放进了一包卫生棉。

言泽舟粗略地扫了一眼,那花花绿绿的卡通图案包装让他有些头大,但他没有再说什么,只是挪开了目光。

两人又并肩走到一排货架旁,她忽然停了下来。

言泽舟走了两步发现她没有跟上来,回头看她。

超市的灯光明亮,而她的脸不知为何染上了一抹红晕,红得让人心驰神往。

言泽舟顺着她的视线看过去,神色顿时一僵。

"买那个干什么!"

"我们真的不买一盒备着?"可安照了照柱子上的镜子,"我也是要腰有腰,要胸有胸的人,你对我就一点欲望都没有?"

言泽舟脸都黑了:"不买。"

"那万一擦枪走火怎么办?"

他看着她,瞳仁黑漆漆的,又深又亮。

"那就真刀真枪地来。"他一字一顿,似乎是警告她别随便玩火。但可安却一个激灵,觉得自己要冒鼻血了!

眼前这个男人真不愧是铁血铮铮,竟然连情话都说得这般威风凛凛。

8

两人绕了一大圈,最后才找到洗洁精。

洗洁精放在货架的最下层,可安穿了裙子,不方便蹲下去挑,言泽舟把她拉到购物车后面,自己蹲下去。

"哪个牌子?"

"那个吧。"可安随手指了边上的一个。

"宁可安?"迎面忽然走过来几个女人。为首的是个孕妇,看起来有些眼熟,但可安一时想不起她是谁。

"啊,真的是你啊,宁可安。"孕妇有些激动,"我是经管3班的田晓涵啊,你不记得啦。"

可安恍惚了一下,在女人甜美的笑靥里,忽然如醍醐灌顶。

"副班长!"

"哎哟,还记得哪。"田晓涵笑得更深了,她随手拉了身边一个纤瘦的女人,"那她呢,她你应该不记得了吧。"

可安盯着看了一会儿,有些抱歉地摇了摇头。

那个纤瘦的女人也笑起来:"不记得也没关系,我当时并不是你们班的。"

"对对对。"田晓涵点头,"我嫂子当时是我们隔壁班的,我们只是偶尔一起上大课。"

"嫂子?"可安打量着她们。

"是啊,巧不巧,当时做同学的时候,怎么都没有想到她竟然会和我哥走到一起,缘分真是妙不可言对不对。"

可安笑着点头。

缘分,可不就是妙不可言。

"可安你呢?你结婚没有?"晓涵问。

"我还没有。"

"啊!还年轻不着急,不着急。"晓涵摆摆手,忽然话锋一转,"我们都还记得呢,当时你啊,那么勇敢地追着隔壁警大的那个校草。那校草叫言……言什么来着?瞧我,怀孕之后,记性真是越来越差了。"

"言泽舟。"晓涵嫂子接话。

"对对对,言泽舟。"晓涵虽即将为人母,但是说起言泽舟,脸上还能露出一丝少女的娇羞,"当时学校多少女生看上他了,也就你敢真的追。你不知道,我们这些人,都把你当成偶像呢。"

可安不好意思地撩了撩自己的头发。一直蹲在她身后的言泽舟忽然站了起来。

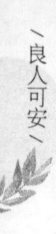

"哎呀，妈呀！"晓涵叫了一声，往后退了两步，险些撞到人。

"当心。"晓涵嫂子连忙扶了她一把。

"这……这不是……"

"言泽舟。"言泽舟一边自报家门一边对晓涵伸出了手，"你好。"

晓涵看了看她嫂子，又看了看可安，然后伸手握住了言泽舟的手。

"你好。"晓涵兴奋得连声音都在颤抖。

可安能理解这样的情绪。对于女人而言，懵懂青春里那心心念念的喜欢，不仅仅是一种纯粹的感情，更是留在过去里的深刻印记。无论年龄如何增长，身份如何转换，那种悸动都很容易突然被唤醒，但它不会影响既有的现在，因为它单纯又美好。

"可安，原来你做到了啊！"晓涵有些语无伦次，"原来你们在一起了啊。这可真是一个大好消息呢。"

可安看了看言泽舟，言泽舟并没有否认，他对她们笑了一下，顺势拍了拍可安的肩头，说："你们慢聊，我先去结账。"

晓涵的视线一直跟着言泽舟，直到他被货架挡住再也看不见。

"怎么还这么帅哪。"晓涵感叹着，"可安，当时很多人还打赌你能不能追上呢，我就知道你行的。"

"我也觉得就你能配得上那样优质的男人。"

可安在一旁听得心花怒放。她知道，五年前她倒追言泽舟的时候，两所学校什么声音都有，有人说她"勇敢"，有人说她"不要脸"，但这一刻，她曾为言泽舟放低的尊严，已经被他用另一种方式，高高捧起。

就算不曾真正拥有，她也足够幸福。

9

可安从超市出来的时候，言泽舟正提着购物袋，站在外面等她。

路灯把他的身影拉得很长，他回头看到她的时候，脸上没有一点不耐烦。

可安遥遥地对着他笑，他朝她歪了歪头，示意她一起走。

夜风清凉，人心舒畅。言泽舟配合着她的脚步，可安悄悄地把手绕进了他的胳膊里。

他拧着眉,侧头看她:"放手。"

"不要。"她缠得更紧了。

他拿她没有办法,只能放之任之。

"你说,我们在外面装过情侣也装过夫妻,要不要弄假成真算了?"她攀着他的胳膊,笑盈盈地提议。

"什么时候?"

"刚刚装了情侣,在医院装了夫妻啊。"

"我怎么不记得。"

"你别耍赖。"

"到底谁耍赖?"他甩甩胳膊。

可安松了手,有些不乐意了。

他们各自沉默地并肩走了一段,快到家的时候,她忽然跑到前面拦住了他。

"言泽舟。"她咬着唇,"我有事问你。"

"说。"

她深吸了一口气,似乎是在下决心。

"在汝古的时候,你主动吻了我这件事,你不会也忘了吧。"她终于问出来了。

"有吗?"言泽舟的眸子亮如星辉,藏住了那点点笑意。

"哈!"可安脸上带着点微愠,"看你这样子,是吻了我又不打算认账咯。"

言泽舟俯身,和她脸对着脸:"怎么这么小气?"

"我哪里小气了!"她瞪着他。

"你吻我的次数还少吗?你看我哪次同你计较了。"他扬着唇,笑出几分邪气。

可安语塞。她真没想到,言泽舟竟然是这样的言泽舟。

"我都是蜻蜓点水,你那可是深吻啊深吻。"她强调着。

"听起来是你吃亏了。"

"本来就是我吃亏。"她甩了甩脸,"我不管了,反正你不承认的话,就是不会对我负责了,那我要吻回来。"她话音刚落,就踮脚抱住了言泽

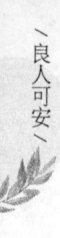

舟的脖子。

言泽舟没动，任由馨软盈了满怀，手里的塑料袋被她撞得发出轻响。他笑着看她闭上眼睛，主动吻了过来。

她的唇上，有唇彩的香。

他记得，进超市之前，她还给自己补了补妆，说是万一真的遇到相熟的邻居，还能给他长一长脸。可是，她都不知道吗？她不化妆的样子，就美得足以光彩四射。

她的吻又急又笨拙。

言泽舟想起那日在汝古，他吻过她之后，她喘着气逃跑的样子。原来她所有的挑逗都不过只是虚张声势，她会的，也不过就是蜻蜓点水的那一下而已。

他用空着的那只手环住了她的腰。她的腰又软又细，他怕自己一用力，就会不小心将她折断，手上的力道放轻了些。

两个人的身体，严丝合缝，紧紧地贴在了一起。

他闭上眼睛，把主动权夺了回来……

10

"啊！"

耳边忽然传来一声惊叫，紧接着是什么东西落地的声音。

可安吓了一跳，连忙和言泽舟分开。

花坛处，不知何时多了两个身影。

"妈。"言泽舟冷静地叫了一声，顺手把可安揽到了自己身边。

可安压着呼吸，终于看清楚了不远处的那两个人。

站在前头的，是一位清雅秀气的妇人，那是言泽舟的母亲，而她身后跟着的是梁多丽。

此时的梁多丽，已是满脸诧异和愤懑。她盯着可安的眼神，就像是秃鹰盯着猎物。

"妈，你们怎么来了？"言泽舟朝她们走过去。

梁多丽看也不看言泽舟，转身就走，她的脚边是散落了一地的橙子。

"多丽！"言泽舟的母亲赶紧伸手拦了一下，"你别这样。"

梁多丽垂着头，强压着肩膀的抽动："阿姨我没事，我先回去了。"

"让泽舟送你。"

"没事，我自己打车。"梁多丽说完就跑。正好小区里有一辆出租车出来，她坐上车，车子呼啸而去，卷起一地风尘。

言泽舟立在路灯下，扫了一眼出租车离开的方向，神色虚渺又复杂。

"你要不要，跟着去看看？"言泽舟的母亲有些不放心。

"不用了，她不是小孩子。"言泽舟收回目光，看了可安一眼。

可安朝他们走过去。她除了有些紧张，更多的是害羞。她都不知道，自己刚才在言泽舟怀里是什么意乱情迷的样子。

"阿姨你好，我叫宁可安，初次见面我……"

"不是初次见面了。"言泽舟的母亲打断她的话，她的声线很柔和，但不显亲近，"之前我们见过。确切地说，是我见过你。那次你喝醉了，被泽舟带回家。"

"噢，那次啊……"可安更窘了。喝醉了被撞见，还不如接吻被撞见呢。

"那次是……"

"那次是被我灌醉的，是我不好。"言泽舟接过话茬，随手晃了晃手里的购物袋，"进屋说吧，提着怪重的。"

言泽舟的母亲看向可安："一起走吗？宁小姐。"

可安不傻，知道言泽舟的母亲这样问，多半已是逐客的意思。

"不了阿姨，我还有事，我先走了。再见。"可安和言泽舟的母亲打完招呼，又看了言泽舟一眼。

他无声地点了点头。

可安跑得有些急，看她的身影融入浓重的夜色里，言泽舟和他母亲一起转身进屋。

"不送送吗？"

言泽舟摇头："她更不是小孩子。"

11

屋里的菜香还未彻底淡去，言伊桥一进屋就闻到了。

"你们在家里吃的？"

"嗯。"

"你下厨了?"

"是她。"

言伊桥有些意外:"那个姑娘,看着可不像是会下厨的样子。"

"妈,你不是经常说,看人不能只看表面。"

言伊桥笑了,她笑起来的时候很美,虽然已过半百,但是有一种气质,像是从骨子里散发出来的。

言泽舟把手里的塑料袋放下来,转手把洗洁精挑出来。

"你先坐,我去洗碗。"

"我来给你洗吧。"言伊桥跟进来,"妈妈虽然不会做菜,但是,洗个碗还是可以的。"

"没关系,我自己来。"言泽舟挽起了衣袖,打开了水龙头,将洗洁精淋在油腻的碗沿上。

"怎么?是分工分好了的?"

"不,是我做错事的惩罚。"言泽舟一脸的认真。

言伊桥笑了:"看来,是个有趣的姑娘。"

"是。很有趣。"

言泽舟对一个女孩子如此不吝赞美的样子,言伊桥还是第一次见。她原本有很多的话想说的,这一刻,却只能默默地收回去。

"那你先洗碗吧,我去外面等你。"

言泽舟点了点头。

碗盘不多,他很快就洗好了。放的时候费了点劲儿,因为好几个盘子,他都不知道可安是从哪里抽出来的。

他想起,她对他说:"你家得添个女主人了。"

她说话,从不拐弯抹角让人算计,这点,没有女人能比她好。

冰箱里有很多水果,应该也是她买来的。言泽舟拿出了些,洗好端出去。

言伊桥正盯着他从超市拎回来的那个塑料袋出神。

"妈。"言泽舟把果盘放到她面前,在她对面坐下。

"泽舟,你是打算和那孩子同居吗?"言伊桥问得小心翼翼。

言泽舟顿时明白过来,他摇了摇头:"不是。"

"那这些东西?"

"以备不时之需。"他答得很实诚。

言伊桥苦笑:"这两年来,我总想撮合你和多丽。虽然,一直没有什么进展。但是,我以为那是你性子沉,慢慢培养就会培养出感情来的。这次,看来我是真的错了。"

言泽舟用牙签插了一块菠萝,递过去。

言伊桥接之前,先拍了拍言泽舟的手背。

"说实话,刚才下车的时候,看到你和那女孩在一起,别说是多丽,就连我都吓到了。"

"妈,我是男人。"男人为一个女人失控,太正常。更何况,还是那样一个有魅力的女人。

"妈当然知道你是男人。而且,我还知道,你是个负责任的好男人。"言伊桥把菠萝送进嘴里,原以为会酸,却意外是甜的,"你和她都进展到这一步了,我也没什么好说的,我知道你自己心里有谱。只是多丽那边……"

"我会去找她好好谈一谈的。"

言伊桥点头,有些内疚:"或许,是我做错了。你一直没有给她希望,是妈妈不好,一直乱点鸳鸯谱。"

"妈,我知道你在想什么。"言泽舟转头,看向茶几处的那张合照。

照片里,三个男人肩拢着肩,笑得仿若天下无敌。

"多丽她……永远都是我妹妹。"

12

梁多丽坐在办公桌前,电脑屏幕亮着,她却一动不动的,思绪早已飞远了。

"梁医生,有人找。"办公室门口,有几个小护士探进头来,"你猜猜是谁?"

梁多丽站了起来。她不猜也知道,能让护士台有这么大动静的,只有言泽舟。

"人在哪儿?"她直截了当地问。

小护士们有些失望:"还以为你会开心呢,原来是早就知道了的啊。"

言检在楼下等你呢。今天理了发,超精神超帅噢!"

梁多丽笑了一下。

言泽舟很少来找她,如若换了平时,她一定会像中了彩票一样欢快地跑下去,一秒都不想让他多等。可今天,她的脚步却有些沉重。

昨晚,他和那个女人接吻的画面还犹在眼前,她几乎可以猜到,他来找她,要说的是什么话。她一点都不想听那样的话。

言泽舟正立在医院大厅的落地窗前。门外救护车呼啸往来,他的表情很凝重,似乎是在思索着什么。

"找我吗?"梁多丽站到他的身后。

言泽舟回过身来。

她的眼睛有些红肿,抬眸看人的时候,有种"我见犹怜"的柔弱。

"等下有手术吗?"

"没有。"

"那出去喝杯咖啡?"

"不用了,去后面花园走走吧。"梁多丽说着,转身先往后门走了。

言泽舟跟着她。

今天天气很好,后花园散步的病人不少。他们各自沉默地走在鹅卵石路上,走出好长一段,都没有人先说话。

"你应该不是来陪我散步的吧。"梁多丽忍不住先开了口。

言泽舟轻吸了一口气,却依旧不知道该怎么说。他一点都不擅长处理这样的问题。

"我没想到,你竟然会和宁可安在一起。"梁多丽主动把话题绕到了可安的身上,"你一直说我们不合适,你和她就合适了吗?"

才刚开始,她的情绪就已经不受控制地激动起来。

"泽舟,你知道她是什么人吗?她可不是那种能陪你过柴米油盐简单生活的女人。她是海城宁家的人,她身上背负着一个集团的荣辱,她身边都是尔虞我诈的漩涡。"梁多丽抬手指了指不远处那幢高高的病房,"你去看看,她家的人住个院,都是需要保镖看护一级戒备的!你知道那意味着什么吗?"

"我知道。"言泽舟淡淡的。

"你知道？"梁多丽苦涩地笑起来，"你知道还要和她在一起吗？你原来不是这样的。你是军人出身，明明最讨厌复杂，最讨厌和商场上的人打交道，你为什么会变成这样？"

"多丽，我今天来并不是要和你讨论她的问题。我想说的是我和你的问题。"

"我和你？"她讷讷地重复着，"她的问题没有说清楚，我和你还有什么问题需要说清楚？"

"的确，我今天根本不需要来和你解释什么。"

"你……"梁多丽气得冒出了眼泪。他从来不忍心让她哭，可今天，今天他好像就是铁了心的来让她哭一次的。

"我来，是想让你知道，就算没有她，我和你也不可能会在一起。"

梁多丽的抽泣声渐渐地大了起来。她哭着哭着上前一步，抡起了拳头往他身上砸。

"为什么要这样对我？为什么？"她的白袍被风吹得鼓鼓的，"你到底为什么不能和我在一起！你明明……明明答应了舅舅，会好好照顾我的……你这个骗子……"

言泽舟握住了她的手腕，轻轻地按住了她的肩膀。

梁多丽一把抱住了他，哭得不能自已。

言泽舟轻声地叹了一口气："我会好好照顾你的，无论发生什么事。"

13

可安走着走着，忽然停了下来。身后的徐宫尧没有防备，一下就撞了上来。

"怎么了宁总？"徐宫尧问。

可安朝不远处那棵榕树抬了抬下巴。

徐宫尧顺着她的视线看过去，榕树下正站着一男一女，女的穿着白大褂，应该是医生，男的背对着他们，看不见脸，但背影有些眼熟。

他们，正抱在一起。

"那是？"

"女的梁多丽，男的言泽舟。"可安冷冷地说。

徐宫尧又看了一眼,被她这么一提点,那男人还真是言泽舟。除了言泽舟,没有人能站出那样有力挺拔的姿势。

"徐特助。"

"嗯。"

"你说,我现在应该冲上去呼言泽舟一巴掌,还是去车里静静哭一场?"

"宁总和言检,在一起了吗?"

"没有。"

"那我建议选后者。"

可安抽了抽鼻子,顺手拍了一下徐宫尧的肩膀:"那你还不快去把车开来!"

徐宫尧笑了:"还有个办法。"

"什么?"可安眸子一亮。

"我去替你挥他一拳。"

"别别别。"可安立马挥手,"他那身手,你打不过的。别惹事了,你知道的,我们公司报工伤的流程很复杂的。"

徐宫尧笑出了声。眼前这个女人,明明伤心得眼圈都快红了,可是讲起笑话来,那还是一流的。

"那我先去开车?"

"去吧。"她垂头,指了指后花园的小池塘,"等下找不到我的话,记得去那里捞我。"

"至于吗?"徐宫尧抬手,宠溺地摸了摸她的脑袋。这个动作,他做时自然,可回过神来,却僵住了。

可安也顿了一下。

"我……"徐宫尧搓了一下手指,饶是他平时能舌战四方,这会儿却一句解释的话都说不出来。

"徐特助,你别以为我现在很伤心,就不会扣你工资。你到底还去不去开车了?"可安朝他挥了挥拳头。

"不好意思,宁总,我刚才不该以下犯上。"

"以下犯上?"可安撇了撇嘴,"你别把我说得跟个土皇帝似的好吗?"

"对不起。"

"算了算了。摸头没什么的,你别乱摸其他部位就行。"

"……"徐宫尧知道她是故意在逗他,但其实,他想做的根本不只是摸摸她的头安慰她。而是想抱一抱她,就像言泽舟抱着梁多丽那样。

但是,他不能。

"我去开车。"徐宫尧连忙转身。

"不,我不坐车了。"她拉住了他,"你先回公司吧。哥哥的状况不用如实和他们报告。我晚点回去。"她说完,就迈开步子跑了。

徐宫尧往榕树下看过去。刚才站在树下的言泽舟和梁多丽不知什么时候已经不见了。那么,她跑这么急,应该就是去找言泽舟了吧。

心,莫名就空了一块。

14

可安看着言泽舟和梁多丽一前一后地走进大厅里,虽然他们彼此沉默着,可光是她刚才看到的那一幕,就足够她不是滋味儿很久。

她掏出手机,随手编辑了条短信,发送。

"你的新发型真帅。"

可安原以为言泽舟至少会诧异一下她是在哪里看到的他,然后猜疑心虚。却没有想到,他的反应远在她预想之外。

"谢谢。"

多么理所当然的回答啊,她甚至可以想象他在屏幕那端是什么样的表情。

她莫名更生气了。

可安飞快地在屏幕上打下一串字发过去。

"我看到别的女人抱你了。"

几秒之内,收件箱里蹿出了新消息。

"我看到别的男人摸你脑袋了。"

"你是恶人先告状。"

"你是后来者居上。"

"……"

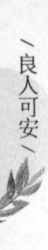

这样你来我往，可安明明该是占理的那一方，但到了言泽舟这儿，反而成了半斤八两。愤愤不平的她一个电话拨过去。

他接得也挺快。

"你在哪儿呢？"可安大声地问。她话音刚落，身后有辆车忽然冲上来，停在了她身边。

车窗落下来，言泽舟坐在里头。他戴着墨镜，刚修剪的发型让他原本就英俊的脸庞更添了几分硬气。

"我在这儿。"

可安冷冷地站着，隔着一方车窗瞪着他。

"怎么不在梁医生那里多留一会儿？"

他把墨镜摘了，露出一双精神的眼睛，从车上跳下来，走到了她的面前。

"你不是急着找我算账吗？"

"我最讨厌与男人算风流账了。"可安别着脸不看他。

他抬手，捏住了她的下巴，将她的脸转回来，让她看着他。

"我哪里风流了？"

可安一把拍飞了他的手。鼻子酸酸的，有种委屈凝在心头。她本来不是这样容易被牵动情绪的人，可是在言泽舟面前，她的情绪却不属于她。

"总是在大庭广众之下和女人搂搂抱抱的，难道还不够风流吗？"

"那是被动风流。"

"风流还分什么被动和主动……"

"让让！让让！"医院保洁阿姨中气十足的声音打断了可安的话。

可安转头，看到保洁阿姨的推车上堆满了高高的垃圾，这会儿那辆推车的车轮已经偏转了方向，正歪歪扭扭地朝可安冲过来。

"当心！"言泽舟快速地上前两步，长臂一捞，把可安搂进了怀里，然后一个前回踢，踢正了车轮。

推车安全地过去了，保洁阿姨哼着小调，并没有意识到刚才的惊险。

可安的额角还抵着言泽舟的胸膛，他的大掌阖在她的后脑勺上，久久未放。

她刚有点感动，就听到言泽舟在她耳边说："这就是主动风流。"

"……"

15

可安要回公司，言泽舟顺路送她。

医院门口那条路堵得厉害，边上的其他车主不耐烦地乱鸣着喇叭，言泽舟却很镇定地跟着车流，眉头都没有皱一下。

可安坐在副驾驶座上，半倚着身子，一瞬不瞬地盯着他看。她总是看不懂他。言泽舟这个男人，多数时候是稳重的，偶尔也会轻佻，轻佻起来如水，稳重起来却是如山。

他注意到她的目光，扭头淡淡地看了她一眼。

"再看要收费了。"

"怎么收？"

"往贵了收。"

她的手摸进了自己的手提包，掏出一个精致的钱包，放在他的仪表台上。

"这样，够我看到公司了吗？"

言泽舟无声地扬起了唇。

车流又动了起来，但并不快。

"昨天，你妈妈说什么了吗？"她试探着问。

"什么？"他目视着前方。

"比如，对我的一些评价啊。或者，对我的一些意见啊。"她抿了抿唇，神色难得露出一丝紧张。

"没有。"

"没有？"可安不太相信，"真的没有？"

"你想她说什么？"言泽舟看了她一眼。她手边的窗子开了一条缝儿，有风溜进来，撩动着她鬓边的发。她的脸细白腮微红，美得像是一幅会动的画。

"我只是不想让她觉得我是个随便的女人。"她低了头，语气认真。

言泽舟感觉心头的那阵柔软要吞没了他。

"我妈很开明。"

"真的吗？"

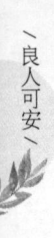

"真的。"

"那就好。"她如释重负地笑了。

"不过，你的确挺随便的。"他话锋一转，前一秒还在安慰她，后一秒就变成了调侃。

可安听他这么说，顿时气不打一处来，她的小手在他完全没有防备的时候按住了他结实的腹肌。

"我是挺随便的，不过你放心，我只对你一个人随便。"她一边说，一边顺着他的人鱼线往下摸。

言泽舟握着方向盘的手一紧。

"我在开车。"他压着身上的火和蠢蠢欲动的力量，提醒她。

"随便的女人，随便起来可是不分场合的。"

"松手。"他的声音有些哑了。

"我不。"

"宁可安，你不要命了是不是？"他放开了握着方向盘的手，紧紧地将那只不安分的小手按在自己的大腿上。

"如果现在和我一起死？你愿意吗？"她媚眼如丝，问出的话像是毒药。

言泽舟愣住了。

前面有车子发生了追尾事故。很多车主纷纷下车跑去看热闹，他们的车短时间内是出不去了。

言泽舟干脆挂挡，拉起了手刹。

可安还在看着他，等着他的回答。

"我不愿意。"他说。

可安眨了眨眼，虽然没有指望他会说愿意，但莫名地还是有些失落。

她看向了车窗外。言泽舟在她转开视线的那一秒，快速地松开了安全带，他的手往她的座椅上一撑，整个人就把她抵在了副驾驶座上。

"因为我们，还有很多事情没有做。"他说完，就吻住了她。

她的手还被他捉在手里，他的另一只手，却捏住了她的腰，探进了她的衣摆。他粗糙的指腹，顺着她的腰线来回摩挲着。可安才轻吟一声，就被他逮住了机会将吻加深。

她知道，他并不会对她做什么，他只是要把刚才播下的火种，一点一点还给她。

他在报复她，可她甘之如饴。

16

言泽舟送可安到了公司。可安走进宁氏大楼的旋转门，转头看到言泽舟的车正从喷水池那边掉头出去。

什么顺路，送完人还要掉头？

可安扬了扬唇，抬头还未收起笑意，就看到宁稼孟父女和徐宫尧一起正从电梯里走出来。

"大伯、大姐。"可安唤了一声，然后就原地不动，等他们走过来。

徐宫尧看她，她也看了他一眼。目光交回的瞬间，两人又默契地同时挪开了。

"宁总你上班时间可真随便。"宁正瑜张口就是数落。

可安好脾气地笑了笑："大姐好像很羡慕？要不要让董事会也给你这个特权？"

"我才不要！"宁正瑜冷哂，"这个特权也就宁总你才用得惯，我们这等小员工，还是按时上班比较有安全感。"

这话没有一个讽刺的词汇，却说尽了讽刺的意思。

宁稼孟扫了一眼宁正瑜，似乎是在嫌弃她多嘴。宁正瑜在她父亲面前向来不敢造次，她轻哼一声，把目光落向了别处。

"今天去医院了吧。你大哥最近情况怎么样？"宁稼孟神色和煦地转开了话题。

可安又看了徐宫尧一眼。徐宫尧不动声色地朝她点了点头。

看来宁稼孟早已向他打听过了宁容成的状况，既是问过，那这会儿再问一遍的意思可就深了。

可安想了想，说："不好不坏。"

这是个保守的答案，即使没有和徐宫尧串口供，也绝对错不了。

宁稼孟叹了口气。

可安敛眉，又顺水推舟道："哥哥一时半会儿也醒不来，公司的事，怕是还要劳烦大伯。"

"这个你就别担心了，有大伯在，宁氏绝对不会有问题的。"宁稼孟按了按可安的肩膀，略带安抚，"至于容成，他年轻，恢复起来快，我相信他很快就会醒的。"

"嗯。但愿。"

"好了，你先上去吧。我和你姐有点事情要出去一趟，晚上不能回家吃饭了，记得和你大伯母说一说。"

可安点点头，又立马摇头："我晚上也不会回去吃饭。"

宁稼孟眯了眯眼，笑起来："最近怎么总不在家里吃饭？是不是交男朋友了？"

徐宫尧和宁正瑜同时看了可安一眼。

前者目光深邃，后者目光轻蔑。

"大伯，你瞎猜什么哪！"可安撒娇似的打哈哈。

"好好好，你也长大了，不让我过问我就不问了。"宁稼孟满眼慈爱，然后话锋一转，"但你父母都不在了，该把关的我还是要把关。等八字有一撇了，记得带回家里给我和你大伯母审核审核。"

"好。"可安应了声。

门口有车子过来了，是来接他们三个的。

可安看着徐宫尧独自一人坐到了前头副驾驶座上，并没有和宁正瑜宁稼孟坐在一起，立马发短信问他："我哥的情况，你怎么回答的？"

徐宫尧的短信回得很快。

"不好不坏。"

一字不差，默契又完美的答案。

第七章

世 事 几 度

SHISHI JIDU

1

其实,宁容成的情况很好了。医生说他脑部瘀血已经慢慢消失,随时都可能醒。

可安一下班就又往医院里赶了。她想,越是这样,越是需要多陪一陪哥哥。她相信,哥哥是能听到她说话的。没准,被她吵烦了,他也就醒了。毕竟,从小到大,他一直最怕她啰唆。

可安拎着打包的晚餐,刚刚走进医院,就看到主楼里走出一群穿着白大褂的医生,梁多丽也在其中。她低着头,状态不怎么好。

"梁医生,怎么回事?不就是我们言大帅来看了你一下嘛,至于魂不守舍一整天吗?"有医生逗她。

"怎么不至于,你们没看到护士台的那些妹妹,眼睛泛了一整天的桃心吗?"

大伙都笑了起来。

"梁医生你赶紧把言检收了吧,这样的男人单着可得成祸害啊。"

"对啊,对啊。你们两个人也认识很久了吧?之前不是还听说言检的妈妈很喜欢你吗?是不是快成事儿啦?"

"成事的话就真的皆大欢喜了。检察官配女医生,想想都是美。"

"……"

女人八卦的讨论声，声声飘进了可安的耳朵。她只是抬了抬头，那灵犀的一瞬，梁多丽也正好朝她看过来。

情敌之间，也是有花火的。

"多丽，怎么不走了？"梁多丽身后的医生推了推她。

梁多丽挥了挥手："我手机忘带了，你们先去吃饭吧。我等下来找你们。"

"吃饭带什么手机啊。"

"张医生你不懂，现在谈恋爱的小情侣，都是机不离手的。"

然后，又是一阵笑声。

可安静静地立在原地，等那些穿着白大褂的医生都走过去了，梁多丽才朝她走过来。

"宁小姐，聊聊吧。"她开门见山。

可安点头，晃了晃手里的外卖："不如一起吃吧？"

"不用了，我就说几句话。"

梁多丽拒绝得很干脆，这也是可安意料之中的。可安心大，不代表所有人的心都和她一样大。

她们找了一个石椅坐下。

可安放下了手里的东西，搓了搓手上的红印儿。

"不知道宁小姐还记不记得，我之前和你说过，我喜欢的男人是什么样子的。"梁多丽先开了口。

"我记得。"

"我当时应该也一并告诉你的，我喜欢的男人他叫言泽舟。"

"你当时有没有告诉我，这都不影响现在的结果。"

"宁小姐你的意思是，就算你当时知道我喜欢言泽舟，你还是会不顾一切地去靠近他？"梁多丽冷笑，言辞间已经多了剑拔弩张的意味。

"你喜欢他和我喜欢他，这并不冲突。只要你们还没有正式交往，我们都可以公平竞争。"可安的目光很坦然。

在误以为言泽舟和梁多丽是男女朋友的时候，她不是没有退让过。她从没有想过要去抢夺别人的爱情。现在，她只是在给自己争取而已。

梁多丽紧咬着唇，沉默了片刻。宁可安"公平竞争"这四个字，已经足够让她哑口无言。她知道，言泽舟不是属于她的，从来不是。

但是，她不甘心，也不服气。眼前这个女人，明明已经拥有了令人艳羡的一切。可对她而言，言泽舟就是她的一切。这样的竞争，如何公平？

"我和他，经历过生死。"梁多丽看着可安。

"谁不是呢。"可安微扬着下巴，目光淡而远。她想起在汝古，想起那一个满是稻草的破屋。

这个回答，显然让梁多丽吃惊，但她强压着自己的情绪，又补一句："言泽舟的命，是我救回来的。"她的嗓音有些抖，好像这是她最后的砝码。

可安仍然很恬静，她想起在汝古那颗从打鸟枪里射出的弹珠。

"谁不是呢。"

梁多丽白皙的脸忽然涨得通红，可安这样散漫的态度，让她觉得自己没有被尊重。可她此时说的事情，却是她最有意义的过去。

"我没有和你开玩笑，我是认真的。"

"谁不是呢。"可安晶亮的眼里也多了一丝认真。

而她一认真，梁多丽就输了。

"你胡说！"梁多丽跳起来，"你明明才回国，你们之间怎么可能经历过那么多的事情。"

"是啊，我明明才回来，我们之间怎么忽然就多了这么多的回忆。"可安有些恍惚地喃喃，"也许，是当年分别太仓促，现在，连时间都想帮我们补回来。"

"你们原来早就认识？"

"是的。我们早就认识。也许早过你，也许没有。"可安仰头静静地看着梁多丽，"但是梁医生，我并不想要和你比，谁和他认识更早或者谁和他经历更多。我要的不是他的过去，而是他的现在，还有他的未来。"

她的字字句句，铿锵有力。

梁多丽笑了。那点苦涩在风中摇曳，莫名让人心酸。

可安站起来，觉得自己说的已经够多了。

"我得先走了。有人还在等我。"

梁多丽忽然攥住了可安的手，可安停下来。

"我知道等一个人醒来，是什么样的感觉。"

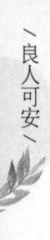

可安蹙眉。

梁多丽松了手:"你哥哥会醒,言泽舟也会。他迟早会明白的,你和他,根本不是一个世界的人。而我,会等他。"

2

可安搬了她的小椅子,坐在宁容成的病床边。

外卖凉了,她几乎没有动。她想起梁多丽最后那么笃定的笑容,不禁打了个寒战。

手机放在宁容成的床头,始终静静的,没有一条消息也没有一个电话。

"哥,我看上了一个男人,他都不会主动联系我。他真讨厌对不对?"可安托着腮,"可我总忍不住想他,白天想,现在也想。你说,我总是去主动联系他,会不会显得很不矜持?"

宁容成安静地躺着,俊朗的容颜没有一丝反应。

可安笑了:"算了,你不说话我就当你默许我追他了。反正,你妹妹我也不知道矜持是什么东西。"

她快速地把手机拿过来,翻出言泽舟的号码,给他发短信。

"下班了吗?"

"在外面出任务。"

"不会又是飞车抓人那种任务吧?"

"不是。"

没一会儿,他又追过来一条:"你在哪儿?"

"医院。"

短信刚出去,他的电话就过来了。

可安接起来。

"不是说在出任务吗?"她有些兴奋。

"生病了吗?"他那头很吵,但是他的声音依旧很稳。

"不是,我在陪我哥。"可安笑嘻嘻的,"怎么,担心我了?"

"听不到,这里信号不好。"

可安翻了个白眼:"你骗谁啊!刚才还好好的呢。"

那头更吵了些。可安听到有人在喊:"言检,不好,这里打起来了。"

听筒里窸窸窣窣的一阵,她只听到他说了一句"先挂了",电话就断了。

屏幕暗了下去。可安趴回宁容成的床沿边,把手机放在床头柜上,轻轻握住了哥哥的手,他手指残缺的那个位置,空落落的。

"哥,他的工作好像还挺危险的。如果你醒着,你会不会答应我们交往呢?"

她只是随口问问,并不期待真的能等来回复。但是,宁容成的手,忽然颤了一下。

可安怔了片刻,随即就跳了起来。

"来人!来人啊!"

门口的保镖急急忙忙闯进来。

"宁总,发生了什么事情吗?"

"我哥他动了!他真的动了!去请医生,快去把医生请过来。快!"

她激动着也慌张着,完全不像原来的她。

医生很快过来,接着就是一番大动静的检查。

可安一直陪在一旁。刚才手心里的触感鲜活又真实,像是哥哥久违的招呼。

她的眼眶湿湿的,却不敢真的哭出来。她要把眼泪留着,等到眼前这个男人可以伸手拥抱她的时候,一并流出来。可是,检查结果依旧和早上一样。

虽然瘀血正在慢慢消失,但是宁容成暂时还没有要醒的症状。刚才那一下,只不过是无意识的抽动,并不能算什么。

可安送医生出去,她上升到高处又突然回落的心,沉甸甸的。

"宁总不用太担心。不管怎么样都是好现象,宁副总早晚会醒的。"宁容成的主治医生蓝雨安抚道。

"谢谢,麻烦了。"

"不客气,应该的。"

3

虽然空欢喜了一场,但可安的心情并没有受影响。哥哥这一下动得,让她充满了希望。

从病房出来,天色已经有些晚了,但医院还是很热闹,往来的人很多。可安要去停车场取车,没走几步,就被人叫住了。

"可安!"可安握着车钥匙回头。叫她的人是挺着大肚子的田晓涵,田晓涵身边还有一个男人。

"这么巧,我们又遇到了。"晓涵大腹便便地朝她走过来,她身边的男人小心翼翼地跟着。

"是啊,这么晚了你怎么在医院。不舒服吗?"可安扫了一眼晓涵的肚子。

"刚才觉得肚子痛,就过来做了个检查。"

"没事吧?"

"没事没事,就是被这家伙气的。"晓涵笑着,顺手指了指身边的男人,给可安介绍,"这是我老公。"

晓涵的老公个头不高,但人看着特别实在。

可安对他点了点头,算是打了招呼。

"我老公这样子,是不是都及不上言泽舟一根头发?"晓涵开着玩笑,"我常常说,当时我要是能和你一样勇敢去和言泽舟表了白,我现在肯定不会嫁给他。我嫁给他,是他上辈子修来的福分。"

可安笑了,晓涵的老公也好脾气地笑了。显然,他们在家里经常拿言泽舟这号人物这样开玩笑。

"哦,对了可安,当时在超市分开后,我一直懊悔没问你要个电话号码呢。"晓涵从包里掏出了手机,"你方便留一个给我吗?最近有同学会,我和他们说起你了,大家都想让你去参加呢。"

"我吗?"可安意外。

当时,她走得太突然,没有和任何人打招呼,现在想起来,都觉得有些内疚。

"是啊,虽然你没有和大家一起毕业,但怎么说你也是我们的一分子。这几年我们年年都举行同学会,就差一个你。你留个号码吧,我到时候提前通知你时间。"

这样的盛情,可安拒绝不了。而且,她也想回去见一见她的老同学们。她留下了自己的私人号码。

"那可就说好了啊。"晓涵很高兴,"这么多年过去了,很多人参加同学会都是拖家带口来的,去年我老公也去了。如果可以的话,你可以带着言泽舟一起来啊。"

"他啊……"可安有些犹豫。

"怎么?你们都一起逛超市买居家用品了,难道不是在一起了吗?"

可安笑,不知道该怎么解释。

"我会回去和他商量一下的。"

4

可安和晓涵夫妇告别之后,径直去了言泽舟那里。她并没有和他提前打招呼,也没有问他下班没有。反正,他家的钥匙,她还死乞白赖地留着没有还给他。

言泽舟的车已经在停车场了,他的屋里也亮着灯。

出于礼貌,可安按了门铃,但是门铃响了很久,也没有人来应门。她没了耐心,干脆掏出钥匙,自己开门进去了。

客厅里没有人,她随手放下包换鞋。当初超市新买的那双鞋,言泽舟已经将它拆了标签,放在了鞋柜的最上层。

可安刚换好鞋,就听到浴室的门打开了。

她抬眸,言泽舟正从里面走出来。他上半身裸着,胸肌腹肌匀称有力地排列着,刚洗过的身体泛着一层水光,看一眼就让人血脉贲张。

"洗干净了?"可安笑盈盈地盯着他,舍不得挪开目光。

言泽舟正用脖子上的毛巾擦脸,并没有注意到她在,听她忽然出声,他脚步一顿,下意识地按住了腰上的浴巾。

雪白雪白的浴巾,柔软地缠住了他完美的腰线,衬得他的肤色更加黝黑。可安的目光下移,浴巾刚刚及膝,他健硕有力的小腿露在外面,也是性感得要命。

"怎么这个点过来?"他问话的时候,看向了墙壁上的钟,已经接近午夜了。

"想看美男出浴,掐准了时间来的。"

可安拿起他放在沙发上的白T,朝他走过去。

言泽舟想伸手去接她手里的白T,她一躲,躲开了。

"还没擦干呢。"她提醒他。

"没事。"

"怎么没事,会着凉的。"她直接伸手抽走了他脖子上的毛巾,"来,我来给你擦擦。"

言泽舟往后退了一步,和她拉开了距离。

"你想干什么?"他的目光黑漆漆的,带着警戒。

"我没想干什么啊。"可安嬉皮笑脸地眨了眨眼,"还是,你想让我干点什么?"

言泽舟没好气地把她手里的T恤抽走了。他一边穿衣,一遍越过可安。

可安这才看到,他的背上,有很多伤疤。虽然不知道他以前具体是干什么的,但她也能猜到个大概了。

她立马转身跟上他。

"你的背上,怎么回事?"

"没事。"他走到沙发处,拿起凉好的一杯水,一饮而尽。

"我都看到了。"她走近他,又问,"都是以前受的伤吗?"

"嗯。"

"让我看个清楚。"她说着,就伸手去掀他的T恤。

言泽舟想制止,但她的手极快。腰上一凉,他的皮肤又暴露在了空气里。

可安低着头,凑过去。那些疤痕,大大小小,深深浅浅,全都是这个男人的勋章。她心疼,又觉得骄傲。

言泽舟想推开她,但看到她脸上的表情虔诚又认真,忽然就不忍心打断她,他一动不动地站着,任由她看个遍。

他的纵容,让可安得寸进尺。

"这是新伤吧?"她悄悄地将他的衣摆撩得更宽阔,手大胆地探过去。

言泽舟一把擒住了她的手腕。

"到底是看还是摸?"

"又想看又想摸。"她很坦白。

"摸出事来算谁的?"言泽舟凛着脸。

"算我的。"她答。

"你确定?"他逼过来,提醒她,"这里是我的地盘,到时候没人能救你。"

"我不需要别人来救,能救我的只有你。"可安伸手,覆上了他腰上的那一条疤。她的手心很凉,而他的皮肤很热。她明显感觉到他僵了一下,但她没有停下来。

"哪一条疤,差点要了你的命?"她轻声地问,慢慢地在他身上找。

言泽舟没有回答她。

"梁多丽说,你欠着她一条命。"可安哼了一声,"瞧你这一身的伤,我都不知道,你到底欠了多少条命在别的女人手里头。"

"两个。"他开口,声音沉沉的。

"哪两个?"

"一个是她,一个是你。"

"那如果我们两个都要你,你打算怎么还啊?"

他的目光转过来,落在她的身上,无声无息,却又重得让人喘不过气。

"命归命,情归情。"

5

灯光挤在他俩中间,像一张无形的网。他们彼此看着,暧昧又刻骨铭心。可安觉得,自己会在他坚定的眼神里化成一汪水。

"我救你的时候,并没有想过要拿你的命来换你的情。"

"我知道。"他拂了一下短而分明的发。

"你不知道。"可安笑了,踮脚用自己的脸颊去蹭他的下巴,"我救你的时候,是想着找一个月黑风高的夜,让你肉偿。"

"肉偿?"言泽舟黑眸闪着光。

"你觉得怎么样?"她的手指肆无忌惮地在他身上游走,像是在临摹他的肌理,勾勒他的曲线。

言泽舟的眸子越来越暗:"我觉得不错。"

他毫无预兆地一把将她抱起,抛进沙发里。

她猝不及防,还未来得及惊讶就已经倒在了沙发上。而他下手快准狠,似乎并没有拿她当女人。

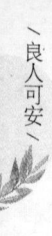

柔软的抱枕被她撞飞了几个,她侧眸,看到言泽舟走过来,半撑半跪地屈了一条长腿搭在沙发的边沿。他的手按着自己的浴巾,摆出一副随时可以为她松开的姿态。

"现在要?"

"要就要!"可安不想服输,她翘起身子,钩住了他精窄的腰。

言泽舟要推她,她却凑过去,吻了吻他腰上的那条疤。

他的皮肤很烫,带着淡淡的沐浴露的香,她的唇又吻上了他另一条疤……

"可安……"

她停下来,仰起头看着他:"你叫我什么?"

她的目光简单宁静,像是深林里的一头小鹿。他的目光也很宁静,但这却是为了掩饰他心头的暴风雨。

"你要玩死我是不是?"他按着她的肩膀,将她压倒在沙发上,"真的要?"

"我……"可安支吾了一下。

言泽舟收手,快速地从她身上退开。

"我就知道,你是雷声大雨点小。"

"什么小?"可安昏昏沉沉的,没听清他的话。

"什么都小。"他拿了杯子,转身给自己接了一杯水。

"喂!你别胡说!"可安坐起来,追过去,"你不喜欢我没关系,但你不能伤害我的自尊。"

言泽舟不理她,仰头将凉水一饮而尽。

可安盯着他线条流畅的脖子和有力的喉结,顿时觉得自己刚才那一支吾太窝囊。

"你有这么渴吗?大晚上喝这么多凉水伤胃。"她提醒着。

"你觉得我是渴?"他随手撂下杯子,杯底磕打着玻璃"嘭"的一声,"你觉得我不知道伤胃?"

可安脸红得像是染了胭脂。

"我刚才,只是没有准备好。"她伸手握住了他的手腕,"要不,我们重来?"

"……"

言泽舟又"呼呼"灌了两杯水。

可安看不下去了,在他倒第四杯的时候,拦了下来,自己喝掉了。

她身上的燥热,也被压下去了些。

"说吧,过来到底有什么事?"言泽舟捡起刚才掉落的抱枕。

可安定了定心神,把遇到田晓涵的事情从头到尾和他说了一遍。

"所以,你要我陪你去参加同学会?"

"可以吗?"

"不可以。"他一口拒绝。

"为什么,我都和他们说好了。"可安不依不饶地缠住他的胳膊,"大不了我不让你肉偿了,你帮我这一次,我们一笔勾销。"

言泽舟气定神闲地坐进沙发里,说:"可我并不打算和你一笔勾销。"

"你什么意思?"

"我已经接受了你肉偿的提议,并不打算再改。"

"……"禽兽啊禽兽!

可安想了想,挨过去和他坐到一起。

"好,我们先跳开这件事。"她停了几秒,又问,"你还记得吗?你不止欠我一条命,你还欠我一天的约会权。"

言泽舟脸一沉:"那是你没来。"

"你不是也没去吗?"可安眨了眨眼,"在子目山的时候,我记得你说过没去的。"

言泽舟别开了头,没出声。

"我们这次一起去吧。"她伸手捧住了他的脸,让他看着她,"五年前,我好不容易有了能够靠近你的机会,你一定不知道,丢掉它,我有多舍不得。"

他的目光原本清凌凌的,这会儿隐约有了温度。

"不管虚荣也好,贪心也罢,我真的很希望你是属于我的。哪怕,只有一天。"

客厅里的灯自动调到了节电模式,光影明灭间,她眸间的晶亮反而更明显了。

言泽舟抬手一揽，将她按在自己的大腿上。可安猝不及防地跌坐下来，下意识地攀住了他的脖子。

他大掌扣住她的后脑勺，轻轻一压，就将她的唇推向了自己。

昏暗的灯光下，他强势又忘情地挑开她的唇，似乎有很多话要说，可是又什么都没有说。

可安抵着他的胸膛，感觉到他霸道的攻占。她试着回应他，可刚刚抓到一点感觉，言泽舟就松开了她。

抽离的空虚比相拥的亲密更噬人，但言泽舟依然游刃有余的样子。

"你的同学会什么时候？"他问。

"下周三。"

"好。"

"好是什么意思？"可安不可置信地晃了晃他的脖子，"你答应了？"

"嗯。"

"耶！"她兀自笑起来，没看到光灭时，他也在微笑。

6

可安周三原本有工作的，但是为了参加同学会，她热热闹闹地给自己换了休。

"这次又是去哪儿？"徐宫尧沉静地接过她的换休单，扫了一眼。

"大学同学会。"可安笑着，把桌上的资料都收拾了一下，递给徐宫尧，"这些都是我签过字的。你再看看，没问题的话，拿给他们吧。"

徐宫尧点了点头，但没有马上离开。

"还有事吗？"

"宁总，最近董事会那边动静比较大，你这样隔三岔五离开岗位，会给他们钻到空子的。"他想了许久，还是开口提醒她。

"我知道。"可安放下手里的东西，"董事会的那群人，他们每天都想着怎么架空我。与其坐在这个总裁办公室里什么都做不了，还不如惹他们不痛快。他们不痛快了，我才痛快。"

明明在说着不公的事，但她眼里神采飞扬，让人看不到半点阴霾。

徐宫尧忽然觉得只要她开心，什么都不重要了。

"徐特助。"可安拍了拍他的肩膀。

徐宫尧应了一声,目光却落在她白皙的小手上。

"我是个不争的人。我知道,你很有想法,跟着我这样的人,其实是委屈你埋没你了。"

"没有。"他摇摇头,"在其位谋其职,宁总不争,我也不争。没有委屈也没有埋没。"

"你不用安慰我。"

可安笑了,徐宫尧却没有笑。他们之间,头一次有了这样怪异的气氛,好像带着等级在交谈,又好像只是朋友间敞开了心扉。

"不过,你也快熬出头了。"可安的眸光一跳,"你也听到医生说的,我哥他快醒了。"

"是,宁副总一定会醒的。"

"对,只要我哥醒了,我就不用在这里受这份罪,你也不用了。"可安又拍了一下他的肩头,"我一定会告诉我哥,这段时间你有多照顾我。他会报答你的,你的好日子要来了。"

徐宫尧黑亮的眼里涌出了些许的笑意,像是雨后初晴的太阳光,微弱,但明媚。

"都是我应该做的。"他说。

"以后我不来公司了,你可别太想我啊。"她笑。

徐宫尧看着她,沉默。

他会的。不用等到以后,哪怕是现在,他看不到她,都会想念,很想念。

7

之大的初夏,向来以成荫的绿景和女同学们飞扬的短裙相映成趣。

可安站在一望无际的大操场上,深深地吸了一口气,她回头去找言泽舟。

言泽舟正背对着她,他的视线远远地定在隔壁警大的西南角。那里有迎风招展的红旗。

他的背影挺拔,又带着几分庄重,好像顶在了这天与地之间。她不知道他在想什么,但又总觉得,这个男人身上背着很沉的使命。

"等下也去警大转转吧。"可安走过去,立在他的身旁。

他转过身来说:"不用了,是你的同学会。"

可安抬肘撞了撞他:"咱俩之间还分什么你我啊。"

他神情缓和,微微有了笑意。

"走吧。"

晓涵以前上大学的时候号召力就挺强的。这会儿怀着孕,功力又增加了几分。大家体恤孕妇组织个活动不容易,竟没有一个缺席。

宽阔的阶梯教室里,一排排全都坐满了。多数人都带着家眷,可安也算。

讲台上,当年的任课老师正温情脉脉地回忆着当年的点滴,时不时引来一阵大笑或者一阵沉默。

可安凑过去,趁言泽舟不注意的时候悄悄挽住了他的胳膊,轻声说:"当年我经常逃程老师的课去看你们训练。"

"什么课?"

"马哲课。"

他看她一眼,顺势摘掉了她的手:"难怪你思想不好。"

可安正欲反驳,讲台上的程老师忽然点了她的名。

"听说今天,宁可安同学也来了。"程老师扫了一眼。

可安主动站起来:"是的,程老师,我也来了。"

程老师的目光落在她身上,她的头顶正好有一盏灯,清亮的光罩在她的身上,朝气蓬勃,一如当年。

"那时候就数你让我头疼,一到周五,准逃我的课,逮都逮不住你。"

大家都笑起来。可安有点不好意思。

"我就纳闷了,你到底是看我有多不顺眼。后来一打听才知道,你不是看我不顺眼,是看隔壁警大的男生太顺眼了。"

这下,连可安自己都笑了。

"话说你当年追得那么费劲,到底追到没有?"程老师满脸好奇。

可安低头看了言泽舟一眼,所有人都在回头看着他。他忽然站起来,一点一点地高出她的视线,抢走了她的光源。

"报告老师,追到了。"他说话的时候,揽住了可安的肩。

教室里的女生们都发出一阵羡慕的唏嘘。

可安扭头，看着言泽舟棱角分明的侧颜，恍惚间想起那年，他从排列整齐的队伍里跨出来，高声报告教官，说她是他的桃花债时那坚定的样子。

程老师立在讲台上，半是欣慰半是打趣地道："这个故事充分说明了，有志者，事竟成。"

大家莫名其妙地开始鼓掌。

可安扬扬得意地靠到言泽舟手边："我好像变得很励志，大家都在给我鼓掌呢。"

"你弄错了，大家是在给我鼓掌。"

"咱俩之间，还分什么你我啊。"

"……"

8

一天时间过得很快，大伙聚在一起，把这几年遇到的好事儿坏事儿都聊了个遍。

可安多数时候都在听，对自己的经历闭口不提。言泽舟也是。对于他的过往，好奇的人也不少。但是他和人说话时拿捏得当，进退有度，搞得所有人都更喜欢他了。

可安不由得吃醋："这到底是谁的同学会啊！"

他轻描淡写："咱俩之间，还分什么你我啊。"

晚餐定在学校附近，餐馆并不奢华甚至很普通，但氛围却特别好，让人一坐下就感觉到了当年刚入学聚餐时的热气腾腾。

"言检。"隔壁桌的晓涵忽然回过头来叫了一声，"你还记得这家餐馆吗？"

言泽舟想了想，摇头。

"你竟然不记得了！当年可安走之后，这家餐馆的大小姐不是也轰轰烈烈地追过你吗？刚刚我去要饮料的时候，老板都认出你来了，说是他家女儿以前很喜欢你。"

"就是啊，言检你一定不知道，当年很多人来这里吃饭的时候都喜欢报你的名字，但凡说是你的朋友，一准能打折。"

"老板女儿也挺漂亮的吧，不过现在孩子都有啦，说是嫁了一个体育老师。"

众人七嘴八舌的,言泽舟很沉静,还是没有记起来的样子。

"真不记得了?"可安斜眼瞪他。

"不记得。"

"你那么多的追求者,不会只记得我了吧。"

"你是挺难忘的。"

"为什么?"可安来劲儿了。

"因为你脸皮最厚。"他一本正经的。

可安抬脚想在桌面底下踹他,但是人没有踢到反而踢在了凳脚上,这一脚疼得她险些飙泪。

言泽舟忽然着急了:"你怎么这么不小心?"

可安刚想抱怨,就听到他又悠悠地补了一句:"踢坏了凳子还得赔。"

她气结:"赔什么,把你押在这里正好,老板女儿不是喜欢你吗?"

"你没听说孩子都有了?"

她冷不丁地反应过来:"能和别人生孩子,看来也不像很喜欢你的样子啊。"

"很喜欢我是什么样子?"

"像我这样啊,只想给你生孩子。"

他"啧"了一下嘴:"说你脸皮厚你还不承认。"

"……"

同学聚餐的流程都是一样的,上菜就开始喝酒。

言泽舟本不喝酒的,这一次却破例喝了很多。他不喝酒,并不代表他不能喝。就像他原本不抽烟,抽起烟来却那么性感一样。他喝酒的样子,也着实让人着迷。

几轮过后,好多男人都开始醉意阑珊了,唯有他,还是清醒的。

最后,有人笑着告别,也有生活不如意者,在结束时,开始借着酒意大哭。

现场乱糟糟的,可安的心情也是。言泽舟却依旧有条不紊的。

他耐心地和当年花痴他,现在依旧花痴他的女人合影留念;扶着醉猫下楼;安排远的人住宿;又给住附近的人叫车……他忙里忙外,上心得好像这就是他的同学会。

可安顿时理解了那句被他们来回推送了一天的台词。

他们两个之间,果然是不分你我的。

9

人群渐渐散了,可安和言泽舟留到了最后,他们没有打车,慢慢地散步去酒店。

这座城市很年轻,缭乱的灯火让黑夜也变得色彩斑斓。

他们肩并着肩走。夜风里带着些许的酒香,也带着热闹过后的落寞。

"我感觉,今天像做了一场梦。"可安说。

"收拾收拾可以醒了,马上就可以真的做梦了。"

可安笑着扫他一眼:"喝这么多酒真的没事吗?"

言泽舟摇头:"没事,反正订了两个房间。"

"我才不担心你酒后乱性呢。我是担心你喝多了不舒服。"她眨眨眼,语气忽而温情起来,"干吗这么拼命替我挡酒。"

"我担心你酒后乱性。"

"……"

可安穿着高跟鞋,走着走着就走不动了,他们已经拐进了小路,出租车难打。但是路上来来回回的红色三轮摩的却很多。

"要不要坐?"言泽舟问她。

可安神色一冷,立马摇头说:"我不坐。"

言泽舟没有在意,径直走到她面前蹲下来:"那我背你。"

可安停在原地,一时没有了反应。这一瞬间,对她来说,比梦更像个梦。她盯着他宽窄有致的后背,真想不管不顾就跳上去抱住他的脖子,但是她知道,今天他也累了。

"我才没有那么娇气呢!"可安轻轻地往他后背呼了一掌,"我不用你背,我能自己走。"她说着,绕过他往前走。

言泽舟站起来,跟上她。

"不是说走不动了?"

"那也不要你背。"

"为什么?"

"今晚吃多了,怕原形毕露。"

他打量她一眼:"我看着像白骨精。"

"错了,其实是青牛精。"

"那么沉?"

"可不,所以你还是别背我了,让我挽着你就可以了。"她说着,就赖过来缠住了他的胳膊。

言泽舟低头看着她,她仰头看着他。

月色静好,她带笑的容颜也是。

10

他们就这样一路缠绕着回到了酒店。

房间是早上过来开的,他们的东西都已经放在各自的房间里了。

可安看着电梯门打开,转头又向言泽舟确认一遍:"你真的不要再去退一间房?"

"不退。"

"我特意带了好几套睡衣,你确定你不要看?"可安对言泽舟挤眉弄眼的,但言泽舟却视而不见。

"酒店旁边就有睡衣店,我想看可以去那里看。"他淡淡地迈出了电梯。

可安追在他身后大叫:"你这个男人怎么能这么没有情趣!"

言泽舟没有理她,径直刷卡进了自己的房间。可安挤着门缝想要进去,却被他推了出来。她暗自腹诽了他一百零一遍,才不情愿地进了自己的屋。

房间很大,床也很大,明明睡两个人绰绰有余,也不知道他干吗要多浪费一个房间的钱。可安进浴室洗了澡,换上新买的睡衣后还是觉得愤愤不平。

她坐在床上想了想,还是忍不住给他打电话。

言泽舟应该也是在洗澡,好久才接起来,还没有来得及说话,可安已经先大叫了起来。

"啊啊啊啊啊!"

"怎么了?"他的声线一紧,竟像是被她的尖叫吓到了一样。

"有老鼠啊！"可安瞎掰。

言泽舟吸气："哪里有老鼠？"

"床底。"

"你现在在哪儿？"

"床上。"

"那就躺下睡吧，我保证它不会爬上来。"

"真的有老鼠啊，我怕，我会失眠的。"可安掐着嗓子，有意让自己起了哭腔，"你能不能帮我抓一下老鼠啊？"

言泽舟沉默了几秒。

"知道了。"他丢下这三个字，就挂上了电话。

可安等了一会儿，门口就传来了声响。她暗自得意，言泽舟到底不会放着她不管。可她抬起头来，却发现门被打开了，推门进来的不是言泽舟，而是酒店的客房经理。

"怎么是你来？"可安的声音里是掩不住的失望。

客房经理白皙的脸红彤彤的。

"宁小姐，我听说您房间里有老鼠，所以特地上来确认一下。不知道您是不是看错了，我们酒店的卫生服务是不可能出现这样的纰漏的。"

可安不想把事情闹大，赶紧挥手："是我看错了，不好意思啊，累了一天眼睛都花了。"

客房经理松了一口气。

"那就好，这么晚打扰您休息，实在不好意思。晚安。"

"晚安。"可安耷拉了一下嘴角，又把她叫住，"是隔壁房间的言先生把你叫来的吧？他有没有说他为什么不自己来？"

客房经理回了回头："言先生有来啊。"

可安一转眸，言泽舟不知什么时候倚在了门框上。他的浴袍半敞着，结实的胸肌若隐若现，好一片春光。

难怪，刚才那客房经理的脸红成这样。

言泽舟从门外进来，随手合上了门。屋里就剩下了他们两个。

"我是让你来，你干吗让她来？"可安还在耿耿于怀。虽然她不占理，但是她的声音不小。

"床下有老鼠,我怕你不敢下床开门,所以找了个有门卡的人来开门。"他说得还挺有道理的,可安无力反驳。

"那干吗躲在外面不进来?"她还是没好气的。

"进来的话,老鼠怎么会说没就没了。"

"你什么意思?"

"就这么急于向我展示你的睡衣吗?"

可安一听,顿时想了起来。她站起来,光脚踩着被单在他面前转了个圈儿。

"好看吗?"

睡衣是樱粉色的,这样的粉在灯光下很梦幻,衬得可安的脖子和胳膊特别细白。

言泽舟的目光落在了她流畅的肩线上,接着又往下移了几分。

"怎么样?"她催促着,"不好看吗?"

"好看。"他回答。

她微笑着,又转了一个圈,笑意还未落下,就听到他又补了一句:"就是显胸小。"

"……"

11

"你眼睛有问题吧。"可安扑过去,作势要打他,岂料被单一滑,整个人就扑到了言泽舟的身上。

言泽舟张开双臂一把抱住了她。她的睡衣轻薄如无物,而他,胸膛本就半裸着。这样亲密的接触,让人措手不及。

"眼睛是有问题,原来是平的。"他的语调淡而无味。

"你流氓!"

"你不是特地把我叫来耍流氓吗?"

可安气急败坏地推开他,却发现他满眼都是笑意。

好吧,是她引狼入室,偷鸡不成蚀把米。

见她不说话了,他走过来揉了揉她的发心。

"好了,不闹了。没什么事情就先睡觉,明天还要早起赶车。"他说完就想走,可安一把攥住了他的胳膊。

"哎,等等!我有事和你商量。"她仰着头,眸光里是软绵绵的恳求。

"说吧。"

"我们后天走好不好?"

"怎么?"

"今天一整天都忙着和别人聊天,都没有真正的二人世界,这算哪门子约会啊。"可安小声地咕哝一句,"反正,你还欠我一天。"

她知道这是耍无赖,但是能和他在一起的时间,她总想拉得更长一些。哪怕只有一天,也希望自己的私心能够被成全。

他看着她,那眼神清亮得像是要把她复杂的情绪看透彻。

"好。"

"你答应啦!"她眉眼一弯,笑出了蜜糖的甜感。

言泽舟又摸了摸她的脑袋,力道似乎更温柔了:"安心睡吧。"

"Yes sir!"可安从床上跳起来,一本正经地对他行了个军礼。

言泽舟笑了,他转身出去,替她关好了门。

可安倒在大床上,抬手捂了捂还在狂跳的心口。刚才那一瞬,她还以为他会拒绝,可是,没有想到,他竟然这样轻易地就纵容了她的贪心。

他难道不知道,这样会把她给惯坏的吗?还是,他已经准备好要把她惯坏了?

屋顶的灯光柔亮,她盯着那束光,躺在床上胡思乱想。

最近,她毫无头绪的生活好像渐渐理出了章法,它在一点一点地变得圆满。可是这种圆满,竟然没有残缺让她更有安全感。

窗外不知何时已经下起了雨,从淅淅沥沥,忽而变成倾盆大雨,闪电中夹着响雷,但并不让人觉得害怕。

可安睡不着,就从床上爬起来,打开了行李箱。这次出来,明明是打算只住一晚的,但是,她还是带了好几套衣服。这大概是恋爱中的女人的通病,她们都想把自己最美的样子展现给最爱的人看。

她挑挑拣拣,最后也没能定下来穿哪一件。

她摸到了手机。虽然这个点言泽舟肯定睡了,但她还是发短信问他的意见。

"明天，你想看我穿白色的裙子，还是黑色的裙子？"

短信发出去之后，她忽然就不再焦躁了。她知道，他会帮她选择的。明天一早，她只要按照他的喜好，穿上美美的裙子去赴之前落下的一日之约就可以了。

也许，明天过后，他们错过的五年光阴，可以重新找到契合的弧线。

她期待明天，很期待。

可安合上了行李箱，小心翼翼地把拉链拉起来，推到墙角。

"轰！"屋外一阵响雷响起。

几乎同时，她的手机响了起来。

她的预感告诉她，是言泽舟，来给她答案了……

12

夜有点深了。耳边没有了她的聒噪，一清静就觉得疲惫，而越疲惫越难以入睡。

言泽舟枕着自己的胳膊，平躺在床上。他想起今天同学会上遇到的那些人，短短的一天工夫，他却在交谈中仿若经历了好几个不一样的人生。

真的，人各有活法，一切都是选择，没有对错。

放在床头的手机忽然振动了下。他翻了个身，看到屏幕上那行发亮的小字。

"明天，你想看我穿白色的裙子，还是黑色的裙子？"来自宁可安。

他改了备注，但没有如她所愿。"亲爱的"实在不是他的风格。

言泽舟想了想，回她："白色。"

他记得，五年前的那场"一日之约"的前一晚，她也问过他类似的问题，但是他并没有回答她。因为那时候，他对她的情感，仍然带着雾里看花的不确定。他并不想在自己没有准备好之前，和她太过亲近。

"一日之约"的由头，都归根于那场打着慈善旗号的联谊拍卖会。

众所周知，警大向来是男女比例失调最严重的大学。男生多如晴夜的繁星，而女生却稀有如珍宝，少得可怜。

为了能让警大男生更快更有效地脱光，学校各大社团也是无所不用其极，想尽了各种五花八门的招数举办联谊会，但效果不佳不算，活动关注度也一点都不热乎。

作为社团之中最有权威的学生会，自然有把联谊活动做出新高度的使命。

学生会的干事们本校女生的主意打不到，慢慢地就把如意算盘拨到了外校女生身上。

那时候，"花痴墙"也是警大比较有名的"人文景观"之一，之大女生有多疯狂，警大师生都津津乐道。

警大学生会的会长本着这样的优越感，特意举办了一场联谊拍卖会。这场拍卖会的主题虽是慈善和联谊，但规则却尤为奇葩。

警大学生会特意发动学校的女生，票选出本校前十名的帅哥，将其名单放到了论坛上拍卖，拍卖这十个人的"一日约会权"。

之大女生可以随意喊价，约会权价高者得。

言泽舟作为警大的首席校草，名字自然在这十人之列。然而，正当很多女生在论坛上为了成为"言泽舟一日女友"争得头破血流的时候，他却什么都不知道。

直到结果公布，他被告知自己的"一天约会权"被卖出了高价，他才恍然明白防火防盗防校友这个潜规则。

言泽舟义正词严地拒绝了学生会这样无厘头的要求，学生会每天派人来交涉，不仅苦口婆心地循诱，甚至还拿出了拍卖所得款的捐款证明。

他最终妥协。如果，他的一天真能换来哪怕一个贫困孩子的快乐，在他心里也值得。

13

热热闹闹的拍卖会落下帷幕之后，就是轰轰烈烈的执行环节了。

在最终确定约会对象之前，言泽舟被要求填了一份调查表。那份调查表上详细到他对早中晚三餐的喜好。

学生会这般事无巨细的态度，也着实令人发指。

他填完调查表没几天，就收到了另一份已经完成的调查表。那是来自将要和他约会的那个女生的调查表。

他只扫了一眼，就看到了表头名字栏里那娟秀的字——宁可安。

原来是她。

那一瞬间,他不知道如何形容自己心里的感觉。好像早知会是她,可真看到是她,竟莫名多了一丝感动和无奈。

这个女生,对他真是执着。

为了表示自己的诚意,他认认真真地读了她的调查表。

她最喜欢的歌星是张国荣,她最喜欢的运动是跑步,她最喜欢的男生类型是……言泽舟这种类型。

他忽然就笑出来了。

同寝室的哥们难得见他笑得如此开怀,都忍不住凑过来想要看。他却站了起来,拿着那份表格去了天台。倒不是不舍得,只是觉得,那是她的秘密。她既然把秘密交到了他的手里,他有责任替她保密。

天台风大,吹得他晕晕乎乎的。但是,他还是记得她在最想吃的早餐那一栏,写了甜甜的番薯粥。

警大的食堂是没有番薯粥的,之大也没有。不过,言泽舟知道哪里有。

那个粥铺离警大很远,言泽舟隔天天未亮,就骑着单车绕了好大一圈去找。他知道也许如此精心地对待一个"一日女友"并不合适,但是他想起宁可安之前每天给他准备便当的心意,顿时又觉得,他所做的一切,微乎其微。

粥买到了,临时也从同寝的哥们那里补了点恋爱知识救急。他是有心和她度过难忘的一天的。但是,他按时在约定的时间赴了约,她却没有来。

那日秋风萧瑟,之大的银杏落了一地,他在树下等了一天,没有等到他想见的人。

然后,接连几天也不见她人。这个一直缠在他身边,像影子一样无法甩掉的女孩儿,悄无声息地不见了,连学生会的人,都无法给他一个满意的回复。

他以为,他对她明明是没有感觉的,明明是不够喜欢的,可等她真的离开了,他的心却顿时荒凉如一座空城,了无生气。

他找过,也向别人打听过,但始终没有她的消息。

她成了他盘刻在心底的一个谜,挥之不去。越是见不到,越是开始想念。想念她的音容笑貌,想念她的点点滴滴。

那段时间，他情绪低落，就像是还没有谈恋爱的人，提前失恋了。

同寝的哥们看到他这个样子，纷纷劝他：

"算了吧，你反正一直都没有接受她，何苦来的呢？不见就不见了。"

"就是丢了一个追求者而已，你的追求者，满学校都是。不差她一个。"

"那种富家女，不愁吃不愁穿，人家心血来潮耍你玩呢，你倒是当了真。"

不见就不见了，不差她一个，别当真……可他却一个都做不到。

感情的坑就是这样，踩下去的时候以为可以全身而退，等到真正进去了，再无畏的人，也会溃不成军。

再后来，之大的女生都说宁可安退学了。一个开着豪车的英俊男人来学校替她办的退学手续。

那个男人，一度成为之大女生的新梦中情人，但是，没有人能确切地说出，那是宁可安的谁。或许是男朋友吧。

豪门千金，自然有门当户对的男人来相配。这是定律……

风吹雨打一夜，这一夜，言泽舟却睡得特别沉，梦里反反复复出现当年的情景，让他无端地冒出一身冷汗。

一早起来之后，他先洗了个澡。手机静静地躺在手边，自他回复了"白色"之后，就再没有消息传过来了。

可安应该还在睡吧。

他换完衣服，特意交代酒店把原有的早餐换成番薯粥。

宁可安的房门仍然紧闭着，他按了门铃，却始终没有传来回应。

昨晚那位客房经理正在查房，看到他，主动迎上来打招呼。

"言先生，你是找宁小姐吗？"

"是。"

"宁小姐不在屋里，她昨晚就走了。"

言泽舟一愣："你说什么？"

"宁小姐昨晚就走了，一个开着奔驰的男人来把她接走的。"

14

可安坐在医院长长的走廊里，室内温度不低，但是，她一直在抖，抖

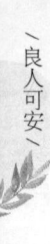

得整个世界都天旋地转的。

病房里传出撕心裂肺的哭声,她遥遥地听着,好像来自于另一个世界。她努力回想着昨晚发生的一切,却怎么都无法拼凑完整。

昨晚,她正和言泽舟发短信商量约会的事情,她的电话忽然就响了。

电话那头是徐宫尧,他说他来接她了。

她笑着骂他:"徐特助,大晚上的你是发什么神经啊?可别坏我明天的好事,不然我一准扣你工资。"

可徐宫尧却说:"宁总,抱歉我让人查了你的行踪,我现在就在你住的酒店下面,你自己下来,还是我上来接你?"

徐宫尧的语气冰冷得像是十二月的雪。她预感到有什么不对,问:"发生什么事了?"

徐宫尧不回答,只是说:"你等着,我上来。"

没一会儿,可安的门铃就响了。

她穿好外套,拉开门就看到了徐宫尧凝铁一般沉重的表情。

"到底怎么了?"

徐宫尧似乎在斟酌,斟酌如何开口。那几秒钟,每一秒都是煎熬。

"宁总,宁副总出事了。"

"出什么事?"可安冷静地看着徐宫尧,但是手和腿已经轻微地抖了起来。

"去医院再说吧。"徐宫尧的欲言又止,说明了一切。

"走,现在就走。"她来不及拿上自己的东西,穿着酒店的拖鞋就夺门而出,从楼上到楼下这一段路,她多次跌撞,都是徐宫尧及时搀住了她,才不至于跌倒……

车子一路奔驰,从酒店到医院。整整两个小时的路程,她一句话没问,徐宫尧也一个字没有说。然后,她跑进医院,看到长长的走廊里,站满了姓宁的人,他们每一个都面目沉痛,像模像样。

接着,医生告诉她,宁容成去世了。

15

"宁总。"可安一个激灵,恶狠狠地抬眸,看到眼前站着的人是徐宫尧。

她眼里的凶光才一点点暗淡,就像是潮落后的沙滩,一片空洞。

"要不要,再进去看一眼?"

可安没有说话,只是默默地站了起来。

病房里的哭声还在此起彼伏地响着,像是这人间最后的一场闹剧。

她走了两步,忽然软倒在地上。"嘭"的一声,是膝盖骨和地面瓷砖的碰撞声,在幽长的走廊里,惊天动地。

徐宫尧快速地奔过去,他感觉这一下,会把她纤瘦的身子骨给打散。但他还未触到她的胳膊,她已经自己站起来了,稳稳地、一步一步地,走向那间明亮异常的病房。

可安走到门口,脚步停住了。她扫了一眼,把屋里的人都看全了,唯独没有去看病床上的宁容成。

宁稼孟和宁子季一左一右地站在窗边,一个面色沉痛,一个面无表情。

沈洁莹伏在病床上,哭得像个泪人儿,王天奈靠在宁正瑜的身上,微微抖动着肩膀,宁正阳不在。

"都出去。"可安冷冷地说道。

"可安啊!"沈洁莹叫了一声,朝她跑过来,把她抱住了,"我可怜的孩子,你该怎么办?"

"小婶。"可安推了推她,"你吵着我哥了。"她漠然平静,像是一个没有感情的人偶。

沈洁莹愣了一下,宁子季走上来,揽住她的肩膀往外推:"别吵了,先出去。"

宁正瑜也揽着她母亲王天奈往外走,走到门口的时候,她看了看可安,也看了看紧跟在可安身后的徐宫尧,什么都没有说。

宁稼孟走在最后。

"可安啊……"

可安躲开了宁稼孟揽过来的胳膊。

"大伯,我想和我哥待会儿。"

宁稼孟点了点头,出去的时候轻声叹了口气。

所有人都出去了,徐宫尧也侧身退出去,退出去的时候,给她关上了门。

可安扶着门站了一会儿,才把视线落到了病床上。

那个男人闭眼躺着，身上的管子都已经拔了，看起来，好像只是安静地睡着了，看起来，好像只要等他睡醒，他们就可以收拾东西出院回家了。

可安走过去，搬了自己的椅子过来。椅脚落地发出"吱嘎"一声，打破了这屋子诡异的静谧。

她坐在椅子上，不声不响。眼泪在眼眶里不停地打转，却始终没有冒出来。

宁容成苍白的脸，在她眼里渐渐地模糊成了一片，像是莹莹的雪原。

她想起那一年，母亲去世，他弓腰背着哭闹的她在房间里走圈，一圈一圈，直到她哭累了睡着。她醒来是半夜，但他仍然坐在她的身边，头发乱了，眼睛红着，可看到她睁眼，他脸上的情绪就都收敛了。温暖的手探过来，轻轻地抚了抚她的额。

她记得，那时候的他，还五指齐全。

她记得，那时候的他说："安安，妈妈以后都不在了，但你别怕，哥哥会一直爱你，保护你，让你健康平安地长大。我发誓。"

发誓了，也可以食言吗？

可安的手探过去，摸到他发鬓，摸到他的嘴角，也摸到他那根残缺的手指……胸口忽然一阵难忍的绞痛，像滚烫的油淋在了心头。

她透不过气来了，她只能把手捏成拳，狠狠地捶打着自己。她觉得，自己要死了。

病房的门忽然被撞开了，有人急匆匆地跑进来，她听到那人大喊了一声"哥"，她又听到那人在叫她的名字。

她的世界黑了。

她想，死就死了。至少，一家团圆了。

16

言泽舟从出租车上下来，小区里黑漆漆的。他走了几步，仰头忽然看到自己的公寓亮着灯。

风似乎停了，他短暂地出神之后，甩下自己身上的背包，往台阶上跑。

门开了，他没有换鞋，一头冲进去。厨房里有人，他听到脚步声，屏息等着。

"回来啦?"是母亲的声音。

他紧绷的神经,忽然断了。

言伊桥手里拎着两个餐盒走出来,见他失魂落魄地站在过道里,她停了一下。

"怎么了?"

"没事。"

"你去哪里了?"言伊桥走到餐桌边,把餐盒放下,"我昨天来也没有见到你,今天来又不在,打你手机又关机。"

"没电了。"言泽舟把手机掏出来扔到沙发里,转身去洗了把脸。

"我刚和东生通过电话了,他说你请了一天假,昨天晚上临时又加了一天,是发生什么事情了吗?"

"没有。"言泽舟一边擦脸一边往外走。

言伊桥手边的餐盒一个是空的,一个是满的。她打开了满的那个,把里面做好的菜拨到了空的那个里。

"你爸做的,虽然以后有人给你下厨了,但他新研究出了什么菜色,还是想让我带过来给你尝尝。"

言泽舟沉默。

以后都有人给他下厨了吗?他差点也是那样以为的。

"我怎么感觉你脸色怪怪的?不舒服吗?"言伊桥放下手里的筷子,把手探过来,碰了碰言泽舟的额头。

言泽舟扬手握住了言伊桥的手。那是一双依旧细白柔软的手,除了保养得好,还有最重要的一点就是家务干得少。

他的母亲,嫁了一个疼她的好男人。

"妈,我很久没有去看看爸了。等我这周有空了,就过去。"

"真的吗?"言伊桥顿时笑靥如花,"你爸啊,天天念叨着你,他就盼着你能过去看他呢。"

言泽舟笑了一下。

"对了,如果你觉得时机成熟了,可以把那个姑娘也一起带去给你爸瞧瞧。我那天无意和他提了一嘴,可把他高兴坏了。"言伊桥说着扫了言泽舟一眼。

他又在出神,黑漆漆的眸子里带着一丝倦色。

"好了,我得走了,回去晚了你爸得担心。"言伊桥把填满的那个餐盒推到言泽舟面前,"你把这个盒子放冰箱里,明天热一热就可以吃了。"

"我知道了。我送你下去。"他站起来。

"好。"言伊桥笑了。

他送言伊桥去停车场,看到那个空荡荡的车位,心里也是空荡荡的。回去的时候,他的背包还丢在原地,这么久,竟也没有人捡。

他捡起来,拍了拍包上的尘土。

对面门岗亭的门卫大叔正在看新闻。他路过的时候,门卫大叔忽然把他叫住了。

"言检。"

言泽舟停下来。

"来来来,你看看,这是不是经常和你一起那姑娘啊?"

16寸的旧款电视机上,接连闪过两张照片。第一张是可安,她穿着帅气的职业装,表情专注又迷人。第二张是个英俊的男人,那个男人的眉眼和可安有几分相像,他西装笔挺的样子带着几分儒雅,魅力十足,但那张照片被处理成了黑白。

"宁氏副总宁容成昨晚忽然去世,宁氏集团管理层恐重新洗牌,新任女总裁宁可安……"

17

海城下了一天一夜的暴雨。乌压压的黑云在天际涌动,偶尔露出一丝天光,很快又被埋没。

徐宫尧站在门口,看了一眼跪在灵堂里的可安。她穿着黑色的长裙,身形纤瘦单薄,但脊背却挺得直直的。晃动的烛火映照着她憔悴的脸,他第一次见到她这般了无生气的样子,就像,没有灵魂。

昨天,她忽然晕倒在了宁容成的病房里,然后就昏睡了整整一天。

这一天,对他来说,长得就像是世界末日。好几次,他都产生了那样的错觉,觉得她也不会再醒了。幸而,她终于醒过来了,不止醒了,而且还像变了一个人。

她冷静地料理着宁容成的后事，接受着别人的哀悼，只是偶尔停下来，像现在那样，呆呆地跪着。没有人知道，她的心里，到底正在上演怎样一场风暴。

宁正阳撑着伞过来，外面斜风大雨，他的衣服都湿了。

"姐。"宁正阳走到可安身边，可安没动也没有理他。

"都准备好了，我们得送大哥去墓园了。"宁正阳轻轻地握住了可安的胳膊。

她的身子，又开始微微地颤抖起来。

"姐。"

"等下吧。"徐宫尧对宁正阳使了个眼色。

宁正阳深吸一口气，陪可安跪下了，他的脸色也是难看的。宁容成生前，和他感情也很要好。

他是，他人生的启蒙老师，是他最敬重的兄长。

事发突然，他本在外地出差，接到父亲电话的时候，他觉得世界都崩塌了，更何况是身边的可安。这个打击，足以摧毁她。

放在口袋里的手机振动了下，有条短信进来。他掏出来看了一眼。

"方便的时候，给我回个电话。"来自言泽舟。

正阳下意识地看了看可安。她还保持着原来的姿势，一动不动。他站起来，拿着手机走到门口，把电话给拨回去。言泽舟很快就接了起来。

"她怎么样？"

"不哭不闹不说话，也不吃东西。"正阳如实以报。

言泽舟沉默了许久，正阳等着他说话，目光却远远地落在了可安身上。

可安忽然站起来了，她俯身，紧紧地抱住了宁容成的骨灰盒。她准备好了。

"我们要去墓园了。"正阳对言泽舟说。

"照顾好她。"

"我会的。"正阳挂了电话，跑过去扶住可安。

可安却挣开了他的手，没有让任何人碰她。不，或者，她是不想让任何人碰到她怀里的宁容成。

徐宫尧撑起了伞，把伞沿倾向可安，自己走在了雨里。

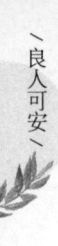

雨很大，宁氏的工作人员看到了，立马跑过来为他打伞，他扭头使了个眼色，拒绝了。

长龙一样的车队，一辆挨着一辆排列在灵堂前面。一起去墓园的人，都已经妥妥帖帖地坐在车里等着了。

徐宫尧把可安送进了第一辆黑色轿车里，自己坐上了副驾驶座。他的身上全都湿了，司机递给他一块毛巾，他擦了擦脸，回头去看可安。

"宁总，可以出发了吗？"

可安低头盯着怀里的骨灰盒，良久，才开口："走吧。"

为了避免记者跟拍，这一路都封锁了。开出灵堂没多久，徐宫尧就在模糊的雨帘里，看见了那辆黑色的越野车。

越野车停在路边，大雨捶打着车窗，看不清楚里面坐着什么人，但徐宫尧知道，那是言泽舟。

黑色的轿车和黑色的越野擦肩而过，车里的可安和言泽舟，谁都没有看见谁。

雨还在下。

好像，过往的所有痕迹，都会在这场雨里，被冲刷干净。

第八章

BEIHUAN
LINGXING

悲 欢 零 星

1

整个宁氏的车队浩浩荡荡到达墓园时，雨忽然停了。

徐宫尧下车，给可安拉开了车门。几乎同时，身后的十几辆轿车，齐刷刷地打开了车门。

前来送葬的，都是宁家亲眷或者宁氏高管。

可安走在最前头，黑色的裙子将她的身形勾勒得更加纤瘦。

墓园的工作人员，早已等候多时。一切都准备就绪之后，送葬的队伍整整齐齐地列在墓穴前，低头默哀。

可安手捧着宁容成的骨灰，却立在原地。她的黑发随风起又随风落，美得有点荒芜。

周围一片肃穆，没有人敢催促，也没有人敢挪步。

徐宫尧看着她，等着她。

时间一分一秒地过去，她的世界，却像是被定了格。

送葬的队伍里开始传来哭声，隐隐绰绰的，像是幻觉，却又真实存在。那哭声渐渐由点，连成了片。终是有人不忍心的，如此简简单单地把他送走。这样年轻蓬勃的一条生命，这样如诗如酒的一个男人。

可安的眉角动了动。

徐宫尧的心弦都绷紧了。这个女人，他甚至都不知道该用什么样的眼神去注视她，才能藏住胸腔里汹涌的心疼。

她上前了一步，接着缓缓地抬手，掀开了盖着骨灰盒的那块红色绒布。

所有人都看着她。

她又停住了。她的目光，安静沉痛地落在宁容成的骨灰盒上，就像是看着宁容成本人一样。

"哥，我们来生见。"她开口，嗓子哑得不像她本人。说完这句话，她低下头，轻轻地吻了吻宁容成的骨灰盒。

徐宫尧抬手挤了挤眼窝，他的眼角，也有了几分湿润。

天空的黑云，又涌到了一起。大雨，随时会再次落下。她终于不再犹豫不再留恋，亲手将宁容成的骨灰盒放入了墓穴。

封穴盖顶，落葬完成。

在场的很多女士都开始恸哭，但可安依旧很沉静，她在墓碑前放了一束白菊，俯身跪下。

"咚！咚！咚！"三个响头，磕得又重又狠，似要磕出血来。

徐宫尧上前扶她，她挥了挥手。

"徐特助，让大家都走吧，你留下。"

"是。"徐宫尧转身，对着队伍里的宁正阳点了点头。

宁正阳会意，开始谢客清场。

偌大的墓园，很快就空空荡荡的，只剩下了他们两个人。

可安跪着，徐宫尧在她身后站着。

"徐特助。"

"是。"

"你说，恢复好好的一个人，为什么会突然抽搐离世？"

"医生说……"

"我不要听医生说，我要听你说。"可安仰头看着徐宫尧，她的眼底一片血红，"我哥是被人害死的，对不对？"

徐宫尧沉默了片刻，最终还是点了点头。

"但是宁总，我们没有证据。"

"没有证据，那就找。"她冷静得可怕。

徐宫尧蹲下来,和她平视:"你想怎么做?"

可安看着墓碑上宁容成的笑脸,抿紧了唇。

宁容成刚刚去世,海城上下就对宁氏内部管理调整的问题大肆报道,这样的报道,是不是人为,一看便知。

她从前可以装傻充愣、不闻不问,但现在,她明白了,一味退让并不能换来余生安稳。

最爱她的人被害死了,若她继续软弱,她也得死。

"徐特助,你之前说过,我不争,你也不争。那现在,如果我想争了呢?"

徐宫尧侧了侧身。他看到,她的眼里,有对他的信任。这种信任,超越了任何情感,让他感动,让他沉沦。

"慷慨赴死,在所不辞。"

2

言泽舟从检察院出来,门卫远远冲他行了个礼。

越野车开出了大门,他刚刚想要转弯,一抬眸却看到马路对面的香樟树下,有一个人等着。

那人新剪了头发,只短到耳郭的发弧,恰到好处地修饰了她精巧的脸型。她穿了纯白的裙子,站在绿荫底下,裙摆飞扬,洁净美好。

是宁可安。

言泽舟狠狠地踩下了刹车,他不顾自己的车正堵在路口,关门冲进车流。横亘在他们之间的绿化带和栏杆,被他利落地跃过。

他终于站到了她的面前。

"好久不见。"可安冲他微微一笑。

言泽舟沉默地看着她。她瘦了,瘦得那么明显。她不快乐,因为她笑着,眼里也没有光。

他本该有很多话要对她说的,可是想了想,却什么都没有说。

"你怎么过来了?"

"想和你吃个饭。"她还是直截了当的样子。

"等我一下,我去开车。"

"没事,我和你一起去。"她说着,也跳进了车流,学着他刚才朝她跑过来的样子，翻过栏杆，跳过绿化带。

言泽舟跟在她身后，看着都捏把汗。穿着裙子也敢如此乱来的，大概整个海城也就她一个，他只得小心翼翼地跟着、护着。

上了车，她自觉地绑好了安全带。

"想去哪里吃饭？"言泽舟问。

"去哪里都没有关系，我只想要一个包厢，能和你安静地说会儿话。"她的眼神和她的裙子一样，纯粹得纤尘不染。

言泽舟点头。他把车开到了检察院附近的一家西餐厅，餐厅的装潢风格高雅整洁。

他要了二楼的一个包厢。可安上了楼才发现，这竟是个情侣包厢。她站在门口盯着门牌上的"情侣"二字出了神。

跟在她身后的言泽舟清清嗓子，解释说："只剩下这样的包厢了。"

可安笑了一下，推门进去。

包间不大，但环境特别好。从窗户望出去，正好可以看到海城著名的佳夜江。这条江的夜景，美得让人心驰神往。

"这顿得我请。"可安先开口。

正在给她倒水的言泽舟顿了顿："分什么你我。"

"要分的，就当是我对不住你，那天，我不该不声不响地离开放你鸽子的。"

"我理解。"

"谢谢。"她很客气。这种客气，让他莫名地感觉到了疏离。

"最近，还好吗？"他小心翼翼地问。

虽然，他已经从正阳那里，了解了她全部的近况。但是，此刻她在眼前，他还是想亲口问一问。

"不好。"她坦白地答。

她的诚实，让言泽舟一时不知道该怎么接话。他推开椅子站了起来，绕过桌沿，走到她的身边，伸手温柔地抱住了她的脑袋。

可安没动，鼻间熟悉的皂角香，让她安心。

"节哀顺变。"他的嗓音沉沉的。

可安轻轻地点了点头，推开了他。

"别这样，服务员要进来上菜了。"

"没关系，这是情侣包厢。"他很认真地回答。

可安笑了。但这种笑容，真的不一样了。从前，她无论怎么笑，都是生机勃勃的，但现在，这种笑容里掺杂着一种复杂的情绪。

服务员果然敲门进来上菜了，上菜的间隙，言泽舟一直看着她，但是，她却一直在走神。

"新发型很好看。"他难得主动夸她。

可安眨了眨眼。

"嗯，我知道。漂亮的人换个发型，不过就是换了一种漂亮法。"

气氛忽而轻松起来。这下轮到言泽舟笑了。他给她切好了牛排，推过去。

"你今天对我真好。"可安低头看着盘子。

"我以前对你不好？"

"嗯。"

"那我检讨。"

可安握着刀叉，抬起头来，对上他的眼睛。

"不用检讨。本来就是我死缠烂打地追着你，你对我已经足够容忍了。"她叉了一块牛排放进嘴里，慢慢地咀嚼着。

言泽舟总觉得她还有下文。果然，她咽下去之后，又开口："前段时间给你造成了很多困扰，我很抱歉。我想，你应该在五年前就知道了吧，我是这样的人。"

"什么样的人？"他的眸光深了下去。他好像已经知道了，她接下来要说什么了。

"三分钟热度，说风就是雨，厚脸皮……"

"我知道。"他打断了她，语气变得很重。

可安苦涩地扬起了嘴角："那这样的人，应该没什么重要的，忽然不见，也不会觉得可惜，对吧。"

3

言泽舟搁落了手里的刀叉，他的眼底起了愠色。

包间里瞬间静了下来，佳夜江上有游轮驶过，传来长长的汽笛声，这

良人可安

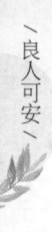

汽笛声,莫名地惹人焦躁。

"你想说什么?"

"我也不知道要说什么。"可安自嘲似的道,"我们明明也没有在一起,可我怎么觉得,我今天来是和你分手的。很可笑,是不是?"她拉扯出一个笑容,眼里却情绪翻涌。

言泽舟觉得她有点反常。其实,她从出现开始,就平静得反常。

"宁可安。"他试图抓住她的手,但是她躲开了。

"其实也没什么事情,我就是想来请你吃个饭和你道个歉。接下来我会比较忙,我们应该也没什么机会见面了。你要好好的,工作别太拼命,饭记得按时吃,对女人温柔一点,别总冷冰冰的……"

"你到底把我当什么?"言泽舟不耐烦地打断她的话。

包间里的气氛凝住了,连呼吸都变得困难起来。

"我不是说过嘛,我拿你当初恋啊。"她吸了口气,语调轻快地回答着。

言泽舟盯着她看,那眼神凌厉得像是要剥下她的伪装。

可安在他的目光里渐渐低下了头,她的眸色灰暗,笑意殆尽,像是个做错了事情的小孩子。

"但是,初恋都是没有好结果的。"她淡淡地说。那声音与她的眼神一样,虚渺如烟。

言泽舟想说点什么,但是可安的手机忽然响了起来。

她扫了一眼屏幕上的名字,推开了手边的牛排,站起来。

"徐宫尧来接我了,我得走了。你都没有吃过东西,吃点再走。"可安把自己面前的菜都推到了他的面前。

言泽舟没动,也没看她。他放在膝头的手,不知何时已经握成了拳头。

可安不再停留,快速越过他坐的位置。她的脚步凌乱,期待他留她,可又害怕他留她,可他终究一声不吭。

可安走到门口,拉开门的时候,想起了什么。

"言泽舟。"她叫他。

言泽舟慢慢回头。

她故意忽略了他冷若冰霜的目光。

"你看,我今天穿了白色的裙子。"她笑着,在门框间轻轻地转了一个圈。裙摆盈了风,像是一朵盛开的白海棠。

言泽舟眯了眯眼,克制着不让自己站起来去抱她。

"我走了。再见。"她挥挥手,转身就不再回头。

走廊一地清光,她的身影被拉得很长,但是,再长,他也抓不到了。

4

可安一路从楼上跑到了楼下。

徐宫尧站在餐厅的门口,听到脚步声,他回了一下头,看到是她,他便走了过来。

"结账了吗?"可安问。

"结了。"

"那走吧。"

她快步走过去拉开了他的车,那一方暗乎乎的空间,像是她温暖的洞穴,钻进去,就充满了安全感。

徐宫尧坐进了驾驶座。

"现在去哪儿?"他问。

后座的女人脸藏在阴影里,什么表情都看不见,但是,他能猜到。

"我想兜兜风再回去。"她的声音有些疲惫。

其实,这半个月来,徐宫尧也没有见过她。

她多数时候都躲在宁容成的房间里,收拾着他的旧东西,怀念着他们的旧时光。偶尔,她会给他打电话,过问公司的情况。

公司里暂时很安静,虽然这种安静的表象下藏着不可捉摸的危险和变故,但徐宫尧都替她坚守着。

徐宫尧以为她还要调整一段时间的。这样沉痛的打击,纵使她还要再花半个月,他也可以理解。但是,宁可安再次出乎了他的预料。

今天,她忽然出现在了公司里。在所有人谈及她时,还尚未改掉"孤苦""可怜"这样的修饰词之时,她已经剪短了头发,换上了更干练的着装,重新塑造了自己。

徐宫尧承认,即使她再也不是之前那个宁可安了,但他依旧被她惊艳。

那种美,散发着从风雨里带出来的果决和刚毅,哪怕有点冷,也格外

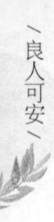

吸引人。

这一天,她没有参与任何的会议,安静得就像不存在一样。但徐宫尧知道,她待在办公室里,仔仔细细地查看宁氏这些年的发展资料。

了解公司,这是她迈出的第一步。

宁可安,她已经不再是宁氏高贵的摆设了。媒体大肆渲染的所谓宁氏管理层真正的洗牌,才刚刚开始。

忙碌了一天,快下班的时候,她忽然把他叫去了办公室。她说她要去见一个人。虽然她并未说那个人的名字,但是,徐宫尧知道,她要去见的是谁。

半个月的消弭沉寂,她几乎已经脱胎换骨超然脱俗。除了言泽舟,没有人值得她那样迫切地在开始新生活之前赶去相见。

走之前,她特意摘了衣袖上的黑色布条,换上了一身洁净无瑕的白裙。白裙让她看起来很恬静,可是,她的眼底却风云乍起,悲壮万分。

他忽然意识到,她也许不是去赴约的,她是赶去离别。

她嘱咐了他,到点就去接她。地址,她会以短信的形式告知他。这样子,无端让徐宫尧想起了她被家人逼着去相亲那一次。

天王盖地虎,小猫捉老鼠。

那时候,她步步为营,是为了把言泽舟算计进她的世界。

而现在,她依旧步步为营,却是为了能将他推得更远。

时光啊,真会捉弄人。

5

车子在一片璀璨的星空下缓缓跑动着。可安的头靠在窗沿上,半开的窗户里有风进来,撩起她细碎的头发。她姣好的面容在灯光下若隐若现。

"徐特助,你有没有喜欢过很久的人?"她忽然问。

徐宫尧轻轻地转了一下方向盘。

"没多久。"

这个回答,模棱两可。但他没有解释,是喜欢过一个人没多久,还是才喜欢她没多久。

"离开她的时候,会很难受吧?"

"我不想离开她。"他又答非所问,但是可安沉浸在自己的世界里,并没有察觉到。

"我也不想离开他。"她讷讷地道。

"那为什么要离开他?"徐宫尧的车速更慢了。风会打散她的声音,他怕自己听不清她的回答。

"我不能原谅自己。"她把车窗开得更大,然后,徐徐地探出了身子。

"宁总,危险!回来!"徐宫尧大叫一声。

可安并没有听话,她张开了五指,让风从她指间穿过去,好像那样能感受到真实。

徐宫尧把车开到了路边,停了下来。

"我不能原谅自己,没有守护好哥哥。我不能原谅自己,在哥哥与死亡抗争的时候,我却和他在一起……"

"这不是你的错。"

"这是我的错。如果,我能寸步不离地守着哥哥,而不是跑那么远去参加同学会,也许他就不会死。"

徐宫尧沉默,可安已经钻进了一个死胡同。但他不能把她拉出来,有些岔路,必须自己回头。

"就算是这样,言检也没有错。"

"我知道,所以我放他走。"她终于坐回来了,藏在一方黑暗里,"反正,他不爱我。"

不爱吗?

徐宫尧想起那日紧紧跟随着送葬车队的黑色越野。虽然大雨隐匿了他的行踪,但是他知道的,言泽舟一直跟到了墓园。

虽然无法靠近她,无法安慰她,可他,是真的放心不下她吧。如果不爱,何必牵挂。偏偏,当局者迷旁观者清。

"宁总。"

可安没有出声,但她的肩膀在微微地抖动着。

她终于哭了。那些压抑在她心底半月有余的情绪,终于在见过那个男人之后,全然崩溃。

徐宫尧重新发动车子,奔跑在宽阔无人的马路上,可再怎么加快车速,

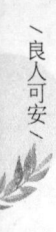

他依然听得清楚她是如何愤然无助,如何撕心裂肺。

她失去了亲情,也断送了爱情。她现在已经没有什么可以失去了。

而一无所有的人,最可怕。

6

言泽舟看着可安钻进徐宫尧的车。锃亮的奔驰在黑夜里一扫而过,像是一颗流星。

夜风凉爽,吹来远处 Pub 的嗨歌。他在原地站了一会儿,才上了自己的车。

越野车身如兽,但是跑得却很缓很慢,好像在这座城市迷路了。车子最终在来顺街一家小餐馆前停下,他坐在车里,静静地看着小餐馆里的动向。

一个男人端着菜盘跑出来,他穿着白色的厨师服,上菜的姿势娴熟。客人和他说了什么,他笑得很憨实。

这样的小餐馆,这条街上有很多,基本都是老板自己撑起整个店面。很忙很累,赚得不多,但是,就图个开心踏实。

负责收钱的是一个女人。这个女人穿着旗袍样式的素色连衣裙,看起来雅致又风情万种,根本不像是会出现在这样普通小餐馆里的妇人。但是她算起账来,同样利落。

客人离开了,餐馆里空荡荡的,顿时有些冷清。一直在厨房忙活的男人拿了抹布走出来,准备去清理桌上的残羹剩食。

女人想要帮忙,但是被男人挡开了。

言泽舟几乎能猜到,男人嘴里说着什么宠溺的话。让自己心爱的女人十指不沾阳春水,这是他看到过的,最好的婚姻。

言泽舟推开车门下去,走到门口的时候先叫了一声:"爸。"

正在擦桌子的崔来全听到声响,立即抬起头来。

"泽舟来了!"崔来全脸上露出一抹惊喜的笑意,随即朝餐馆里头喊了一声,"伊桥,你快出来看看,谁来了!"

言伊桥从餐馆的小屋里面跑出来。

"泽舟,你怎么这个点过来了?"言伊桥拉着言泽舟的胳膊往里拖,"吃过饭了吗？"

"就是，吃过饭了吗？没吃过的话，我这就去给你做。"崔来全看着言泽舟。

言泽舟如实地摇了摇头。

刚才在包间里，他什么都没有吃，也根本不可能吃得下。这会儿闻到这里的家常味，他还真是饿了。

"好，我去给你做，你和你妈在这里聊会儿天，很快的。"崔来全说着，拿了架子上最新鲜的菜往厨房里走。

"爸。"言泽舟叫住了他，"不用麻烦，给我炒碗蛋炒饭就好了。"

"那怎么行呢。"

"我饿了，就想吃那个，炒菜太慢了。"言泽舟并不想太麻烦他。

"孩子说想吃就给他炒吧。"言伊桥帮了一句腔，她明白言泽舟的意思。

崔来全这才放下了手里的东西，换了一个鸡蛋进厨房。

"坐吧。"言伊桥和言泽舟往里走到一个桌子旁，坐下，"今天怎么忽然过来了？"

"我就是来看看你和爸。爸对你，还是一如既往的好。"

"是啊，他老实，对谁都存不了歪心思，对我更是好得不能再好了。"

言泽舟笑而不语。

"你以后啊，得学学你爸。女人呢，是没有爱情的，谁对她好，她就死心塌地地跟谁跑。"言伊桥说着，想起了什么，"对了，和你在一起的那个姑娘，叫可安没错吧。我前段时间好像在新闻里看到她啦，是同一个人吗？"

"我们没有在一起。"言泽舟别开了脑袋。

言伊桥怔了怔。她是个聪明人，虽然不知道到底发生了什么事情，但是，她从儿子落寞的眼神里读懂了一切。

"本来，只要你喜欢，妈也不会说什么，但是，现在想想，那女孩这般身家富贵，也不是我们能够配得上的。"

"妈。"

"爱情可以不用门当户对，但婚姻不行。"言伊桥的思虑似乎飘远了。

言泽舟轻轻地握住了言伊桥的手背。

良人可安

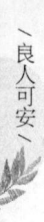

"过去了。"他安抚着,却不知道是安抚谁。

言伊桥对他温和一笑:"既然这样,那就都忘了。"

言泽舟没有作声。

正好崔来全将一盘澄黄诱人的蛋炒饭放到了桌上,打断了他们的谈话。

"来,尝一尝。"崔来全擦了擦手,坐到言伊桥的边上。

他们一个看起来高贵儒雅,一个看起来平凡朴实,从前是很不搭调的一对夫妻,可现在看着,却觉得那么和谐。

时间,拥有一双鬼斧神工的手。

言泽舟拿起勺子,却没有马上去舀动那黄灿灿的饭粒。

崔来全的厨艺很好,即使一个简单的蛋炒饭,也叫他炒出了大师级的水准。

他忽然想起宁可安。她一开始给他做的便当,其实也只是很简单地炒个饭,但她那时候的厨艺,真是如她自己所说的那样,不忍直视。

同寝的室友看到过餐盒里的内容,有时候也会鄙夷。

"宁可安不是富家千金吗?怎么总给你送这样的东西?"

"就是,要我,鲍鱼鱼翅每天来一碗,看你感不感动?"

他却总是盯着淋在便当上的那颗爱心酱出神。心想,鲍鱼鱼翅,哪里有一个女孩的真心可贵。

他没吃过她的便当,却也知道,她的厨艺,一直在为他进步。

"爸。有酱吗?"

"什么酱?"崔来全在桌上的瓶瓶罐罐里翻找一阵,"辣酱、甜酱、番茄酱,你自己选吧。"

言泽舟随手拿起一瓶,在蛋炒饭上淋了一个爱心。

崔来全和言伊桥看看那个红色的爱心,又看看言泽舟若有所思的面庞,都愣住了。

"你这孩子,吃饭就吃饭,怎么还玩起来了。"言伊桥数落一句。

言泽舟却笑了。

"妈,我忘不了。"

忘不了她,也忘不了她在他生活里留下的点滴。

7

宁氏大会议厅里坐满了人。这是宁容成去世之后，宁可安第一次参加公司的百人大会议。

宁稼孟和宁正瑜正低头说着什么，宁子季跷着二郎腿，遥遥地看着这对父女，神情淡漠。

可安的助理于佳推门进来，宁子季转开了脸。

会议室的门打开了，宁可安一身白色的西服装，红唇潋滟。飒爽中带着几分柔美，柔美中又夹着几分英气。

徐宫尧跟在她的身后。宁容成去世之后，徐宫尧之前一直不清不楚的立场，现在彻底明了了。

所有人都能看出来，他是和宁可安一个战线的，而且，坚定不移。

宁可安在总裁的位置上坐下，抬眼扫了扫整个会议室。莫名地，整个会议室就安静了下来。

她这次出现的气场，显然和之前每一次参加会议时都不一样。

"人都到齐了吗？"她的声音不大不小，稳若晨钟。

"宁总，到齐了。"

"那就开始吧。"她随手打开了会议资料，有备而来的样子。

宁正瑜不动声色地冷嗤，抬眸却发现，徐宫尧正在看着她。那眼神如丛林里的豹子，敏锐，又带着危险。

会议进行得很顺利。

宁可安完全应了那句"不鸣则已，一鸣惊人"。她是思想清晰、主见分明的人，国外五年的默默学习，成就了她实践中的完美蛰伏。

徐宫尧看了一眼身边的宁可安，他想起那日在墓园里，她清凛又感激的目光。

她说："徐特助，谢谢你愿意成为我的人。如果成，我绝不亏待你；如果败，我绝不连累你。"

他现在很想告诉她，能成为她的人，是他的荣幸。

"什么？你说平总的 Case 你要自己跟？"宁正瑜叫起来。

可安随意地点了点下巴："不可以吗？"

"这个客户一直都是我爸在跟的，你这样不是在抢吗？"宁正瑜瞪着可安。

可安眼波流转，看向宁稼孟。

"大伯，我知道这段时间宁氏上下由你打理你辛苦了，我没有别的意思，我只是想帮你分担一点。毕竟，人前人后被人看成是傀儡，这样的感觉也不好受。"

"宁总，你这是什么话，谁能把你看成傀儡啊？"宁稼孟干笑，"这客户既然你想跟，那就你跟吧。我也老了，管那么多事累得很，也该你们年轻人来了。"

可安笑："好。"

8

会议结束后，可安和徐宫尧一前一后地出去了。

宁正瑜跟着父亲宁稼孟进了他的办公室。

"爸！"宁正瑜关上办公室的门，随即大叫一声，"你怎么任由宁可安爬到你头上呢！刚才只要你开口争取，董事会的人一定会帮你的，你为什么要让给她？"

宁稼孟端起茶杯，喝了一口茶。

"容成刚刚去世，这小丫头难受，这个时候我们都不让着她，岂不是让别人觉得我们欺负她。"

"公是公，私是私。"

"你这样想，别人可不这样想。"

宁正瑜撒手坐在沙发上，嘴角抿成一条细长的线："可我就是看不惯她趾高气扬的样子。"

宁稼孟搁下了茶杯："你不是看不惯她趾高气扬的样子，你是看不惯徐宫尧和她统一战线的样子吧。"

"爸！"宁正瑜嗔怪一声，但是脸上的表情已经替她承认。

"你和他到底怎么回事？"

"什么怎么回事？我倒是希望我能和他有点事儿呢，可他都不理我，我怎么对他示好，他都不理我。我到底哪点比不上那个宁可安了！"宁正瑜委屈，她一直自诩商场上的女强人，这种小女儿家家的委屈样，也只有在她父亲面前时才这样收不住。

宁稼孟没作声。自己的孩子,被徐宫尧这样拒之千里,他看着也是糟心。

"徐宫尧这小子,也是个不简单的主儿。"宁稼孟走过来,"当初你说对人家有意思,我便三番五次地向他抛出橄榄枝,他哪一次不是滴水不漏地给我挡回来了。"

宁正瑜更委屈了:"不说他了不说他了!说起来就火大。"

宁稼孟瞟了宁正瑜一眼:"一个不入流的司机,有什么值得你这么喜欢的?"

"他早不是司机了。"宁正瑜虽然窝火,但还是忍不住要维护徐宫尧。

这么多年来,正是因为看着他如何一步一步地完美蜕变,她才一点一点被吸引。那种爱就像是温水煮青蛙,刚开始只觉得舒服,到后来却连沉沦都不知何故。

"商场上只谈利益,不谈感情。你最好明白,徐宫尧是敌人。你既然没有能力化敌为友,那也万万不可以坐以待毙。"

"坐以待毙的是爸爸你,你就不该把南广平总这么大的客户让给宁可安。"

"你懂什么?她既然想在我眼皮子底下闯出一番作为,那我就让她去闯。等她碰一鼻子灰回来,自然就掂清楚自己的分量了。"

宁正瑜眸光一亮,瞬间明白过来了什么。

"爸爸,你是说南广平总……"

"老平是我多年的至交好友,我的生意他愿意给面子,换了别人,他是断然不会买账的。"

宁正瑜这才笑了:"原来爸爸早有打算,是我目光短浅了。"

宁稼孟轻哼了一声:"我不指望你什么,你趁早把心给我收回来。海城之内,多的是优秀的豪门二代,到时候有你挑的。"

9

把南广平总这个客户捏到自己的手上,这几乎等同于可安正面和董事会的人宣战了。

徐宫尧安排了平总一个月后和她会面,而这一个月,可安几乎不眠不休地整理熟悉着南广这个企业的资料。

南广是海城酒店产业的巨头之一,这些年,它旗下的酒店,更新换代用的都是宁氏的家具。每年光它一家的出货量,就占了宁氏总出货的三分之一。

用徐宫尧的话说,其实一开始选择南广下手,是有风险的。毕竟,南广平总一直都是宁稼孟在接洽,这样忽然换人必定使对方产生抵触情绪。而且,传闻这个平总高傲自大至极,非常人可以忍受。

难。但越难越能体现价值。

除了应对公事,可安还决定搬家。

宁容成去世之后,她彻底没有了留在那个家里的意义。

徐宫尧替她在天邑湾找了套房子,依山傍水,特别称她心意。

宁正阳听说她要搬家,特别热情地说要帮忙,但可安知道,其实正阳也一直想要搬出去住,只是大伯宁稼孟和大伯母王天奈一直压着他不放。

他独立的梦想破碎,如今只能将一点残念寄托在可安身上。所以一口就同意了。

匆匆选了个搬家的日子,可安就开始收拾东西了。家里人听说她要搬家,都没有什么反应。倒是小婶沈洁莹,哭哭啼啼地闹腾了很久。

"不行!我不同意你搬家!"沈洁莹在餐桌上把筷子一撂,大声地说。

"我已经决定了。"

"我说不行就是不行!你一个女孩子一个人住,多危险啊。我不放心。"沈洁莹难得表现出这么坚决的态度。

可安看着她妆容精致的脸,头一回觉得她的小婶,还是挺可爱的。

"小婶,你别这样,天邑湾离这里不远,我会经常来看你的。"可安轻声安抚。

"那也不行啊。容成刚走,我们不好好照顾你怎么说得过去呢?"沈洁莹扫了一眼餐桌上的其他人,有些着急,"你们倒是劝劝她啊。"

"走就走呗。这一大帮子人挤在这里少个人,还多块地落脚。"宁正瑜一边夹菜,一边凉凉地出声。

南广平总这事儿之后,无论在公司还是在家里,宁正瑜对可安就一直都是这样冷嘲热讽的态度。

"大姐，我想你误会了。就算我搬走了，这整个二楼，依旧是我的地盘，我不打算腾出来给任何人。"可安冷冷地道。

"谁稀罕呢。"

"小瑜！"王天奈喝止了女儿宁正瑜，然后又看向可安，"可安啊，你要搬出去住，伯母不反对，但是要注意安全，想回来就回来，二楼永远给你留着。"

"谢谢大伯母。"可安笑了一下，继续低头吃饭。

"妈，你什么时候对我也这么开明就好了。"宁正阳在一旁委屈地开腔。

"你别凑热闹，就你这衣来伸手饭来张口的大少爷，要一个人住外面，可不得活活饿死。"王天奈宠溺地瞪了宁正阳一眼。

这一眼中饱含的情感，和刚才的客套相去甚远。

可安别开了头。看不到，就不会比较。没有家人在身边的五年，她活得很好。

她一点都不怕一个人，她怕的，是伪善的亲情。

10

搬家那天是周末。蓝天白云，晴空万里。

可安一大早就把自己的箱子推到了走廊里。家里的人都出去了，他们都各自有活动，可安也并不需要谁特意相送。

宁正阳在楼下园子里讲电话，半天不上来帮忙。可安急了，忍不住跑下去喊他。

"宁正阳，有你这么帮忙搬家的吗？光动口不动手啊！"

正阳听到她的声音，转身乐悠悠地跳下来。

"先动口再动手啊。你看，我给你叫来一帮手呢。"正阳抬手一指。

可安顺着他的指尖看过去，就看到一辆黑色的越野，正缓缓地往这边驶过来。

是言泽舟的车，看一眼，她就认出来了。

"要你多事儿。"可安没好气地抬肘撞了正阳一下。

"不是我多事儿，就我们两个人，什么时候能搬完啊。"正阳笑嘻嘻地凑过来，悄悄说，"言检身强力壮，正好派上用场。"

〖良人可安〗

"那也不能麻烦他。"

"不麻烦。"

"你说不麻烦就不麻烦啊!"

"不是我说的,言检自己说的。"正阳眨眨眼,"他不是自己愿意,我也搬不动他这尊大佛啊是不是?所以你就放心大胆地使唤吧。为美女效劳,是每一个男人的光荣使命。"

正阳还在耳边碎碎念,可安的思绪却已经飘远了。

越野已经停了,言泽舟正从车上下来。他穿着白T麻裤,一身的从容。

可安不记得他们有多久没见面了,她是故意不去记的。她好不容易说服自己不去想、不去念,可此刻他如此明朗地站在眼前,她好像可以听见,自己心里花开的声音。

"言检,这儿呢。"正阳对他招了招手。

言泽舟走到他们面前。

"原来正阳抓来的苦力是你啊。"可安先同他打招呼。

"是我。"他黑漆漆的眸子在阳光下发亮。这样简短有力的两个字,就让可安不自觉地手心冒汗。

"进来坐吧。"她邀请。

"不了。"言泽舟拒绝。

可安登时有些尴尬,她瞄了一眼正阳。正阳已经往里走了,还示意言泽舟跟上。

言泽舟迈步,经过她的时候又补了一句:"去新家坐。"

两个高大的身影一前一后进了大厅。可安小跑地追上去。她整理的箱子堆满了过道,大大小小的,有用没用的,她一样都舍不得落下。虽然嘴上说着还要回来,但她知道,她是绝对不会再回到这个家里了。

言泽舟扫了一眼这些箱子,脸上的表情倒没有什么变化。他俯身扛起一个最大的箱子,抬脚又把一个小的踢到可安面前。

"大的我们来,你搬小的。"

"哎,言检!这么大的箱子,不如我们一起抬吧。"正阳围着言泽舟团团转,想帮忙也不知道该往哪里下手。

"不用了。"

"你行吗？"正阳还是婆婆妈妈的。

"你不行你也搬小的。"言泽舟淡淡的。

这一下子从箱子尺寸问题上升到了男人的尊严问题。

正阳脊背一挺，冲着言泽舟大喊："谁不行了！"

言泽舟头也不回："行就别废话。"

可安笑起来。

"你笑什么？"正阳瞪着可安，"你是不是也觉得我不行？"

"我可没有这么说。"

"你没这么说，铁定也是这么想的。"正阳吃力地扛起了一个大箱子，嘴里还咕哝着，"打从一起去汝古那次，我就知道，你和言检是穿一条裤子的。"

"你胡说什么。"

"你别嘴硬，在汝古的时候，我可是看到他吻你了。"正阳贼兮兮地冲可安笑着。

可安一怔。

那天，轻盈的晨露，漫山的霞光，还有他有力又热烈的纠缠。那是言泽舟第一次主动吻她，可她一直不知道为什么。

也许，是异地他乡的怦然情动；也许，是劫后余生的凛然感触……无论是什么，她都可以理解，那忽然爆发的男性荷尔蒙。

言泽舟已经把箱子放进车里，重新折回来了。他颀长的身影，撑满了她的视线。

正阳还在冲她挤眉弄眼的，可安不由得就脸红了。她赶紧蹲下去，将那些小箱子摞成列，三五个一起搬起来。

她摇摇晃晃地朝着言泽舟走过去，想借着箱子的阻挡逃避和他的眼神接触。哪知，言泽舟冷不丁地一抬手，摘下了两个箱子。

四目相对，她愕然，他坦然。

"你这样怎么看路？"他把手里的两个小箱子放到一旁，"多跑两趟，也别摔着。"

那语气，不冷不热，却恰到好处地温暖了她苍凉的心。

她应了一声，嘴角不由得扬起了笑。

11

宁正阳折回来,恰好看到这一幕,他轻轻地嘘嘘了两声,她的脸更红了。正阳看着她匆匆忙忙地跑下楼梯,转脸对言泽舟吹了一记口哨。

"言检,果然要你出马。你看你一出现,她今天都笑了好几回了。这段时间,我可是都没见她笑过的。"

言泽舟没作声。

"这么好看的一张脸一双眼,不笑多可惜是不是?"正阳碎碎念着。

"是。"言泽舟不动声色地又扛起一个箱子,稳稳地往前走。

宁正阳撇撇嘴也不愿落了下风。

三个人上上下下,来来回回几趟,过道里的箱子就基本都转移到了车上。只剩下一个大箱子,实在是塞不下。

正阳和言泽舟正站在园子里,商量着谁的车跑两趟。

"来,先喝口水。"可安从冰箱里拿了水,走过去递给他们。

"刚好口渴得紧。"正阳最先喝上了。

可安给自己也留了一瓶。但也许是刚才搬东西费了太大的劲儿,她这会儿居然连个瓶盖都左右拧不开。

言泽舟见状,伸手将他手里开了盖,将没有喝过的水瓶和她的调了个个儿。

"谢谢。"

他没答话,仰头灌了几口水。

可安盯着他的喉结,那样性感有力地滚动着,让人着迷。

"那是谁来了?"宁正阳目光流转,对着园子门口那辆逼近的车抬了抬下巴。

"是徐宫尧。"可安说着,上前了两步。

徐宫尧的车正好在她面前停下来,他从车里出来,一身正装。

"徐特助,我还以为你是来帮忙的呢,可你这装扮看着不对劲啊。"正阳数落一句。

"刚开完会,还没来得及换衣服。"徐宫尧说着,对言泽舟点了点头。

两个男人短暂的视线交流之后,各自挪开了目光。

"我都说了不用你来。"可安走到徐宫尧身边,"你不是下午还有两个会嘛。"

这句话是陈述的语气,可听来,却叫人无端地感受到了一丝亲昵。

言泽舟又喝了一口水,他捏着瓶身的力道有些大,那透明的塑料轻微地变了形。

"送上门来的壮丁,你确定不使唤?"徐宫尧温和地笑了。

"正好,那里还有一个大箱子,麻烦徐特助了。"宁正阳不客气了,"塞徐特助车里吧,这样言检也不用跑两趟了。"

"好。"徐宫尧应了一声,他打开后备厢,卷起衣袖转身想去扛箱子,言泽舟却拦了他一下。

"我来吧。"

"言检什么意思?"徐宫尧停住了。

"没什么,别弄脏了衣服耽误开会。"言泽舟说着,把自己的那瓶水塞到可安手里,径直走过去扛起了那箱子,放进徐宫尧的后备厢里。

可安轻咬着唇,看着言泽舟。

他掸了掸身上的灰,看向她:"想想,还有没有落下的?"

可安听话地想了想,摇头。

"没有了。"

12

三辆车,四个人。出发之前,可安为坐谁的车走,犯起了头疼。

她其实是想上徐宫尧的车的,毕竟,他车里的东西最少。而言泽舟和宁正阳连车厢里都放了很多小箱子。但是,正阳却执意不肯。

"姐,你坐言检的车走。"正阳对她使了个眼色。

可安知道正阳是有意撮合她和言泽舟,她假装看不懂。

"为什么?"

"什么为什么?我和徐特助都知道你的新家在哪儿,可言检他不知道啊。你不坐他的车走,万一他跟丢了怎么办?"宁正阳说着,对言泽舟下巴一扬,"言检,你说我的话有没有道理?"

言泽舟没有回答正阳的话,他直接拉开了副驾驶座的车门,对可安说:

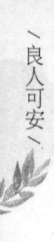

"上我车。"

可安还在犹豫,言泽舟又加了一句:"正阳说得有道理。"

"对嘛!"正阳挑眉一笑,"我说话最有道理了,连法官都经常这么夸我。"

"……"

可安最终还是上了言泽舟的车,扭扭捏捏不是她的作风,况且,她一点都不想和言泽舟之间产生什么隔阂。

做不了情人,做朋友一样舒服。

徐宫尧的车开在最前头,宁正阳第二,言泽舟跟在了最后。

从上车开始,他一句话都没有说。

"谢谢你今天过来帮我搬家啊。"她的目光车里车外地蹿。

"不客气。"他淡定地开着车,可安却是口干舌燥的。正好前面红灯,她拧开了水瓶喝了一口水,转脸发现言泽舟正看着她。

"怎么了?"可安抹了抹嘴角。

"你喝的是我的水。"

13

可安手一僵,虽然没有了底气,但是嘴上还逞强。

"谁说是你的,瓶上又没写你的名字。"

他云淡风轻地一扬唇:"那你又怎么知道这不是我的。"

她若是机敏的孙悟空,他便是那唐僧颂在嘴里的紧箍咒,分分秒秒,字字句句,治她于无形,也唯有他能治。

红灯打了个晃儿,抬眼就看不到正阳的车了。

"嘿,还真跟丢了。"可安轻笑。

她打开了车窗,想看清楚这是开到了哪儿,好给他指路。但这一眼,就把自己给看傻了。

"这是哪儿啊?"

"近海。"他答得坦然又清明。

可安这才反应过来,这不是无意跟丢,这分明是有意诱拐啊。

"你带我来近海干什么?"

"吃东西。"

可安语塞。虽然现在是到饭点了，但这正搬着家呢，她这主人怎么能说掉队就掉队了呢。

"我们出来吃东西了，正阳和徐宫尧怎么办？"

"打包。"他对答如流。

可安算是彻底明白了，这不是临时起意，是早有预谋的。

两人说着话，车子已经拐出了车道。

言泽舟寻了个有林荫的车位，稳稳地把车停好。他先下了车，转身看到可安还坐在车里没动，他绕过来，替她拉开了门。

"下来。"

可安犹豫了："要不要和正阳说一声？"

"他知道。"

"他知道？"可安震惊。

"他策划的。"

敢情还是军师。

"那我得和徐宫尧说一声。"她说着就去掏手机。

言泽舟长臂一环，将她从车上揽下来。

"回去再说。"

可安被他夹在怀里，被动地走了两步，包和手机一并被他锁在了车里。

"你怎么这样？"

她伸手去抢他的车钥匙，言泽舟松开了她，往后一避。

"我饿了。"他的目光落在她的身上，"你不能光让人干活不管饭吧？"

他说得有道理，可安只得跟上去。

"我身上没钱。"她说。

"我有。"

"那你又帮我干活又管饭的，岂不是很吃亏？"

走在前头的言泽舟忽然停下来，可安猝不及防地撞在他的胳膊上。她稳住了重心，仰头看他，他眸光深深，深不见底。

"我乐意。"

14

近海的凉面，海城闻名。这样炎炎的夏日，若是能来上一碗，想想也是美哉。

这会儿饭点，面馆里人挺多。他们找了边角的一张桌子，点了两碗面，又嘱咐老板打包两碗，就静静地等着。

空气里飘着淡淡的面香和清新的黄瓜味儿。他们面对面坐着，谁都没有说话。

凉面很快就端上来，可安早已食指大动。

她用筷尖撩起一溜儿吸进嘴里，面条清爽可口，软硬适中，果然名不虚传。

"好吃。"可安对言泽舟竖了竖大拇指。

言泽舟笑了一下，也开始动筷。

"你这是什么口味的？好吃吗？"她贪心，不仅吃着自己碗里的，还盯着言泽舟碗里的。

言泽舟不答，直接用筷子卷了一筷挑起来，送到她嘴边。

"尝尝？"

可安一怔。言泽舟的反应完全出乎她的意料。

"不……不用了。"

"连我的水都喝了，还在乎这个？"他还保持着递送的姿势，甚至更往前了些。

周围来来往往的人都艳羡地看着他俩，脸上都是一副"这对小情侣挺恩爱"的表情。

可安不由得脸红，只怕再僵持下去会吸引更多的目光。她快速张嘴，咬下了言泽舟筷尖儿上的面条。

咀嚼了几下，竟酸到了牙。

"天，你这是放了多少醋？"

"很酸？"

"嗯。"

他自己也吃了一口，表情仍是自然的，似乎并不觉得这味道有什么不妥。

"不酸吗?"可安吃惊道。

他摇摇头。

"看来你很喜欢吃醋啊。"

"我是很喜欢吃醋。"他看着她的眼睛,明明是在附和她的话题,可叫人听来,却觉得意有所指。

两人吃完了面,结账的时候把打包的两碗也拎上了。

回去的路特别顺利,言泽舟其实方向感极好,她只说了一下大致的路线,他不光没有走岔一个路口,甚至还能找到更方便的捷径。

可惜,这样紧赶慢赶,还是没给徐宫尧送上饭。

他们到的时候,正阳正躺在她园子里的吊床上,晃晃悠悠地玩着手机。

"开饭了。"可安晃了晃手里的两个餐盒。

正阳从吊床上跳下来。

"终于来了,你们可真不厚道,是不是只顾着自己你侬我侬,完全忘了还有一个我嗷嗷待哺呢。"

可安白他一眼,目光扫了一圈。

"徐宫尧呢?"

"有事先走了。"正阳接过了她手里的两个餐盒,一并打开了。

"他不吃饭吗?"

"我哪里知道?他说要走,我又拦不住他。"正阳捧着餐盒,坐到台阶上开始吃面。

可安折回去,言泽舟已经开始在往下卸箱子了。

阳光温热,他的鬓角沁着细细的汗痕,白T的两个袖子不知何时被他卷到了肩膀处,麦色的胳膊整条露在外面,那健硕流畅的肌肉线条,让人心猿意马。

可安都快忘了她是过来干什么的。

"怎么了?"言泽舟捧着纸箱,停下来看着她。

"我的手机还在你车上。"

"我帮你拿下来了。"他说着,晃了晃腿,他的裤袋里有一个方方正正的轮廓,"自己摸。"

自己摸?

他什么时候这么大方了?

可安顿在原地,一时不知道该如何下手。

"算了,你等下给我吧。"

言泽舟耸耸肩,刚往前走了两步,手机就不合时宜地响了起来。

"电话。"他似笑非笑,竟有种如有神助的快感。

可安没了法子,只能硬着头皮把手往言泽舟的裤袋里伸。

"你们在干什么?"身后传来正阳的声音。

可安的手还在言泽舟的裤袋里,一着急手滑,竟然什么都没有掏到。

她要疯了,他也是。

"我还没走呢,你们大白天的能不能避避嫌?"正阳端着面盒,一脸坏笑,"言检,你就这么忍不住?"

"吃你的面。"言泽舟喊回去。

正阳挥了挥筷子。

"行,我吃我的,你们解决你们的。"

"……"

15

卸箱子比装箱还累,等到里里外外地搬完,天都黑了。

宁正阳这个少爷在接近尾声的时候接了个电话,就跑得没影没踪了,留下言泽舟一人和她一起收尾。

夏日的夜晚,一场电闪雷鸣的阵雨是标配。

好在言泽舟眼明手快,在雨点砸下来之前,把所有箱子都挪到了室内。

宽敞的大厅里有花有草也有点乱,可安正不知道该从何处入手整理时,眼前忽然一暗,整个房子的灯火全熄灭了。

"停电了!"她叫了一声,退步就撞上了沙发。

昏暗的视线里,模模糊糊有一个高大的身影跑过来,他握住了她的胳膊,稳而准。

"估计是跳闸了。"

"那怎么办?"可安完全没有概念。

他把她拖到自己的面前。

"手机呢？"

"在这儿呢。"可安把手机掏出来。

"把手电筒打开。你给我照着，我去把梯子搬过来检查一下。"

他说着，松开了她。被他握过的地方，滚烫如火。

可安乖乖地跟着他，她用手机给他照着路，自己却是跌跌撞撞的，好几次险些绊倒，都是言泽舟扶住了她。

"这到底是你家还是我家？"她第三次朝他撞过去的时候，他终于忍不住开口。

"新家，地形还不太熟。"她不好意思。

言泽舟把她的手机拿过来，顺手牵住了她的手。

可安微微一挣，他干脆扣住了她的手指。

第一次和他十指相扣，没想到会是在这样的黑暗里。她强忍着心头的那点汹涌暗流，义正词严地道："你别吃我豆腐。"

"我要是想吃你豆腐，这黑灯瞎火我干点什么不好？"他的声音在黑暗里越发充满磁性。

"你敢！"

"你再不好好走路，看我敢不敢。"

16

可安抿了抿唇，借着他的力，一步一步跟着他。

A字梯在杂物室放着，言泽舟搬了梯子出来。可安替他扶着。

"怎么样？什么问题？"

她仰着头，黑暗里他有一道光，那分明的棱角被照耀得特别好看。

他没作声，专注地检查着电源总闸。

"你小心点，别触电了。"她一着急话就有些多，"不行的话，我打电话叫物业……"

话音未落，眼前忽然就亮了。

盛大的光源轻轻地拥着她，而他，居高临下。

"谁不行？"他的语调带着半分暧昧。

可安立马倒戈："你行！你最行！"

良人可安

言泽舟从梯子上下来,把手机还给她,又拍了拍手上的灰。

屋外雷声风声雨声,她的心却特别安宁。

"谢谢。"

要不是他在,她该如何是好。

言泽舟转头,看着她。她白皙的脸颊,在灯火下皎洁如月。他抬手,不动声色地把手上的灰蹭到她的脸上。

"干活吧。"

接下来,可安坐在大厅的地毯里,负责把箱子里的东西整理出来。言泽舟继续楼上楼下地搬运,卖力至极。

其实,她真担心他的腰会吃不消,但是,她不敢问。

哪个男人,允许别人质疑他的腰?

言泽舟跑完最后一趟下来的时候,可安已经歪在地毯上睡着了。搬家是最累人的,她这一天,里里外外地张罗,能挺到这个点趴下,已经很不错了。

他走过去,在地毯上半跪着蹲下来,默默地看着她。

睡梦中,她也蹙着眉,是什么让她如此惦记?

他轻轻地抚了抚她的眉角,这微小的触碰,让她不自觉地动了动。她手边的那个盒子,就这样被她推倒了。

盒子里装满了各式各样的笔记本,有的封面素淡,有的封面瑰丽,有的陈旧,有的崭新。

他替她收拾好了放回盒子里,再转头时,无意间就看到了地毯上那颗用纸张叠好的爱心。

她好像很喜欢用爱心来表达感情。

言泽舟捡起来,放在手心里,翻面的时候,忽然看到了自己的名字。

这名字不是她写上去的,是他自己的笔迹。

可安的呼吸声很有规律,应该是睡沉了。

言泽舟在她身边坐下来,不动声色地把手里的纸展开。这是五年前,学生会的会长哄他填下的调查表。但是,由于他当时抵触情绪浓烈,除了表头的名字,其余问题都是一个"略"字省过。

这是他填过最漫不经心的一张表,漫不经心到碾碎了她一切可以了解他的机会。

他知道这张纸最后会辗转到她的手上,只是没想到,五年过去,她依旧保存得如此完好。

心头也有一场大雨落下来,浇灭了他的理智。

言泽舟俯身,在她嘴角深深地落下一个吻。

可安嘤咛着朝他靠过来,他抱起了她,揉进怀里……

17

可安醒来的时候,天已经亮了。

她正躺在沙发里,身上搭着一条薄薄的毯子。

这一夜睡得很踏实安稳,言泽舟是什么时候走的,她并不知道。

她伸了个懒腰坐起来,望着眼前陌生的摆设和装潢,依旧有些恍惚。

热闹与清冷,不过梦一场。人,是生而孤独的星球。

她赤着脚去行李箱里翻出换洗的衣服,走进了浴室。

温热的水花冲在身上,这一身的疲惫和酸痛也缓缓流走。可安换好了衣服,用毛巾裹住了自己的头发,擦了擦。

她还未打开浴室的门,就听到大厅里传来了声响。

这一大早的,谁能忽然闯进来?

她提高了警惕,顺手抄起了浴室里的拖把,小心翼翼地将门打开,探出头去。

门廊里正在换鞋的人,是言泽舟。

她绷紧的神经一松,随手松了拖把,朝他走过去。

"怎么是你?"

"是我。"

"你不是走了吗?"

他避而不答,只是把手里的几个袋子递过来:"接一下。"

可安下意识地伸手,想想,又觉得哪里不对。

"你怎么有我家的钥匙?"

"你不是也有我家的钥匙?"

"我都说了我会还给你的。"

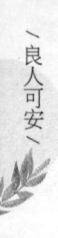

"不用了，互换吧。"他拎着袋子，越过了她。

可安闻到他身上的皂角香。

他换过衣服了，立领的白衬衫简单干净，明明像是夏日里的一阵清风，但却切实飘着霸道恶魔的气质。

"我不换。"她坚定。

"没得选。"

"你怎么这么不讲理？"

"你拿走我家钥匙的时候，和我讲理了？"

可安撇嘴。这个故事深刻地提醒了她，人千万不要干坏事，一旦失足，覆水难收，一辈子都得被人戳着脊梁骨。

言泽舟把袋子放在了茶几上。

可安走过去，拨开了袋口。袋子里装了小半个超市，什么牙刷、毛巾、沐浴露、洗发水……清一色都是日常家居用品，且都是男士的。

"你买这些什么意思？"

"买来放着，没准有一天忽然要用到。"他答。

这话怎么听着这么耳熟？

可安简直要崩溃了。谁能想到，这现世报来得这样快又猝不及防。

言泽舟熟门熟路地走进了杂物间，可安跟过去，见他又把梯子搬了出来。

"你干什么？"

"装个稳压器。"他说着，摆开了 A 字梯，利落地爬了上去，关掉了电源总闸。

昨天暗乎乎的，她仰着头什么都没有看清，这会儿猛然见他如参天大树一般立在头顶，只觉得那么温馨。

他的腿又长又直，骑在 A 字梯上，都如骑着骏马的王子。这样的男人，干什么都像模像样的，仿若无所不能。

"嘶！"

可安正出神，听到他忽然抽了一口凉气。

"怎么了怎么了？"她抻长了脖子，"触电了吗？"

他下来几阶，坐在梯子上和她平视。

"嗯，触电了。"

"我看看。"可安紧张地握住了他的大掌，手指上什么都看不见，甚至连红痕都没有。

她抬眸，撞见他的笑。

"你骗人！"她一把甩开了他的手，"总闸都关掉了，怎么可能还会触电。"

"还挺聪明的。"

"本来就不笨。"她转身要走，言泽舟忽然从梯子上跳了下来，长臂一环，自她身后一把抱住了她。

他温热的气息，像是一张网，密密地罩住了她。

可安浑身一僵，呼吸都停了。

但言泽舟什么都没有做，他把她头上的毛巾摘下来，温柔地替她擦拭着如挂面一样垂在耳边的碎发。

"头发不及时擦干，湿气侵脑，会越来越笨。"他在她身后轻笑。

"……"

18

可安吹干了头发，就和言泽舟一起坐在餐厅里，静静地吃着早餐。

早餐是他买的，但是，特别合她口味。

"今天有其他事吗？"他问她。

"我等下要去公司。"

他点了点头，又往她碗里夹了一个包子。

可安看着他。

他淡然如斯："看我干什么，看着包子。"

"你不忙吗？"她问。

"不忙，有事随时联系我。"

"稳压器都装了，还能有什么事啊。"

他想了想，似乎觉得有道理："那要不我再去拆了？"

她被逗笑了。这原本有些怆然的早晨，能看到他坐在眼前生动如画的模样，真好。

早餐还没有吃完,徐宫尧就来了。

她跑过去开门。

徐宫尧站在门外,手里也拎着早餐。

"早。"他说。

"早,进来吧。"可安侧身,让开了一条道儿。

言泽舟还四平八稳地坐在餐厅里,见了徐宫尧,他招招手。

"吃早餐了吗?没有的话一起。"那自然的语气,一点都不拿自己当外人。

"没有。"徐宫尧也不扭捏,直接走过去,坐下来。

两个男人就这样面对面吃上了。

"你们吃,我上去收拾一下就走。"可安说完,就赶紧上了楼。

等她换好衣服化好妆,言泽舟和徐宫尧已经吃好了。

餐桌上收拾得干干净净的,一点都看不出痕迹。

言泽舟和徐宫尧正站在大门口聊着天,背景是葱茏的绿色,两个人一黑一白的衬衫,莫名和谐。

可安拿了自己的包走过去,刚走到门口就听到言泽舟的声音。

"徐特助,你什么时候方便,再给她配一把备用钥匙。这把,她送给我了。"

送?

分明是抢好吗?

这人,真是不要脸。

第九章

XINGHUO
YINGYING

星 火 盈 盈

1

可安出门就上了徐宫尧的车,她手捧着一沓文件,上车就开始翻阅。

和南广平总的会面,临时提前了,她原本的计划被打乱。

徐宫尧从后视镜里看了她一眼。她的紧张,他全都看在了眼里。

"搬家累吗?"

他语调轻松,似要转开她的注意力。但是,她依旧盯着手里的文件,舍不得挪眼。

"还行,多亏了你们帮忙。平总有没有说,为什么忽然改时间了?"

"说是过两天要出国。"徐宫尧扶着方向盘的手跳了跳,"但是我查了,他过两天并没有国外行程。"

"这是什么意思?"

"现在还不知道。"

车子拐进了大路,视野开阔了些,可安的心却反而逼仄成缝。一切都不会那样简单,但她希望,一切都可以坦坦荡荡地来。

"宁总,你不用太紧张。"徐宫尧低声安慰一句。

"我没有紧张。"她把手里的文件翻得"哗哗"作响。

"真的?"徐宫尧不怎么信。

"当然是真的。"她把脑袋凑到前头来,"不如你考考我吧。我把南广这些年的发展经历,全都背熟了,你可以随便抽查。"

徐宫尧嘴角起了笑意:"这不是考试,死记硬背是没有用的。"

她垂头:"我知道啊,可我没有办法。这是我唯一能做好的事情,我真的连高考都没有这么用功过。"

阳光落进车窗,她绒绒的脑袋就在手边,徐宫尧抬手就可以摸到,他很想摸一下鼓励她,但是,他忍住了。

"平总那里,我没打算你一出手就会成功。所以,你不用有太大压力。当然,如果你能成功把他拉到我们的阵营里,那自然是如虎添翼。如果不成功,我们最多不过维持现状,并没有损失。"

"怎么会没有损失呢,大家会嘲笑我的。"她吧唧了一下嘴,纤秀的眉毛皱成了一团,像个闹情绪的孩子一般让人无奈又觉得可爱。

"你之前连傀儡都当得甘之如饴,现在怎么连这点嘲笑都受不下了?"

"说得也有道理。"

"不用太在乎别人的目光和评价。"

"嗯,反正我脸皮够厚。"她捏了捏自己的脸,笑意一转,又忧心忡忡,"但是徐特助,你不怕别人也嘲笑你吗?"

"我上了你的船,就做好了风雨同舟的准备。"

可安的胸腔里漫上了一股无可言说的感动。

"好战友!"她伸手拍了拍徐宫尧的肩膀。

徐宫尧笑了:"反正近朱者赤近墨者黑,和你待久了,我的脸皮也变得足够厚了。"

"……"

这是,夸她的吧?

2

回了一趟公司,把剩下的资料也带齐了之后,可安就去了南广。

徐宫尧本是要一同前往的,但是出发之前,宁正瑜把他拦了下来,说是宁稼孟和几个董事临时有重要的事情要找他商量。

这一出戏码蹩脚得让人看出有诈,但可安还是大气地一挥手。

"徐特助,那你就留下吧。"

"不行。"徐宫尧摇头,这事从平总临时改时间开始,就让他觉得有猫腻,"你一个人去我不放心。"

"有什么不放心的,我活生生一个人,那个平总还能吃了我不成?"

她的眸间光彩莹莹,与刚才在他车里那个没有信心的宁可安相去甚远。他知道,她所有的虚张声势,都不过是为了让他安心。

她这样,他更担心。

徐宫尧看向宁正瑜。

"告诉董事会,有什么事情,等我回来再说。"他话音一落,就走向了可安。

"徐宫尧,你疯了是不是?"宁正瑜一把攥住了他的胳膊,"你以为你是谁?你有这个资格让我爸和董事会的人一起等你吗?"

"那就别等。"徐宫尧挣开了宁正瑜的手,转身把可安推进车里,"上车。"

"徐特助……"可安还想说点什么。

"别说了,就这样决定。"

徐宫尧上了驾驶座。

宁正瑜凶狠的目光如果是冷箭,那么,此时此刻,可安一定早已万箭穿心。

徐宫尧一路稳稳地把她送到南广,南广大厦气势恢宏,一如传说中那样让人望而生畏。

可安静静地立于门下,心中思虑万千。

她是宁氏千金,她见过大风大浪,但是,真的仅仅只是见过而已。

从前,哥哥将她保护得太好。

如今,金钟罩铁布衫被无情剥落,她站在风口浪尖,却猜不透前方是穷途抑或是陌路。

这种感觉,很不好。

"宁总。"徐宫尧上前,和她并肩,"刚才不是信心满满,这会儿又想什么呢?"

她深吸一口气:"风萧萧兮易水寒,壮士一去兮不复还。探虎穴兮入

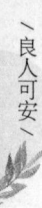

蛟宫，仰天呼气兮成白虹。"

这一字一句，念得滑稽又淘气。紧张的气氛被她戳了一个一个的小孔，新鲜的空气漏进来。

徐宫尧笑起来。

"怎么还吟上了？"

"徐特助，你不懂，这是情怀啊情怀。"

"要不要我陪你进去？"

他的目光缱绻出丝丝缕缕的情义，她却仰着头，一心向前，什么都没有看到。

"不用了。"

"好，我就在外面，有事叫我。"

3
平总的办公室在八楼，秘书将可安带到办公室门口后，就止步不再往前。

"宁总，请。"她替可安打开了门，比了一个"请"的手势。

可安对她点了点头，进屋。

平总本人比杂志上看起来更加年轻些。他戴着金丝边的眼镜，一双自傲的眼睛藏在镜片之后，眸色难以捉摸。

"平总你好，我是宁氏宁可安。"可安先对平总自我介绍，伸出了手。

"你好。"平总握住了可安的手，竟半晌没放开，"宁总比传闻更漂亮更让人心动。"

这是一句稀松平常的寒暄，可安经常能从别人嘴里听到。但是，这位平总说来，却无端让人觉得油腻。

"谢谢。"可安抽回手，落座的时候不动声色地在自己的裙子上蹭了蹭。

"我听说了宁总的传闻，真是不幸。"平总摇着头，"你爸和你哥想当年可都是行业精英啊，这么说走就走，实在让人惊骇不敢相信。"

谈正事之前先唠嗑，可安理解，但是，开口就直戳人的痛楚，实在是没有礼貌教养。

"都是命。"可安维持着脸上的笑意，尽量控制着情绪。

"对,都是命,有时候不信都不行。"平总走过来,靠到办公桌的前沿,和可安保持着一米左右的距离,"但是,就算宁氏死了两个男人,还不至于要靠你一个女人出来抛头露面谈生意吧。"

"平总什么意思?"可安眼里有了寒光。

"没什么。只是提醒你,一个女人,就别太劳累了,本本分分地找个男人结婚生子传宗接代才是正事。权势利益这种东西,是男人的游戏。"

"不知平总是对我有意见,还是对女人有意见。"

平总笑了,伸手过来,轻轻地拨了一下可安的发。

"我怎么会对宁总这样的美人有意见呢。我说这么多,也是为了你好。商场,可比你想象的危险多了。"

纵然在握手的那一秒已经知道来者不善,但可安还是不太愿意相信,这位平总竟是这样的人物。

她咬牙,不动声色地躲了躲:"多谢平总关心,往后的商途,我一定会走得更加谨慎。"

"你好像还不太明白我的意思。"平总的手按到了可安的肩膀上,他揉捏了一下可安的肩胛骨。

可安闭了闭眼,强压下胃里的不适。

"我太愚笨,请平总明说。"

"我的意思是,我不喜欢和女人谈生意。女人对我来说,只有一个用途。宁总,听明白了吗?"

"平总是在考验我的诚意吗?"可安不死心。

"诚意?"平总扬起嘴角,朝可安靠过来,"那不如宁总现在就表示一下,你对我对南广的诚意。"

他的手捏住了她的下巴。

可安脊背一僵,那陌生的气息倾覆过来时,她一身的鸡皮倒立,恶心难忍。

但是,她不能不忍。她知道,得罪眼前的人,会是什么后果。

外面,忽然传来了敲门声。

可安紧绷的弦微微松开了些,可心跳和思维,还是很混乱。

让她意外的是,平总并没有因为有人敲门,而拉开和她之间的距离。

"进来。"他说。

进来的是平总的秘书,秘书手里端着两杯咖啡,她平静地看着平总和可安贴得如此近,像是习惯了一样,面无表情。

"平总。"可安趁机推了一下平总,"我想我还是先回去吧。"

"别着急。"平总不依不饶,把咖啡杯递到可安的嘴边,"喝完咖啡再走。"

可安手心里冒出了一层又一层的汗。

来之前准备了千万种可能,但是她万万没有想到,事态会朝着这个轨道发展。

如果她是宁可安,她一定二话不说就把咖啡杯扣到这个男人的头上。但是,她现在是宁氏的负责人,她不能。

她到底该怎么做才是对的?

"放开她。"

4

门口忽然传来了冷冷的呵斥声。

是徐宫尧的声音。

平总抬了抬眼皮。

"我当是谁呢,原来是徐特助。徐特助,你没看到我和你们宁总正在谈事情吗?你先出去等着,等完事儿……"

"嘭!"

可安只感觉一阵疾风飘过,耳边的碎发一动,眼前的人就被撂倒在了地上。

"没事吧?"徐宫尧暗黑的眸间,似酝酿着一场狂风暴雨。

"我没事。"可安站起来。

"哎哟!徐宫尧,你竟然敢这么对我,你信不信我能让你身败名裂?"平总大怒。

徐宫尧蹲下去,哂然一笑。

"平总,你尽管去告我出手伤人,但在这之前,我必定先告你非礼。看看,我们谁更容易身败名裂。我没什么可以失去的,而你,不一样。"

"你……"

徐宫尧站起来，稳稳抓住了可安的手。

"我们走。"

可安被徐宫尧牵着，头也不回地往前走。她心里说不上是畅快还是不安，只是恍惚一片。

上了车，徐宫尧还黑着脸。

可安也不出声，若有所思的样子。

车厢里静静的，压抑万分。

"为什么不反抗？"徐宫尧调整了一下情绪，看着她。

她今天原本气色不错的，但是从南广出来之后，她的脸有些苍白。虽然，她一直保持着镇静，但是，她闪烁的眸光出卖了她。

"我不是不反抗，我只是还没想好要怎么反抗。"

"你真以为这是考试解题答不出来想想再答？你会吃亏的！"

她沉默不语。

徐宫尧只觉得心疼。她壮志踌躇，精心准备了那么久，哪知出师就如此不利，还是，以这样的方式。

"算了，别想了，没事了。"徐宫尧发动车子。

"我是没事了，可你呢？"可安侧身，盯着徐宫尧。

她想起刚才那一瞬间。那一瞬间，宁可安忍得不像宁可安，徐宫尧冲动得不像徐宫尧。

"我看那个平总不会这样善罢甘休的。"

"那就等着。"他轻描淡写的。

"以后再遇到这样的事情，你可千万别打人……"

"我绝对不会再让你遇到这样的事情。"他毫不犹豫地打断她的话。

可安莫名地想起了哥哥。

现在的徐宫尧和当初的宁容成一样，为她披荆斩棘，风雨兼程。

她心头一暖，却什么都没有说。

她只想记住，记住这些在她跌进谷底前，还在努力抓住她手的人。

5

南广那边似乎已经传来了什么风声。

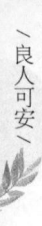

可安和徐宫尧一进门，扑面就是诡谲的气氛，所有人的目光，都带着深而不明的韵味。

一众董事正在会议室那边激烈地讨论着什么，见他们两个回来，连一向稳重的宁稼孟都沉不住气了。

"宁总，我们谈一下。"宁稼孟一边说，一边剜了徐宫尧一眼。

"去我办公室说吧。"可安说着，对徐宫尧扬了扬下巴，"没事，你先去忙。"

徐宫尧沉静地点头，走了两步又退回来。

"无论发生什么，你都不用妥协。"他交代着。

可安故作轻松地冲他笑。

"好。"

宁稼孟跟着可安进了她的办公室，随手带上了门。

这原本空阔的办公室，前两天重新添置了很多文件柜。很多重要的公司资料，都直接转移到了这里。

先不说宁可安能在宁氏搅起什么风云，至少，她的雷声很大。

宁稼孟扫了一眼，不动声色地在沙发里坐下。

"大伯，你要喝什么？"可安握着电话机，遥遥地看着他。

"不用了。"

她耸耸肩，对那头的人说："两杯金银花茶，多放点金银花，我这里火气大。"

挂了电话，可安脱了外套，去宁稼孟对面坐下。

"大伯，说吧，要谈什么？"

"平总刚才给我打电话了。"宁稼孟开门见山，语气稍显不快，"可安，你怎么可以放任徐宫尧出手打人呢。"

"他为老不尊在前。"

"就算平总有什么不对的地方，可他是我们的客户，客户是上帝啊！"宁稼孟有些激动，"你知道宁氏和南广一年的交易额是多少吗？"

可安沉默。

这些数据，全都印在她的脑海里。

她知道，但是，知道又怎么样？

那一刻，她的忍耐，已经是她的极限。

"南广是我多年用心维护的客户，你说要自己跟，好，我就让给你跟。我以为你作为公司的领头人，总有些分寸，可没有想到，你竟然是这样糟蹋我的心血的，这样任性地置公司利益于不顾。"

宁稼孟字字珠玑，好像子弹打进可安的心里，她血流不止，却麻木到觉察不出疼痛。

这就是她的亲人。在她受了委屈的时候，还在同她计较着利益的亲人。

助理于佳端着两杯茶进来，暂时缓和了气氛。

"事情已经发生了，你现在在我这里发脾气也没有用，不如，我们还是商量一下如何解决比较好。"

"解决？你说得倒是轻巧。你知道那个平总，有多难搞吗？"宁稼孟按着太阳穴，一副头痛欲裂的样子。

"大伯，你和他打了这么多年交道，我相信以你对他的了解，终归能想出办法来的。"可安把一杯花茶推到宁稼孟面前，好言哄着。

宁稼孟不领情。

"我为什么要想办法？徐宫尧既然这么大本事，那就让他自己去想办法解决。"宁稼孟仿若积怨已久，"这个徐宫尧真是越来越不像话了。我看他都快忘了自己什么身份，蹬鼻子上脸了。简直不像话！这次平总要告，那就告死他。反正，这个烂摊子，宁氏绝对不出面收拾。"

可安的好脾气终于耗尽了。她把手里的水杯扔在茶几上，茶水四溅，打湿了玻璃和宁稼孟的裤子。

宁稼孟浑身一凛。

"大伯，既然你不是来和我商量解决办法的，那就请你出去吧。"她抬手指了指门。

"你什么态度？"宁稼孟瞪着眼。

"你什么态度，就决定了我什么态度。"可安站起来，松了松脖子，"你说得对，平总要告，那就让他去告。但是，这绝对不是徐宫尧一个人的事。你去告诉平总，无论他想怎么玩，宁氏奉陪到底。"

宁稼孟跳起来："你疯了是不是！客户不要了是不是！如果真的牺牲

一个徐宫尧能保大局,你就偷着乐吧!"

"刚才在平总办公室,我是一心想保大局。但现在,我忽然不想了。"

6

宁稼孟摔门而出,动静大得整个走廊的人都吓得噤了声。宁正瑜第一个跑过去,她低声地问了句什么,也招了宁稼孟一顿呵斥。

徐宫尧坐在办公室里,隔着落地玻璃,将这一幕看得清清楚楚。

他几乎可以猜到,宁稼孟在宁可安的办公室里说了什么,而那个女人,又会怎么回答宁稼孟。

他一点都不后悔,刚才挥出去的那一拳。甚至现在想来,还觉得后怕。

如果,平总的秘书没有进去送咖啡,他没有在门缝里看到那一幕,宁可安那个女人,会不会真的闷声到底?

她聪明起来极聪明,笨起来也是够笨的。这明显,就是宁稼孟设下的圈套。

宁稼孟是猜到她求胜心切,必定有所隐忍,才串通了那位平总对她如此羞辱,他们以为这样,就可以让她知难而退。

但是,宁稼孟偏偏算漏他。

他今日出手,势必触怒平总。而平总若要追究,宁稼孟肯定会推他出去当挡箭牌,而宁可安义气,绝对不会同意。

这是一盘死棋。

南广这个客户,宁可安得不到,宁稼孟也休想再抢回来。

钢笔在手里转了一个圈,徐宫尧低头开始在手边的文件上签字。

最近,要他审核的文件越来越多,但是,他却一点都不觉得烦,反而,找到了别样的乐趣。

助理进来,问他是否需要将签好的文件送去给宁总盖章。

他摇头:"我自己去。"

是的,去见她,这就是他的乐趣。

宁可安正在打电话,见他过来,她对他指了指椅子,示意他先坐下。

"你别那么多废话,你就说吧,这个忙你是帮还是不帮?"她冲电话那头的人高声嚷嚷着。

那头的人应承了什么，她顿时眉开眼笑。

"那就这么说定了，临时变卦的是小狗。"她说完，就挂上了电话。

徐宫尧把文件推到她面前。

"宁总，这些文件需要盖章。"

"先放着吧，不着急。"可安来不及看一眼文件，就跑到他的面前，"徐特助，你放心，我已经给你找好律师了。"

她晃了晃手机，脸上的阴霾一扫而空。

"南广那里还没确定要告我，你就连律师都找好了？"徐宫尧有些哭笑不得。

"对啊，我们要未雨绸缪。"

"那宁总给我找的，是哪路大律师？"

"宁正阳。"

徐宫尧按了按太阳穴，这个答案虽然在他意料之中，可听她亲口说出来，他还是觉得有些不当。

"宁律师帮我，难道不会得罪他的父亲？"

"他才不怕呢，况且，正阳是我这边的。"可安拍着胸膛，对他挤了挤眼。

徐宫尧笑了："我给宁总添麻烦了。"

"哪里的话。你是我的人，无论如何，我都会罩着你的。"她抬手拍了拍他的肩膀，"况且这个平总，一看就是人品有问题。这样的人，我也不屑于和他做生意。"

徐宫尧眼里的笑意更温和了。

她正义又凛然，大气又善良。这会儿全然在为他的事情烦忧，好像忘了，最初受到伤害的人，是她自己。

这样的她，他要如何不心疼，如何克制心头的保护欲？

7

宁正阳挂了电话，回头就去找言泽舟。

今天法院来听审的人有些多。这场轰动了整个海城的贪污案，终于一锤定音，落下了帷幕。

高官落马，人人拍手称快。而言泽舟，作为这个案子的领头人，势必

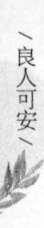

再一次被捧上舆论的巅峰。

很多记者也在找他,但是,他不知道去了哪里。

宁正阳在前厅绕了一圈,确定言泽舟不在,转身就往后园跑。

后园人少,他随手拉了一个法院的工作人员。

"看到言检了吗?"

"大家都来问我找言检,我都可以搬个凳子在门口摆摊靠出售情报发财了。"法院的工作人员开着玩笑,顺势一指,"那儿呢,被大法官拉着聊天呢。"

宁正阳拍了拍那人的肩,道了声谢。

法院后园,有一片长长的林荫道,道路两旁,植满了法国梧桐。一身黑色制服的言泽舟,走在这一片葱翠的生机里,格外挺拔精神。

他身边穿着法袍的大法官正和他说着什么,他一脸严肃。

正阳正考虑着要不要去打扰他们,大法官先发现了他。

"宁律师来了。"大法官朝他微微点头。

言泽舟闻言,侧过身来。他制服上的银色浮雕图徽,在阳光下泛着清光,让他看起来更显威严庄重。

"找我吗?"言泽舟问。

"是啊,找你。"正阳又补一句,"大家都在找你呢。"

大法官笑了:"言检现在的名气,不输海城任何一个明星。"

"可不是。"宁正阳随声附和,"言检现在是正义的化身,振臂一呼都是带着光环的,谁能比得过他。"

"行了你。"言泽舟瞪了正阳一眼,转头对大法官说,"那我先回去了,改天再来看您。"

大法官拍了拍言泽舟肩膀,和正阳告了别,才转身离开。

言泽舟慢悠悠地往回走,他今天看起来特别轻松。

正阳知道,这桩案子,也算是搁在他心头的一块石头。为了能让那位官员顺利落案,言泽舟背后不知承受了多少的压力。

别人看到的,永远只是表面风光。

"找我什么事?"言泽舟看了看正阳。

"干什么?现在红了,没事都不能找你了吗?"宁正阳笑嘻嘻的,"你上次说,等这桩案子结了,下一个目标是谁来着?"

"我什么时候和你说起过这么机密的事情?"言泽舟完全不中计。

正阳讨饶:"好吧,你没有说起过,是东生吹牛的时候说漏的嘴。他说,你下一个目标是南广平总,是不是真的?"

"你要知道这个干什么?"言泽舟依旧滴水不漏。

"你这样就不够意思了。"正阳抬肘撞了撞言泽舟的胳膊,压低了声调说,"只要你告诉我,我也有重要情报和你分享。"

"我不想听。"

"你确定?"正阳一挑眉。

"确定。"他不为所动。

"那算了,反正宁可安也不让我告诉你。"

言泽舟走在前头,听到这个名字,忽然停了下来。

正阳露出一脸得逞的笑意:"怎么?有兴趣了?"

言泽舟清咳一声。

"说来听听。"

8

可安下班回家,就看到了停在园子里的那辆黑色越野,还是早上那个位置,好像从没有离开过一样。

她开门,门廊里放着他的鞋。

客厅里静悄悄的,言泽舟正跷着二郎腿,坐在客厅里看报纸。

"你一公务人员,动不动私闯民宅,这样真的好吗?"可安朝他走过去,盯着他手里的报纸,"哪里来的报纸?"

"我订的。"

"你凭什么随随便便往我家订报纸。"

"你不也随随便便在我家楼下买车位了?"

他放下了报纸,抬头打量着她,目光深邃。

"干吗这么看着我?"可安下意识地紧了紧衣领。

他伸手,忽然攥住了她的胳膊。

可安猝不及防,就跌到了他的腿上。

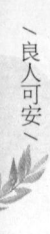

"摸你哪儿了?"他问。

"什么?"可安不知道他在说什么。

"平德海。"

"南广平总?"可安惊讶,随即反应过来,一定是宁正阳告的密,"才没有摸到。"

"那为什么不让我知道?"

"为什么要告诉你啊!"可安从他腿上跳起来,"你现在这样动手动脚的,和平总有什么区别?"

"当然有。"言泽舟一本正经的,"至少我比他帅。"

"帅有什么用?"

可安转身就要走。

言泽舟站起来,一把圈住了她的腰。

"要我再问一遍?"

他温热的气息落在她的脖颈上,让人心痒。

"我真的没有让他摸到。"可安抿紧了唇,故意忽略了他的手按在她腰上的力道。

那是再用一分力就可以捏碎了她的力道。

"那徐宫尧为什么会打人?"他问。

"关你什么事儿?"

可安忽而觉得那点委屈又在破土而出。她对谁都可以一笑而过,可是对于言泽舟,他一问,她就什么都不想忍了。

"关我的事。"

"那你说说,怎么关你事了?"可安脱开了他的手,面对面看着他。

"我是海城检察官,我有义务保护海城公民。"

"你怎么不说你是超人呢,超人还保护全世界呢。"可安咕哝了一声,别开了脑袋。

言泽舟看着她别扭的脸,想起正阳刚才对他说的那些话。他说宁可安那个女人,自己被非礼了不着急,徐宫尧打人了倒是把她着急坏了。

为他人着想到这个份上,是不是太傻?

他们,到底谁是超人?

"平德海的事情,你不用担心。"言泽舟伸手,揉了揉她的脑袋,"徐宫尧的事情,你更不用担心。"

可安看着他,心头一动。

"检察官大人这是要为我们这些好公民惩奸除恶了吗?"

言泽舟不作声,算是默认。但如果早知道会有这样的事情,他不会把平德海留到今天。

可安看懂了他如炬的眼神,不由得笑了。

这一笑,一天的神采又回来了。

言泽舟凑过来:"我这么正义,是不是该留我吃晚饭?"

"……"

9

可安在厨房做菜,言泽舟在客厅看报纸。

整个房子安安静静的,但是,烟火气息很重,让人觉得温馨。

她出来的时候,打开了电视机。

言泽舟看了她一眼。

"可以吃饭了吗?"

"饭还没好,先看会儿电视。"她解释。

言泽舟没作声,继续低头看报纸。

这个点,并没有什么好看的电视。她不停地换着台,忽然,她在屏幕上看到了言泽舟的身影。

"哎,那不是你吗?"可安抬脚,轻轻地踢了言泽舟一下。

言泽舟连眼睛都没有抬。

"海城特大贪污案今日终于落案,作为案件领头人的言检察官,今日也出现在了庭审现场……"

画面又切到了言泽舟。

他穿着检察官制服,一身的干练和威严,坐在人群里,也分外扎眼。

女播音员说起言泽舟,各种赞美的词汇滔滔不绝,听来都让人起鸡皮疙瘩。

言泽舟扫了一眼屏幕,似乎有些不好意思。

"有什么好看的?"

"电视里的人帅啊。"

"帅有什么用?"他以子之矛攻子之盾。

"秀色可餐。"

"那你别吃了。"他站起来,往厨房走去。

可安不理他,继续看着电视机,心里暖洋洋的。

她喜欢的人,多么值得让人去喜欢。

10

南广平总因为涉嫌行贿、非法集资被抓了。

这个消息,一天之内传遍了整个海城。

可安是在开会前看到的这条新闻,当时徐宫尧和宁稼孟那群人都在她身边,她看着电子屏幕上灰头土脸的平德海,惊得无言以对。

昨晚,言泽舟在她那里吃饭的时候,随意地提了一嘴,她还以为他是开玩笑的。

哪知,他真的像个超人一样,替她解决了最头痛的隐患。

可安悄悄地看了徐宫尧一眼。

徐宫尧神色很平静,不知道心里是不是也如同她一样,千斤大石落了地。

开完会之后,宁稼孟第一个冲出会议室。他边走边打着电话,看起来很不安。

也是,在这之前,宁稼孟与南广平总是出了名的交好,谁知道这千丝万缕的利益网收拢起来时,他会不会也在其中。

"徐特助,我开始相信,恶人终有天收。"可安笑着。

"宁总的意思是,言检是宁总的天?"徐宫尧顺着可安的话,自然地往下接。

"你胡说什么呢?"可安脸不由得红了。

徐宫尧笑了。

"这次,言检帮了我大忙,替我谢谢他。"

"为什么要我替你谢谢他,你自己去谢呗。"

"宁总见言检的机会，多过我。"

可安的脸更红了，伶牙俐齿如她，竟也一时接不上话。

"我们，不是你想象的那样。"她垂了垂头，脸上的光彩暗了几分，"你知道，我眼前的路又远又长，我现在并不想把心思放在儿女私情上。"

"有人陪你一起走，不是更好？"

可安拍了拍他的肩膀："不是有你这个好战友并肩作战嘛！"

徐宫尧幽深的眸间，浮了一层光。

她坦然得让他看不到一丝的希望。

"是，无论怎么样，你还有我。"他也让自己笑得自然坦荡。

可安心满意足地点了点头："好了，你先去忙吧。盯着南广那边，一旦有任何新动向，我们就出手。"

她跃跃欲试的样子充满了斗志，徐宫尧感觉到了柳暗花明又一村的欣喜。

是的，这次，是他们翻身的极好机会。

和徐宫尧分开之后，可安去了下一个会议地点。现在，她每天的日常就是开会看文件，从前能避就避，现在她却必须逼着自己去和现实握手言和。

接下来，是每周一次的董事例会。

可安刚走到会议室门口，就听到里面传来聊天声。

"万万没想到，那位不可一世的平总，也会落到这步田地啊。"

今天，最热的话题，无疑就是南广平总被抓的新闻了。

"连这条粗壮的利益线都敢下手去斩，那位姓言的检察官到底什么来头？"

"什么来头我不知道，我只知道，这两年在他手上栽跟头的都是些背景雄厚的高官富商。这胆识，也是没谁了。"

"你们以为这个言泽舟凭什么招摇成这样还没人敢动他。他呀，上头有人罩着呢。"有人忽然插嘴。

"谁？"

所有人的注意力都转移过来，可安的脚步也停住了。

"是傅殷傅老。"

11

傅殷这个名字，可安早几年就在哥哥宁容成那里听说过。

这个人，表面是海城著名的房地产商，但实则商途极广。他资产雄厚，黑白两道说话也颇具分量，但为人却神秘低调，几乎从不在公众场合露面。

"天哪，原来是傅老。"

"傅老的人，哪怕大闹天宫，也没有人敢说个不字啊。"

"那这个言泽舟和傅老是怎么认识的啊？"

"听说言泽舟救过傅老。"

"难怪了……"

可安的心忽上忽下的。

言泽舟和傅殷这样的人物有交情，着实让她吃惊。但是，现在听到了这样的解释，她顿时又觉得合情合理。

言泽舟这样把见义勇为当成家常便饭的人，一不小心在路上救了谁都是有可能的。

他的人脉，来自于他的善良和正义。

他的一切，磊落光明。

会议结束之后，天都黑了。

公司的人都走得差不多了，只有徐宫尧还在加班。

可安下楼，还未往停车场的方向去，就看到了言泽舟的车停在宁氏大厦前的广场上。他立在车头，眼底倒映着一片锦绣华光。

"你怎么在这里？"可安朝他走过去。

"等你下班。"

"等我下班？"可安诧异，她摸出自己的小镜子照了照，"言泽舟，最近我变美了吗？你为什么对我这么殷切？"

言泽舟抬腕看了看表。

"一个小时四十分钟，不知道这样的诚意，足不足以邀请美人一起吃个晚餐？"他把"美"字咬得特别重。

"让你等了这么久，我好惭愧啊。"可安嘴角一扬，眉梢间带着小小的虚荣与得意。

言泽舟伸手，按着她手里的镜子往上一提。

"你自己看看镜子里这张脸，我怎么看不到半点惭愧？"

"呸！"可安伸手去打他。

言泽舟顺势握住了她的手。

"上车。"

"给我个和你一起吃饭的理由。"可安站在原地不动。

言泽舟一挑眉："坏人都抓起来了，难道不应该一起吃个饭庆祝一下？"

可安恍然："说起这个，徐宫尧说要谢谢你呢。他还在公司，不如我去把他叫下来，我们三个一起庆祝一下吧。"她说着，摸到了自己的手机。

言泽舟一把夺下可安的手机，塞回她的包里。他黑着脸，不由分说地揽住了可安的肩膀，将她塞到了他的车里。

"我和徐宫尧，改天再约时间。"

"今晚不是正好吗？"

"今晚我和你正好。"

"……"

12

他们最近的状态，好像一对老夫老妻，白天各忙各的，饭点时却经常坐在一起。

可安看着言泽舟坐在自己的对面，从容地搁落了筷子，抿了一口茶。她的脑海里忽然闪过了这样奇怪的念头。

而这奇怪的念头，在这温馨的氛围里，细细追究，也不突兀。

"吃饱了吗？"言泽舟问她。

"吃饱了。"她咧嘴一笑。

言泽舟盯着她，忽然抽了一张纸，俯过身来，替她擦了擦嘴角。

可安脸一红，慌忙用自己的手去挡住嘴角。

"脏了吗？"她不好意思地问。

"没有。"

"那你擦什么擦？"

"逗你玩。"他眼里涌出笑意。

可安没好气地拂开了他的手。

"走,带你去动一动。"

言泽舟站起来。她匆匆跟着他。

"去哪儿啊?"

"去了就知道了。"

他结了账,把她带回车里。

车子一路往北,直到眼前出现一家跆拳道馆,他才停下来。

"大晚上的,你带我来这里干什么?"可安赖在车上。

言泽舟先下了车,他绕过车头,把副驾驶座的门拉开,顺势松了她的安全带。

"进去练练手。"

"我练这个有什么用?"

"下次再有人欺负你,就不用等别人来救了。"他语调沐风,带着一丝调侃一丝郑重。

可安心口又暖又酸。

言泽舟趁她出神的空当,把她抓下了车。

跆拳道馆宽敞明亮,设施完备。

可安一进门就看到了很多小孩子,他们一个个都穿着白色的跆拳道服,两两结对,或踢腿或擒拿,练得热火朝天。

"你什么意思?竟然让我和小孩子一起练?"可安一把擒住了言泽舟的衣袖,压低了声调质问他。

"你未必比这些孩子强。"他淡淡地说道。

"你看不起我!"

"我看得起你才带你来这里的,我要看不起你,我刚才直接带你去隔壁。"

可安无语凝噎。

隔壁是个体育场,她刚才经过的时候看到,里面有很多老年人在学广场舞。

言泽舟显然是早有计划的，他不仅准备了自己的衣服，连她的也一起准备了。

可安换好了衣服，在镜子前转了个身。这衣服，竟像是为她量身定做的一样合适。

"你怎么知道我穿什么码的衣服？"可安有些兴奋。

"猜的。"

"这你也能猜到？"

"你这干瘪如豌豆的身材，目测就是小号。"

"……"

当她没问。

13

跆拳道馆进门粗一看都是孩子，等到往里，才发现还是有很多成年人的，而这些人里，多为年轻的女孩子。

可安被丢在中间，像是饭锅里滚进了一颗大米，白而晃亮，明明并无特殊，却显得有些格格不入。

言泽舟不知道去了哪里，她东张西望，几经回首，却猛然看到他正立在东南角。灯火飘扬，而他一身白衣，璀璨如雪，吸引了一众谈笑风生的姑娘。

他此时表情温和，满脸耐心，看得她胸腔里蹿起无名怒火。

真是个走哪儿都不让人放心的家伙。

他几时用这样的神情面对过她？

可安气势汹汹地想往他那里去，还未迈步，却被迎面走来的男人拦个正着。

"新来的吧。"那男人喜笑颜颜地同她自我介绍，"我是这里的老师，我姓盛。"

她恭恭敬敬地弯腰。

"盛老师你好！"她嘴上乖得不得了，目光却还恶狠狠地盯着言泽舟。

言泽舟竟然笑了，他那俊郎的侧颜闪着清辉，好看得惹人犯罪。

"新同学和大家自我介绍一下吧。"盛老师说。

她抬手指了指言泽舟："那里还有一个新同学，我去把他叫来一起介绍介绍吧。"

盛老师顺着她的方向看了一眼。

"你说言检啊。"

"你认识他？"

"言检也是我们这里的老师。"

"老师？"

可安瞠目结舌，怎么到哪儿都有言泽舟的传说。

这位盛姓老师好脾气地点头。

"言检不常来，但一来就这样。"

怎样？像朵鲜花一样接受狂蜂浪蝶的膜拜吗？

"很多女孩每天在这里守株待兔，就是为了等言检。"

"他讲课很好吗？"

"言检是跆拳道黑带。"

可安对跆拳道的段位并不了解，只是经常听电视剧里的女主角嚷嚷自己是跆拳道黑带以证明自己有多厉害多百毒不侵。

不过，那种挂在嘴边的虚张声势多半都是假的，而言泽舟这样韬光养晦，隐匿锋芒的却反而是有真功夫。

"你也是冲着言检来的吗？"盛老师忽然问。

"我才不是这样肤浅的人呢，我是来学本事的，不是来犯花痴的。"她眼里燃着熊熊的火，都不知道自己这话听起来多酸。

"那我来教你吧。"盛老师特别热心。

"盛老师，这个我来。"言泽舟的声音在身后响起来。

"为什么你来？"可安回头，不情愿地说。

"因为你资质愚钝，需要慢慢教。"

"你才笨！"

"是愚钝，没说你笨。"

"这有什么区别吗？"

"有，你和猪就这区别。"

"……"

为什么对别人笑，对她就是损？

可安张牙舞爪挥拳去打他，言泽舟按住了她的手，又揉揉她的脑袋，温柔异常。

盛老师恍然："原来你是言检的朋友啊。"

"是女朋友。"言泽舟强调。

可安沉顿了片刻，寂寂无声地看着他。

她能听到自己的呼吸和心跳，混乱无章。

盛老师的眸间像是绽开了一场烟花，明亮惊喜，却不知道在开心什么。他懂事地把空间让出来，留下一个稍显嘈杂的"二人世界"。

"谁是你女朋友？"可安瞪他一眼，低下头。

"你。"他目光如炬，眼里似有真心。

她顿时气短，只能低声反驳一句："胡说。"

他微微一笑："不胡说怎么给你开后门？"

可安强压着心头忽明忽暗的失落，等着他的解释。

他却并不解释。

"来，开始！"

"你去教别人吧。"她赌气转身。

"别啊！"他把她拉回来，"你不要我教，后面可排着队呢。"

他一语道破，她才发现，这两三米开外，虎视眈眈的姑娘一排又一排。

按照盛老师的说法，这些人应该是等了十来天才等来言泽舟一个照面。都是情深似海，良苦用心，凭什么她一来，他就只教她啊。

这要不是女朋友，还真说不过去。

可安撇撇嘴："教不好就投诉你。"

"要连我都教不好，你就不是愚钝，是真笨。"

"……"

14

言泽舟是个细致入微的严师，他从最基础的扎马步踢腿开始，渐渐深入地演示讲解了扣压折腕、挡臂锁肘、过肩摔等动作技巧。

这一来一回间，自然少不了肢体接触。

他的手,时不时就擒住了她的领口,按住了她的肩。

"你什么时候开始来这里做老师的?"可安忍不住问。

"上课的时候严禁闲聊。"

可安啧啧嘴,继续道:"这兼职本就挺香艳的,还有这么多女同学等着投怀送抱,难怪你愿意。"

"我在这里教理论。"他沉着嗓子解释。

"你不亲自教动作?"

"不教。"

"那我……"

"你是例外。"他打断她。

"为什么让我例外?"

"我刚才好像说过原因。"

可安翻了个白眼。

为了证明自己一点都不愚钝,她忽然一步上前,抓住了他的衣领,像他刚才教的那样,试图将他摔倒。

但言泽舟反应极快,他在她扑过去的瞬间,迅速转体,抓住了她的手腕,顶肩发力,一气呵成地将她放倒在地上。

"言泽舟!"可安捂着自己着地的臀,大叫一声,"都这么多年过去了,你怎么还是不懂怜香惜玉?"

言泽舟慢悠悠地在她面前蹲下来。

"要是我不懂,你现在还能这么大声地和我说话?"

"这么说来,我还该谢谢你手下留情?"

"好说,不客气。"

"你不要脸!"

可安一拳挥过去,又被他接个正着。

"姿势不错。"他夸赞道。

"你教得好。"可安咬牙切齿。

言泽舟笑了,笑得如皓月清风一样爽朗。

他伸手揽住了她的腰,将她扶起来。

"好了,先休息一下。"他好言安抚。

可安有自己的小宇宙，他服软了，她还不肯认输。趁着言泽舟意识松懈，她扣住了他的肩膀，使坏地钩了一下他的腿。

言泽舟重心不稳，人就往软垫上倒下去。可安还在他臂弯里，自然也得跟着一起倒。

两个人以交缠的姿势双双落地，但落地之前，他伸手捞了她一下，将她护在了怀里。

他坚硬的胸膛，像是一堵墙，撞得她两眼昏花。

可安揉了揉额角，睁眼看到他正盯着她。

"你要走光了。"他提醒。

可安低头。

跆拳道服本就领子大，她这东倒西歪的一折腾，领口一片春光。

"你色狼！"她立马抬手一遮。

"我什么都没看到。"他如实报告。那一本正经的模样，好像在嫌弃她胸小。

"你能不能有点为人师表的样子！"可安从他身上爬起来。

言泽舟顺势也坐起来，掸了掸手。

"你知道我是老师，那怎么就不懂尊师重教，还敢偷袭我？"

可安不理他，盘腿坐在软垫上揉着自己的腰。

"摔疼了？"言泽舟靠过来，语调温柔。

可安不吱声。

"好，是我错了。"他举双手投降。

"错哪儿了？"

"哪儿都错了。"他迁就至极。

可安忽然觉得，他们这样像极了一对热恋中的小情侣。

这虚浮的表象，让她沉溺。

有那么一瞬间，她甚至觉得他是爱她的。

15

跆拳道馆的门口，遥遥有一个人进来。

"言检！"盛老师跑过来。

言泽舟站起来，整了整衣服。

"傅老来了。"

言泽舟点头，转脸看着可安，又摆出严师的姿态："我去见个朋友，你原地扎马步，不许乱跑，等我回来。"

可安一边在心里默默地抗议，一边把目光投向门口。

傅老，他就是那个传说中的傅殷吧。

可安把目光投向门口。

傅殷很高，五十多岁的年纪，他头戴着鸭舌帽，精神矍铄，英气朗朗。言泽舟站到他身旁时，两个人和谐得如同一幅画。

傅殷拍了拍言泽舟的肩膀，不知说了什么，言泽舟就朝她招了招手，示意她过去。

她犹豫了一下，朝这两个男人走过去。

"听说是小言的女朋友？"傅殷深邃的眸子里带着审度的笑意。

"不，只是朋友。"可安张口即否认。

不知道为什么，她总觉得在这个人的面前，她不能造次。

言泽舟看了她一眼，面色倏然就冷了。

傅殷聪明，他看懂了言泽舟和可安之间的暗潮汹涌，却依旧假装什么都看不懂的样子。

他跳开了身份的问题，先和可安闲话了几句家常，又和言泽舟聊了聊最近的身体状况。

谈话的时候，可安有些紧张，但言泽舟却很从容，没有长辈和晚辈之间的拘谨约束，反而更像是忘年之交，带着一种无畏的亲近。

傅殷只留了一会儿，就借口告别了。

可安看着傅殷上了一辆房车，夜色让他的行踪变得低调至极。

"这个人是谁啊？"

"我朋友。"

"我知道他是你的朋友，我的意思是，你知道他的身份吗？"

"我为什么要知道他的身份？"言泽舟的语气带着淡淡的抵触。

"你交朋友之前，都不问问清楚吗？"她很严肃地看着他，"你不怕别人对你有所企图吗？"

"能图我什么?"他逼过来,气势压人,"不如你说说,你非要和我做'朋友'是图什么?"

可安忽然明白是什么原因让他的情绪凝结到了冰点。

"我本来就不是你女朋友。"她怯怯地瞟他一眼,轻声又补一句,"你刚才不也说了嘛,这是为了开后门弄虚作假的。"

他微顿几秒,眼底的情绪翻山越岭,忽而明朗。

"那不如你做我女朋友,真的。"

16

跆拳道馆一别之后,可安就再也没有见过言泽舟。

那场突如其来的告白,彻底在他们之间竖起了城墙。

她总是会想起那天晚上,他眼底倒映出的那片星光。她觉得自己是在做梦,只有耳畔的风记得,他说要她做他女朋友。

"你开什么玩笑?"她是这样回答他的,带着一丝慌张和逃避,甚至不敢看他的眼睛。

言泽舟到底没有再说什么。

后来,他送她回家,一路都是压抑的沉默。临下车,他却没有失了风度,依旧为她打开车门。

只是,他没有回应可安的那句"再见"。

可安匆匆进了屋,却不争气地躲到窗帘后看他离开的样子。

本该是期盼欢喜的事情,却成了她的一场惆叹。

她只能安慰自己,他只是随口一提,并不过心,才不至于让心头的遗憾和后悔泛滥成灾。

这一个月,可安每天都把自己关在公司,工作成了她最好的伴侣。也唯有工作,让她感觉到踏实。

南广平总下台之后,整个南广群龙无首,平德海的堂弟小平总平林华迅速上位。

徐宫尧抓准时机,多次出面和南广交涉,终于争取到了和平林华的会面。

对于南广这个企业,可安之前下过工夫,这一个多月的巩固,让她信心十足。

徐宫尧也调查了一些平林华的私人资料。

平林华是海归,观念进步且为人真诚,所以,他和奸诈的平德海素来不和,甚至有传言说,平林华当年之所以选择出国,是因为实在看不惯平德海不入流的做派。

这样新鲜的血液流进南广,自然是让人期待的。

可安在去见平林华之前,特地精心打扮了一番。

徐宫尧来接她时,也不由得多看了两眼。

"徐特助,我今天看起来怎么样?"可安一边补妆,一边询问。

"很好看。"徐宫尧的回答有些敷衍。

"你真不会夸女人,难怪没有女朋友。"可安忍不住揶揄。

徐宫尧很平静:"不如宁总教我。"

"这种事情,只可意会不可言传。"

徐宫尧不再作声。

车子到了南广之后,他却执意要和她一起去见小平总。

"你跟着我干什么?"可安不解。

"因为经历了上次的事情,我不太放心。"徐宫尧顿了顿,又追补一句,"况且宁总今天这么明艳动人,尤其需要保护。"

她拍了拍徐宫尧的后背,笑得欢喜:"行啊,徐宫尧,你领悟能力不错,真是孺子可教。"

徐宫尧笑了:"看来我很快就会有女朋友了。"

平林华对于可安的到访,表示热烈欢迎。

可安知道,为了见她,平林华特地回绝了宁稼孟。

"不知平总,为什么不见我大伯,却选择了见我?"

平林华耸耸肩:"回答这个问题之前,不如让宁总先猜个脑筋急转弯。"

可安一怔,这人的思维果然清奇。

"平总请说。"

"为什么一般家庭中,奶奶和孙媳妇关系比较好?"

可安脑中思绪纷飞。

传言平林华与平德海不和,而平德海与宁稼孟交好,与她交恶。想必,这就是答案了。

"因为敌人的敌人,是朋友。"

17
南广小平总笑了,徐宫尧也笑了。

气氛一片祥和。这样的开始,已然成功了一半。

接下来的交谈,畅快肆意但又没有跳出规矩。小平总对于可安和徐宫尧有种一见如故的倾心。

可安始终相信,人和人之间是有磁场的,虽然个性互有差异,但相同的理念能让人发出一样的光芒。然后殊途同归,人海里惊喜相遇,相知恨晚。

小平总最终同意将南广85%的订单交给宁氏,这样空前绝后的信任让可安欢欣鼓舞也倍感压力。

"平总,我是新人,不知道你为什么如此放心?"可安问。

"因为我也是新人。"他笑着,满脸和煦。

新人,才懂新人的干劲、热情和决心。

从南广出来之后,可安心情不错。

徐宫尧依旧平静如初,她已经习惯了他的不动声色,有时候觉得这样的他才让人安心。

"徐特助,要不要去喝一杯?"临上车,她忽然提议。

"回公司再庆祝吧。"

"回公司庆祝?"

可安觉得这个提议奇怪,但也没有细细追究,直到走进公司,看到大厅里早已准备好的鲜花蛋糕和香槟,她才恍然明白,此庆祝并非庆祝首战告捷,而是,今天是她的生日。

"生日快乐。"

徐宫尧温和的笑容在她眼前,像是触手可及的星光。

生日对她来说从来不是一个需要大张旗鼓去铭记的日子,母亲去世之后,更是如此。

"祝宁总生日快乐!"早已蹲好点的同事们一齐跳出来,声势浩大。

这一刻,无关往日恩怨,尽是祝福。

"谢谢。"

可安低头吹熄了蜡烛,只是许愿的时候思来想去,竟觉得无愿可许。

也不是没有期待,而是期待太多,反而不懂如何取舍。索性算了,也不让情绪的小鬼,觉得她偏了谁的心。

"宁总,上班时间喝一杯会被扣工资吗?"助理于佳靠过来问。

"原本是绝不允许的,但今天可以破例。"

大家欢呼起来。

于佳开了香槟,人手倒了一杯,自己却并不喝。可安问她,她狡黠答说:"怕你事后后悔。"

真是,古灵精。

可安并不会说祝酒词,她推了推徐宫尧的胳膊:"不如徐特助你来说几句吧。"

徐宫尧看穿她的局促,仗义举了酒杯。

"希望宁氏在宁总的带领下越来越好。"

这份责任,这份情怀,让人热血沸腾。

喝了香槟,吃了蛋糕,大家就各归其位,继续工作。

可安怀抱着徐宫尧送的白色百合,被那丝丝缕缕的清香蛊惑了神经,好像做了一场梦。

最近一段时间,她失去很多,也得到很多。岁月自有它能量守恒的公式。

而她,在时间的长河里,不过只是划桨前行的摆渡人。

第十章

FENGQI
BOSHENG

风 起 波 生

1

下了班,可安拒绝了所有人的邀请,她开车回了一趟宁家,去酒窖提了宁容成留下的红酒,打算今晚一人独醉。

家里空荡荡的,没有任何人来过的痕迹。

也许,她应该去把言泽舟顺走的钥匙拿回来,那样,就不会再有期待了。

她洗了个澡,换上舒适的衣服,准备了两个高脚杯,软在沙发上喝酒。

一杯归她,一杯留给宁容成。

宁容成生前,爱江山也爱美酒。他时常说,酒是知己,很多慰藉,女人无法给予,但是酒可以。

那时候,可安还会笑他,让他不如和酒过一辈子。现在想来,却是唏嘘不已,那时候,她应该劝他早点成家的。但是,一切都已来不及。

可安一杯杯地下肚,她不懂品酒,囫囵吞枣间酒不醉人人自醉。她好像看到了哥哥,执着酒杯,风月无边的模样。

往年的每一个生日,他都会去看她,无论她在哪里,无论他们相隔多远的距离。

而今年,好像不行了。

因为他们相隔的，是一个人间。

眼泪来得猝不及防，她哭着哭着，就沉睡过去。

酒精作祟，让她睡梦之中都不得安稳，头痛欲裂。迷迷糊糊间感觉身上落了一张轻薄的毯子，她费力地睁眼，就跌进一双深邃的眸。

"言泽舟。"她轻声地呢喃，分不清是梦境还是现实。

"是我。"

言泽舟蹲在沙发前，看着她像是受伤的小鹿一般眨巴着双眼，只觉得这一月未见，好不容易沉淀的感情，再次混浊不堪，汹涌而来。

放得下的，都是思念；放不下的，才是执念。

她何时，成了他深入骨髓的执念？

"你怎么来了？"她伸出一根手指，像是画笔一样临摹着他分明的轮廓。

哪里是他的眉，哪里是他的眼，哪里是他的唇……而他一动不动。

"来给你过生日。"

她的手一顿，像是忽然清醒："几点了？"

"还没到十二点。"

她"咯咯"地笑起来，笑着笑着就不安分地翻了个身，她踢开了毛巾毯，把脚踢向半空。

"没到十二点，那就是说我还穿着水晶鞋是不是？"她精致可人的小脚在灯光下泛着莹莹的光，白玉一样。

"穿着呢。"他认真地回答她。

"那你，是不是驾着南瓜马车的王子？"她醉意盎然，却把童话记得清清楚楚。

言泽舟看着她的眼睛，那里面，纯粹得没有一丝杂质。

"如果我是，你想怎样？"

"我想吻你。"她说罢，就钻过来，像条泥鳅一样滑进了他的怀里。

言泽舟没躲，任由她攀住脖子，主动送吻。

这是一个酣畅淋漓的吻，夹着酒香花香，带着星光月光。唯独不知道，她是不是会像之前那样，醒来就什么都不记得。

"不是说给我过生日吗？"她忽然停下来，"你的生日礼物呢？"

"我。"

"你？"她轻笑出声，"你要把自己送给我？"

"不满意？"

"狡诈。"

"那你收不收？"

她眨眨眼，眼底盎然出笑意。

"不收白不收。"

言泽舟箍住了她的脑袋，狠狠地吻住她。

一个月前的拒绝，一个月后的靠近，他似乎想将这一个月的茫然无措化作一个吻惩罚她。

一寸寸地啃咬，一遍遍地纠缠。

他们在彼此的气息里找到了归宿，灵魂却飘得更远。

2

可安睁眼，头痛欲裂。

房间窗帘紧掩，黑暗铺天盖地。她从床上坐起来，宿醉再次让她失去记忆。

她下了床，先打开了窗帘。

庭院里那辆黑色越野，和阳光一起闯进了她的视线。

可安揉了揉眼，确定没有看错之后，又使劲地掐了自己一把。

"哎哟！"她疼得叫出了声，觉醒的一瞬，转身往楼下奔。

客厅的窗帘全都打开着，阳光铺天盖地，鼻尖是煎蛋的香味，耳边是洗衣机滚动的声音，这样一个温情脉脉的早上，让可安猝不及防。

"言泽舟？"她叫了一声。

厨房里有个高大的身影晃出来。他穿着白色的T恤，烟灰色的长裤，脚踩一双人字拖，居家范儿十足。

"是我。"言泽舟语调懒懒的。

这开场白有点熟悉，但可安一时想不起。

"你怎么又来我家了?"

"先过来吃早餐。"

他把手里两个白色的餐盘放在桌上。餐盘里五颜六色的,看得人食指大动。

"我还没刷牙呢。"

"那去刷牙。"他走过来,从她背后按住她的双肩,将她往洗手间推。

洗衣机还在工作,加了他们两个人的动静,洗手间更加热闹了。

"你在洗什么呢?"她将洗衣机的盖子打开,探头看了一眼。

洗衣机里是沙发套子、毛巾毯,还有……还有她的睡衣?

可安立马低头。

虽然她完全忘了喝醉之后发生了什么事情,但是她记得,昨晚她洗完澡穿的不是这身衣服啊!

"这怎么回事?"可安按着自己的领口,目光在洗衣机和言泽舟之间来回着。

"忘了?"

她茫然摇头:"不记得。"

他轻"嗤"一声:"你倒是撇得干净。"

这语气这神态,跟个受气的小媳妇儿似的。

"到底怎么回事?你什么时候来的?"

"我昨晚来的。"

"来干什么?"

"给你过生日。"他耐着性子帮她理。

"你怎么知道我生日?"

"这不重要。"

可安揉了揉太阳穴,这好像的确不怎么重要,毕竟,她也没有搞清楚,徐宫尧是怎么知道她生日的。

反而是言泽舟,不外乎宁正阳一个消息来源。

"昨晚我喝醉了,然后发生了什么我都不记得了。"

"你一喝酒就断片这毛病,容易惹事。"他揉揉她的脑袋,叮嘱道,"以后别去外面喝酒，危险。"

"我这不是在自己家里喝嘛，是你找上门来的！"可安推开了他的手，越发急躁，"到底发生什么事情了？"

"你问我要生日礼物。"

"我……"可安舔舔唇，"不好意思，我喝醉了胡说的。"

"不好意思的是我，我没有准备礼物。"

"没礼物你给我过什么生日？"可安下意识地回嘴。

言泽舟笑了，朗朗如风。

"所以，我把自己送给了你。"

可安怔住。

洗衣机滚动的声音规律分明，可她的思绪却紊乱无比。

她的睡衣被换掉了，沙发套子和毯子也脏了，难道……

"我不会，在沙发里，把你睡了吧？"她一字一顿，问得丝毫没有底气。

言泽舟沉默。

他的沉默让她更加心烦意乱。

"你倒是说话啊！"

"睡了怎么样？要对我负责吗？"他眼里笑意乱窜。

可安低头，陷入了深深的忧虑。

言泽舟看着她，她白净的脸颊上染着一丝绯红，好似香甜的胭脂。他等着机灵的她识破他的谎言，可她这会儿，却对酒醉的自己如此没有信心。

他压住心头的悸动，终于忍不住伸手，将眼前如此迷糊又直率的人儿揉进怀里。

"别担心，你没把我睡了，你只是吐了。"

3

可安松了一口气，虽然吐了很没有形象，但至少比霸王硬上弓好。

她把言泽舟推开。

"昨晚麻烦你了。"

"是挺麻烦的。"他斜身，撑着洗手台，似笑非笑地看着她，"换衣服最麻烦。"

"你别得了便宜还卖乖。"

"有什么便宜？又没有看头。"

"你看了？"

"不看怎么换？"

可安窘，可又不知道该如何去指责。虽然言泽舟意图不明，但帮一个吐得一塌糊涂的醉鬼换衣服也不是什么轻松事。

见她沉默，言泽舟更肆无忌惮地看着她。

她憋着一团气，侧头半躲半避去摸自己的牙杯，哪知一不小心就撂倒了。幸而眼明手快的言泽舟挽救了回来。

"别欺负它新来的。"他把杯子握在手里，护犊似的放回原位。

可安这才看清楚，这险些落地的杯子不是她的。

"你……"

"我之前买的，你看，果然用到了。"他挑眉，接着又向她展示了他的毛巾和剃须刀。

"你这招登堂入室玩得真好。"

"师出有名，你教得好。"

"我没有不要脸到你这样的程度。"

"别不平衡，我家浴室也摆着你的东西。"

"谁摆的？"

"我。"

他眼里有光，明亮又让人彷徨。

可安摸到自己的牙刷，挤了牙膏，默不作声地开始刷牙。

心头酸酸甜甜的，像是沾到了牙膏泡沫。

一个月杳无音信，她还以为他们之间真的完了，可他现在又突然出现，贴心温柔，无赖霸道，就是绝口不提她拒绝他的从前。

他的决定是什么？

他在无视？还是坚持？

"言泽舟，我觉得我们得谈谈。"

"不用谈了。"他靠过来,"我记得你拒绝了我。"

洗衣机忽然停了,这个不大不小的空间里一片静默。

"那你怎么……"

"死皮赖脸,同样师出有名。"

可安语塞。

她漱了漱口,把脸埋到水龙头下。凉水拂面的瞬间,她忽然自私地想,这样也挺好的。

至少,她还可以常常见到他。

4

宁可安成功搞定小平总,拿下南广85%的订单,这个新闻迅速在宁氏上下传开了。

有人说可安深藏不露,也有人说多亏了徐宫尧背后出力。但不管怎么样,这个翻身仗打得极其漂亮。

宁稼孟站在会议室的门口,看着董事会的人簇拥着宁可安一路走一路聊,走廊深而远,他们的背影逆光又刺眼。

"爸爸。"宁正瑜从他身后出来,轻轻地抬手拍了拍他的肩膀。

"三十年河东三十年河西啊!"宁稼孟轻声地感慨了一句,语气却是不屑的。

宁正瑜没有作声,只是回头看了一眼会议室里的徐宫尧。

他还没有走,正坐在刚才开会的位置上处理着资料。不知道是不是因为听到了宁稼孟的话,他抬头朝他们看了一眼。

这一眼若有似无,却让宁正瑜心头发毛。

这个男人,她一直都知道他很强,可真正变成敌人之后,才发现,原来他比想象中的更强。

她对宁可安的恨,也许就是来自这样的比较。宁可安总能得到比她更好的一切,甚至不费吹灰之力。

"爸爸,我们走吧。"宁正瑜对宁稼孟使了个眼色。

宁稼孟点头,先她一步迈开了步子。

"拿下订单,不过只是一个开始,距离成功还远着呢,我都不知道她得意什么。"宁正瑜嘴角一沉,酸溜溜地道。

"这个小丫头深藏不露,之前是我们太低估她了。"

"表面装傻卖二,实则充满了心机和城府,我早就知道她不简单。也就正阳那个傻小子,天天围着她转。"宁正瑜说起弟弟,表情更加不悦,"我们为了他在公司冲锋陷阵,他却一点都不懂得为我们分担。"

"你弟弟还小,早晚会懂我们的苦心。"

"爸,你就是宠他,要我说,当初就不该惯着他让他去学法律,直接放在公司多好,他那么聪明,若是培养得早,也许现在就是第二个徐宫尧。"

"别给我提这个名字,头疼。"宁稼孟按了一下脑门,又想起一个人来,"你小叔最近怎么不见人影,他在搞什么鬼?"

宁正瑜摇摇头,听宁稼孟这样一提,她才反应过来,宁子季最近真的很少来公司,每次来了,也是匆匆一晃就走。

不知道的,还以为他是来会情人的呢。

"你去调查一下。我听说,他是打算在外面新立门户了。"

"就小叔?"宁正瑜冷嗤一声,"他连个孩子都生不出来,还想生出个新公司来?"

"你这张嘴,差不多就收敛收敛。"宁稼孟瞪了瞪宁正瑜。

宁正瑜撇嘴:"本来就是,小婶每天打扮得花枝招展的,人前人后地秀着恩爱,可就是不见肚子有什么反应,大家都在暗地里说小叔不行呢。"

宁稼孟哼了一声:"少个人来争家产,不是正好?"

"那是。要不是宁可安现在挡在我们前头,整个宁氏都得是我们的。"

"好了,这样的话,等一切顺利了再说。当务之急是盯着宁可安和徐宫尧,一点漏洞都不要放过,至于你小叔那里,也不要疏忽,免得他又杀个回马枪,打得我们措手不及。"

"是,我知道了。"

5

言泽舟去A省出差了。

虽然他们并没有正式确立恋爱关系，但是这次走之前，他特意和她交代了。

可安记得，那天下午，是于佳特地跑来，满脸欢喜地告诉她，楼下有帅哥找。

她当时没想到是言泽舟，等她慢吞吞地下楼的时候，他已经等了好一会儿了。

言泽舟一身从容低调的黑衣，看起来像是要奔赴前线的战士。

见到她，他脸上的冷漠才稍有缓和。

"我临时要去出差，一个小时候后的飞机。"

"关我什么事儿？"可安嘴上轻飘飘的，心里瞬间空落落。

"怕你想我。"

"我才不想你呢。"

"口是心非。"

"你又知道？"

"你脸上写着舍不得我。"

"你脸上写着你不要脸。"

他忽然笑了，抬手揉揉她的脑袋。

"好，是我舍不得你，是我走之前想看看你。"

他难得在话锋上让她三分，这温柔让她心惊胆战的。

"是危险的任务吗？"

"不危险。"

"那什么时候回来？"

"还没走就开始想我了？"

可安翻了个白眼："当我没问。"

"快的话三天，慢的话不定。"

"谁和你一起去？"

"不是女人。"

"当我没问。"

他上前一步，抬手将她圈进怀里。

"可你都问了。"

可安不作声也不动，只是深深地吸了一口气。他身上好闻的皂角香，抚慰着她不安的心。

"没什么要和我说的了？"他的大掌阖在她的后脑勺上，轻轻地摩挲。

可安摇摇头。

他松开了她，叹一口气，像是要把日光都叹熄。

"真是没良心。"

可安站在原地，言泽舟上车扣安全带的时候，还一直看着她。他似乎是在等她挽留，可是，她挽留，他就会不走吗？

她是没什么要对他说的了，那是因为，她想等他回来，慢慢说。

言泽舟就这样走了。

快则三天，可三天已经过去，他却依旧没有回来。

可安没有主动联系过他，一是怕打扰了他的工作，二是怕自己的思念会在听到他声音的那一秒泛滥成灾。

她没有信心，在如此繁忙之余还能控制住灾情。

不过，她每天下班，都会去跆拳道馆练习。

盛老师教学水平很高，人也很好，可安进步很快。但这些，都不是她坚持的理由，她最喜欢的是闲暇时候，听盛老师说起言泽舟曾经的那些趣事。

他不在的时候，听他过去的故事，就好像他正在身边，从未远离。

6

盛老师正说着话，门口忽然传来了声响。

可安盘腿坐在地上，不经意地回头看了一眼。

大门外不知何时多了一辆跑车，车头倚着一个男人，他五官分明，粗粗一看，竟有几分言泽舟的神韵。

可这份相似，是经不起推敲的。

言泽舟无论何时都站如松行如风，但眼前这位，举手投足间总显几分轻浮浪荡。

她一定是太想那个男人了，才在陌生人的身上找他的影子。

盛老师盯着他："又来了。"

可安没有忽略盛老师不快的语气，随口八卦了一句："那是谁啊？"

"傅博。"

"姓傅？"她敏感地捕捉到了什么。

"是的，傅老的儿子。"盛老师把目光收回来，摇摇头有些不屑，"花花公子哥，吃白食不干正事，因为看上了这里练跆拳道的一个姑娘，天天来蹲点。"

可安笑了一下，不予置评。

"傅老最头痛的就是这个儿子，可是打骂不管用，有什么办法，该闯祸闯祸，该惹事惹事，反正捅了多大的娄子都有老子撑腰。"

"你很不喜欢他？"

"谁能喜欢他？连傅老自己，都更喜欢言检。"

话题又绕回言泽舟的身上，可安默默窃喜，她朝盛老师的方向挪了挪，轻声地问："傅老和言泽舟，到底有什么渊源啊。他们看着好像关系很好，不像普通的朋友。"

"的确不是普通朋友，算是生死之交吧。"盛老师眨了眨眼，"这里人人都知道，言检救过傅老，要不是有言检，傅老早就一命呜呼了。"

"一命呜呼这么严重？"

"可不？听说那时候傅老被十几个持刀的歹徒围攻着，幸而言检忽然出现，他以一敌十，分分钟就将那些家伙给撂倒了，才让当时已经血流成河的傅老躲过了一劫。"

盛老师说起以一敌十的时候，手里还比画着绚烂的打斗动作。他眼里闪着一种可安能够读懂的情怀，英雄情怀。

言泽舟啊，是个让男人都倾倒的男人。

"会不会太夸张了？"

"我说的还不是最夸张的版本。你去这附近随便一打听，连街巷里手无缚鸡之力的老太太和牙牙学语的小朋友，都能说出比我这更热血的版本。"

可安笑起来,敢情言泽舟这款,男女通吃还不算,还老少皆宜哪。

"版本不一,就说明真实性还有待考证。"

"我不知道哪个版本是对的,反正,这些都是傅老那里传出来的,又不是言检自己吹的。"

"这我相信。"

言泽舟虽然能言善辩,但是要他吹牛,估计比让他杀牛还难。

"你看看那个傅博。天不怕地不怕,走路都要别人让道的霸王虎啊,唯独见了言检,乖得跟只猫似的。"

"为什么呢?"

"因为他知道,但凡撞到言检的枪口上,言检是绝对不会卖他情面的,而言检要是想动他了,他多纵使能上天入地也不会插手管他。"

"这听着都快分不清谁是亲生的了。"可安开玩笑。

"可不是。就算看着,也是英挺的言检和硬朗的傅老更有父子相啊。"

……

听盛老师把言泽舟夸了个遍,可安才喜滋滋地回了家。

可安回家后没忍住给他发了短信,可是左等右等,等到抱着手机睡着,都没有等来他的回音。

这个男人,不知道又在哪里,给别人当着英雄。

她真想他。

7

又过了两天,言泽舟依旧没有回来,但可安的注意力却不能全然只停留在对他的想念上,因为公司最近出了一件蹊跷的事情。

"你是说,有人在用我的名义,挪用公司的钱?"可安从位置上弹跳起来,牢牢地盯着眼前的徐宫尧。

徐宫尧面无表情地点了点头:"这些钱出去,都是经了你的私章和公司的公章的。"

"不可能,我的私章和公章,每天都带在身边。"她拍了拍自己手边的抽屉,"我谁都没让碰,除了你。"

"所以，我也有嫌疑。"

"你有嫌疑，那还不如直接说，就是我挪用了公司的钱。"

"这么相信我？"

徐宫尧笑了起来，在这个节骨眼上，还能笑得这样清风拂拂，也就只有他了。

"可不，咱俩现在是绑在一条线上的蚂蚱，我不相信你，岂不是自己断自己的腿嘛。"她神色坚定，语调却是上扬的。

"说的也是。"他停了几秒，又忽然问，"不知道绑着我们的，是条什么颜色的线？"

"当然是绿色的。"

他故作失望："我还以为是红色的。"

可安翻了个白眼："红色多显眼啊，绿色是蚂蚱的体色，这样结盟，才低调又不让人看出端倪。"

"有道理。"

"还有道理呢，你都跑题了大哥。"可安没好气地把自己的章从抽屉里取出来，放在办公桌面上，"我们现在可是在谈论正事呢。你说说，你的想法是什么？"

"账户的所有者身份不明，转出去的钱也查不到去向。对方一定是早有预谋，做好了万全准备的。既然我们无法从这个神秘人身上找到突破口，那就只能从自己这里找蛛丝马迹了。"

"什么？你的意思是你怀疑有内鬼？"

"对，要不然这些章你不动我不动，是自己长腿了？"

"可我身边就这么几个人。你、你的助理、于佳……"她嘴边的话语忽然收住了。

"怎么了？"徐宫尧敏锐地察觉到了什么。

可安摇摇头。

"没有，我得再想想。"

"刚才还在一条线上，现在就开始有秘密了？"徐宫尧稍稍撇了嘴。

可安大笑起来。没想到，向来正经的徐宫尧，竟然也还有这样生动的时刻。

"你笑什么?"

"笑你不像你。"

"怎么才算像我?"他有了兴趣。

可安捏了捏嗓子,清咳两声,继而板起脸,学着徐宫尧开会时候那严肃指点江山的样子。他自己都不知道,那样的徐宫尧,有多迷人。

徐宫尧也笑了。

"你笑什么?"可安问。

"笑你真像我。"

8

经徐宫尧这一提点,可安也开始暗中留意起身边的人了。

人都是这样,一旦起了疑心,目之所及,也就谁都可疑。

而这些人里,最奇怪的,就是她的助理于佳了。

于佳一直都是开朗活泼的,但最近一段时间,她都是一个人静坐走神。

一开始,可安只当她是感情受挫或者生活不顺,可久而久之,这种感觉,倒像是做了亏心事在自悔。

说起来,除了徐宫尧之外,能神不知鬼不觉地拿到她私章和公章的人,也就于佳一个了。

但是,她为什么要这么做呢?

可安并没有告诉徐宫尧她的想法,虽然她知道,聪明如徐宫尧,根本也不需要她明说。

她不说,他也不点破。

毕竟,这事关一个人的清白。没有证据之前,再多猜测也不能成为事实。

于佳还是每天都围绕在可安的身边,贴心的时候贴心,粗心的时候粗心,像个大姐姐,也像个没有城府的孩子。

"多面是可怕的。"

徐宫尧如是说。

的确,想想也让人不寒而栗。

这么大的事情，自然是纸包不住火的。

宁稼孟和宁正瑜父女，也开始抓着这个点在董事会上要可安解释。

可安无法为自己辩驳，更无法快速地抓到真正的罪魁祸首，她好不容易树立起来的威信，又如山崖上的石头，摇摇欲坠。

"这会不会是我大伯大姐他们搞的花招？"

"难说。"徐宫尧也没有把握。

如果真的是宁稼孟和宁正瑜的诡计，那么，他们这招一石二鸟，玩得也太剑走偏锋了些。

"那到底要怎么办？"

可安觉得她现在草木皆兵，人家没有动作，她都快神经错乱了。

"既然不能守株待兔，那就只能引蛇出洞了。"

"公司上下现在这么大的动静，恐怕已经打草惊蛇了。"

"对，但是，现在所有眼睛盯着的是你，对方还是可以抓到漏洞。"徐宫尧沉静片刻，继续分析，"如果对方挪用公款的目的是为了周转，那么，推算一下周期，这几天之内，他们应该还会再动手一次。"

"我们要怎么做？"

"我们按兵不动，适时地，也要给对方制造几个铤而走险的机会。"

窗外风起风又静，一切，好像刚刚开始，又好像，早已酝酿多时。

9

下班之后，可安有一场饭局，安排在了宁氏附近的酒店。对方客户是个酒量特别好的男人，今晚，更是放话，要一醉方休。

可安其实最头痛这样的客户。

酒桌上拼来的天下，总让人觉得不踏实。但现实如此，又不得不退步。

徐宫尧已经提前过去酒店打点了，有他在，可安就像兜里揣着定心丸。

于佳入职的时候，就是出了名的酒量好，不仅酒量好，而且玲珑剔透、长袖善舞，特别会活跃气氛。

所以可安在下班的时候，特意把她留下了。

于佳虽然口头上答应了，但是，看得出来，她其实有所犹豫。

这样下班后的应酬,可安从不为难自己的员工。只要于佳说出拒绝的原因,她是绝对不会勉强的。但于佳,似乎也另有打算。

他们一起下楼,等电梯的时候,于佳一直捏着手机,神色恍惚。电梯门打开了,她都没有反应过来。

"不走吗?"可安拍了拍她的肩。

"噢。"于佳跟着进来。

"你最近怎么了?总是动不动就走神,而且脸色不太好。"可安打量着她。

于佳原本皮肤很白,稍稍上妆就会显得精神靓丽,可这段时间,她不仅皮肤蜡黄,连妆都懒得化了。

"没事。"于佳笑了一下。

"是不是和男朋友闹别扭了?"

"没有,我们挺好的。"她神色尴尬。

"算了,我也不多问了。你自己看着办吧,需要的话,就请假休息,身体才是革命的本钱。"

"谢谢宁总,我知道了。"

电梯一路向下,进入停车场之后,可安翻了翻自己的包。

"哎呀,我的章落在楼上了。"她轻叫一声。

于佳回眸:"等下要用到吗?"

"要用的,徐特助特意打电话过来让我带着,瞧我这记性。"可安看着于佳,"你上去帮我拿一下吧,我在车里等你。"

"好。"于佳点头应允。

一切,仿若正合她意。

可安站在原地,看着于佳纤瘦的身子快速地闪回电梯。

她按楼层的样子,比下楼时急躁得多。那模样,就好像濒死的人,又看到了希望。

徐宫尧说过,挪用公款的人,眼下一定急需用钱。

是她了,八九不离十。

停车场里明亮的灯火晃着可安的眼,她忽而觉得心酸又失落,神思复杂得无以言说。这个姑娘,她也曾真诚对待,全心全意去信赖。可背叛突如其来,如今,怕是再也没了挽回的余地。

徐宫尧给她打电话,问她到哪儿了。

她倚在驾驶座上,满身疲惫,回答他:"我在等鱼儿上钩。"

如此不明不白的暗语,也就徐宫尧知道,她指的是什么。好在,这样的默契,他们一直都有。

"这么快就丢出鱼饵了?"

"是啊,快刀斩乱麻,免得夜长梦又多。"

他听出她言辞间的难过,沉默了几秒。

"宁总,要不要我回来?"

可安还没有回答,就看到停车场的门口,公司的警卫成批成批地跑了过来。大厅里所有的声控灯,随之亮了起来。

"好像发生了什么事情。"她一边说,一边快速地推门下车,"我去看看,晚点给你打电话。"

不等徐宫尧应声,可安直接挂断了电话。

"怎么了?"她拦下警卫队长。

"宁总,楼上有人死了?"

"谁死了?"

"具体身份我还不知道呢,就刚才,楼道清洁工报警的,说是一个姑娘在楼道里摔死了。"

可安脊背一凉,惊得半晌说不出话来。

有不好的预感在她脑海里闪过,她掏出手机,快速地拨通了于佳的电话。

于佳的电话正处于关机状态。

可安跟着警卫一路上楼。

楼道里已经围了很多的人,大家都在窃窃私语着什么,空气里飘着一股令人作呕的血腥。

"走开!宁总来了!"警卫队长一声大吼。

人群一顿,瞬时让开了一条道儿。

可安慢慢地挪步到最前头，她的手心里细汗密集，身上却冷得发战。

"宁总，是你的助理于佳。"不知道谁说了一句。

可安双腿一软，幸而被人扶住了。

真的是于佳。

于佳倒在血泊里，纤瘦的身子蜷成了一团，像是一只虾米。她临死前，紧紧地护着肚子。好像，那里有什么宝贝。

"于佳。"可安轻轻地叫了一声，恍惚间想走过去，把这姑娘好好地扶起来。

她刚才还在和于佳说话聊天，于佳刚才还活生生地站在眼前。

可这短短的几十分钟，到底发生了什么？

她不该倒在这里的。

就算她做错了事情，也不该是这样的结果。

她还那么年轻，一切都还来得及啊！

可安心头火辣辣的，眼里也是。

"宁总，你别过去，警察马上来了。"警卫队长小心翼翼地拉住了她。

她挣了一下，似乎还不想放弃。

"宁总！人已经死了。"

死了。

10

徐宫尧在轰鸣的警笛声中下了车。

这一月之间，海城气温突变。由夏入秋，由热转凉，不过转瞬之间。

想想，人心也是如此。

他在人群里一眼就捕捉到了宁可安。她还穿着单薄的夏衫，站在凉风萧瑟的门口，紧紧地抱着肘。

警察在和她说着什么，她面无表情，沉静如默。

徐宫尧快步朝她的方向走过去。

"宁总。"他叫了一声。

可安朝他看过来，她眼里的火苗小小地复苏了一下，又被风吹熄。

"宁小姐,那等案子有进展了,我再联系你。"那位警察合上了做笔录的本子,对徐宫尧点了点头,转身走开了。

徐宫尧静静地在她身边站了一会儿。

来的路上,他已经知道了发生的一切。

"于佳死了。"可安木然开口,声音哑得如同声嘶力竭地哭过。

"警察怎么说?"

"初步判断,是意外。"

徐宫尧不作声。

"是我让她回去拿章的。"她垂着头,"如果不是我忽然想试探她,她根本不会死。"

"宁总,谁也没想到会发生这样的意外,这不关你的事。"

徐宫尧蹲下去,与她平视。

她眼里有晶莹的水花闪烁,随时会落下。

"是我不好,都是我不好。"她喃喃着,呜咽起来,像冷风里被丢弃的流浪小猫。

徐宫尧伸手扶住了她的肩膀。

她在颤抖,那微小的幅度,如绵针,扎进他的手心,疼不是疼,酸不是酸。

宁容成去世的时候,她那般完美地控制了情绪,让他措手不及。

这一刻,她脆弱突至,在情绪面前,成了丢盔弃甲的败兵,同样让他无法招架。

"宁总。"

他靠过去,深吸一口气,像下定了某种决心,轻手轻脚地将她拥在怀里。

她没动,乖得让人心疼。

他稍稍用了力,搂着将她提起来。

"一切,都会过去的。"

11

于佳的死,虽然以意外定案,但仍然疑点重重。

那一晚,宁氏楼道里所有的监控录像不知所终。没有人知道,于佳死

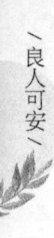

的时候，经历了什么样的恐惧和痛苦。

挪用公款的事情，因为于佳的死，彻底断了头绪。而让可安打击最大的是，于佳死的时候，已经怀有两个月的身孕。

她忽然就明白了，于佳留在人间的最后一个姿势，是什么意义。

徐宫尧俯身，将一枝素白的菊花放在灵前，深深鞠躬。

于佳的母亲正坐在角落里，她眼睛肿胀，泪水还在不住地往下流，像是一具没有灵魂的躯壳。

可安蹲在那位妇人面前，拉着她的手，轻声说着什么。

徐宫尧走过去。

"阿姨，您放心，以后，我会代替于佳好好照顾您的。"这一字一句，是安抚，也是承诺。

妇人并没有什么反应，眼神空洞，拒人于千里之外。

又有吊唁的人过来，徐宫尧将可安扶起来，把位置让出来。

"阿姨，那我先回去了，改天再来看您。"

"……"

"走吧。"

徐宫尧拉着可安往门外走。

屋外晴空万里，天气明媚得让人觉得老天无情。

徐宫尧的车就停在前面的榕树下，可安随他走了两步，又回头，停下来。

"徐宫尧，你说于佳会不会恨我？"她的眼神虚渺，像山中雨雾。

"也许离开，对她是一种解脱。"徐宫尧收拢了黑色西装的门襟，"挪用公款的事情，已经确定是她所为。"

"就算这样，也罪不至死。"

"这件事情，我会继续让人跟进的。"徐宫尧看着她，"你不用太自责，如果是意外，那只能说人各有命。如果另有隐情，那更与你无关。"

可安扬了一下嘴角，苍凉无奈。

"自从哥哥去世，我一脚跨进这个圈子之后，我就觉得我彻底变了。任何事情在我眼里都不再单纯，我处处算计利益，罔顾人心。现在，更是一不小心扼杀了两条生命，我和那些无情冷血的刽子手，有什么区别？"

"你不一样。"徐宫尧目光坚定。

她默然自嘲。

"宁总,其实我一直想问你,当初宁氏藤椅造成孕妇流产的品质案,你是怎么知道,董事会的人合伙算计你的?"徐宫尧话题一转。

"在记者招待会之前,我去医院探望过那位孕妇,她老公我见过。记者招待会上丢我鸡蛋的那个男人,根本不是那位孕妇的老公。所以我猜到,是董事会的人自导自演牺牲我博同情。"

"对。"徐宫尧点头,"意外发生伊始,真正冷漠的商人都是坐在会议桌前权衡利弊,而真正有爱的人,才会出现在医院里关怀伤者,抚慰人心。正如现在,董事会的人正在商讨如何把挪用公款的丑闻以一人之死做决断。而你,却在自责,却在对一个陌生的妇人承诺她的下半辈子。"

可安眸色幽幽,安然素静。

徐宫尧温柔一笑。

"这,就是你的不一样。"

12

于佳死后一周,整个宁氏风平浪静。似乎所有人都忘了这个人的存在,只是偶尔,在茶水间里听到那些八卦的女同事小声谈论起这个名字,和她肚里那个来历不明的小孩。

于佳的神秘男友,一直没有现身。

意外发生的那个楼道,成了人人避而远之的雷区,就连清扫卫生的阿姨,都不敢一个人往那里去,必须拉上警卫壮胆。

有人说,一到晚上,楼道里就会传来女人和孩子的嘤嘤啼哭。怕是,冤魂不散呢。

谣言滋长,人心惶惶。

徐宫尧通过总务,特意发表严厉通告,明令禁止一切鬼神说,若有发现,当即开除。

可安还是深受此事的影响,精神状态一日比一日差,在各种会议决议时,虽大错没有,但小错不断。

\良人可安\

董事会的人对此颇有微词。

"啪!"

可安刚从会议室里走出来,就与迎面而来的人撞了个满怀。她手里的文件资料纷飞散落,洋洋洒洒地掉了一地。

撞她的人是宁子季,宁子季久未露面,最近已经开始上班了。

"小叔。"可安叫了一声。

"走路都魂不守舍的,你在想什么?"宁子季冷漠地扫了一眼这满地狼藉。

"还能想什么?想被自己害死的一大一小呗。"宁正瑜从会议室里出来,眉角一挑,话锋肆意。

"你胡说什么?"走在宁正瑜身后的徐宫尧厉声一喝,然后替可安把地上的文件白纸都捡起来。

"徐特助,你这么凶干什么?我只是实话实说,可不是什么鬼神说,你不会连我都想开除吧?"

可安瞪了宁正瑜一眼:"我白天不做亏心事,半夜不怕鬼敲门,真正该心虚的人,不是我。"她说罢,接过了徐宫尧递过来的文件,转身就走。

宁正瑜在身后冷嗤:"每天恍恍惚惚的,不是心里有鬼,难道还真是在惦念死者吗?真是好笑……"

一走廊的静默。

可安的脚步有些凌乱,但她极力克制着情绪。

没一会儿,徐宫尧追上来。

"下班,我送你回家。"

"不用,我已经没事了,不能总麻烦你。"

"不,是我麻烦你。"

"嗯?"

"我要加班,但是我一个人在这里害怕,所以要你等我下班。"徐宫尧冲她眨眨眼。

可安知道徐宫尧是想逗她,她很给面子地笑起来。

"好,那我等你。"

13

和徐宫尧一起走出公司，天已经黑了。

海城喧嚣的夜生活才刚刚开始，但可安的心却特别宁静。窗外的景稳稳在眼前掠过，就如时间的沉浮。

徐宫尧的车子在她家门口停下，她自己推门下车。

路灯很亮，她走了两步回头，看到徐宫尧的车还在原地没有掉头。

她停下来，朝他挥了挥手。

"要我送你进去吗？"徐宫尧开了车窗，抬肘倚在窗沿上，悠然一笑，不似往日的稳重，带着一丝调侃。

她最近变得沉默很多，但他，因为她的沉默，却反而开朗起来。

他总有办法，和她互补。

"不用了，我胆子真的没那么小……"

可安话音未落，遥遥看见徐宫尧的车后闪过一个如鬼魅般的白影。

她愣住了。

"怎么了？"徐宫尧察觉到她的异样。

"没事，我有点眼花，你赶紧回去吧。"她镇定地对徐宫尧扬了一下嘴角。

徐宫尧还在犹豫。

那白森森的影子再次一晃而过。

可安确定自己看到了。

"啊啊啊啊！"纵然心里百般克制，却还是忍不住尖叫了起来。

徐宫尧快速地推门下车，朝她奔过来。

"到底怎么了？"

可安吓得抱住了自己的脑袋，闭着眼睛死命地摇头。

"有鬼！我看到有鬼！"

徐宫尧张开双臂，立马将她抱住了。

"不会的，你一定是看错了。"

"我看到了！真的看到了！"她反复强调，声音已经起了哭腔。

徐宫尧虽然不信,但是怀里的女人抖得那么厉害,这样程度的惊吓,让他不得不在意。

"告诉我,在哪里?"

"就在你的车后面。"

可安紧紧攥着他的衣襟,把头抵在徐宫尧的肩膀上,遥遥往后一指。

徐宫尧按着她的后脑勺,回头看了一眼。

什么都没有,但她的恐惧和依赖,却是真实存在的。

他知道,她不是个胆小的女人,但是,这段时间她经历了太多的打击和诟病,她的精神状态,特别脆弱。

"那里什么都没有。"徐宫尧轻声地安慰着她。

"有,我真的看到了,两次。"

"你不信我的话,你自己再看看。"徐宫尧侧身揽着她,让她往门口那个方向看过去。

可安小心翼翼地睁开眼睛。

微弱的光蹿进她的瞳孔,她模模糊糊地看到那里有一个黑影站着。

"啊!"她下意识地往徐宫尧怀里一躲。

徐宫尧稳住她,却没有作声。

因为,他也看到了,这会儿门口的确站着一个人。

那人修长挺拔,在黑夜里也如此夺目。

"好像是言检。"徐宫尧缓缓地道。

"言泽舟?"

可安木然地抬起头,定定地再看了一眼。

那个人,正朝他们两个慢慢地走过来。黑暗里他的表情模糊,但轮廓清晰。

真的是消失许久的言泽舟。

14

言泽舟目光冷厉,眼前相拥在一起的这对男女,让他的脚步有些沉重。

他本想掉头走开的,但是,他们看到他了。他不想就此失了风度,也是真的很想她。

他回来了。

下飞机的第一件事情,就是想见她。

他往前走了几步,忽然,眼梢灵敏地捕捉到了一个白蒙蒙的影子,那个影子,正鬼鬼祟祟地躲在墙角后张望着什么。

"谁在那里?"

言泽舟脚步一转,横穿花坛,飞速朝墙角方向跑过去。

那个白影意识到自己已经暴露了,慌慌张张地想要逃跑。无奈,这一身飘飘然的夸张行头太累赘,刚跑了两步就被追过来的这个男人按住了脖子。男人身手矫捷,下手带着情绪,极狠极重。

"装神弄鬼的干什么!"言泽舟一脚踢弯了对方的膝盖,压着他的肩膀,让他跪在地上。

"啊!饶命啊!饶命啊!"白影大叫一声。

可安和徐宫尧闻声,也往这边跑过来了。

"怎么……怎么回事?"可安盯着眼前这个被言泽舟制伏的人。

他披着一身素色的白布,头上挂着又黑又长的假发,整张脸涂得红凄凄的,在路灯下触目惊心。

这就是刚才在她眼前来回两次的"鬼"。

徐宫尧也反应过来了,原来,可安吓成那样,是真的看到了什么。

"谁让你在这里吓人的?"徐宫尧走上去,一把掀了那人的假发。

那白影男人"哎哟"地叫了一声,抬手按住了自己的头皮。

"问你话呢!快说!"言泽舟又补了一脚。

虽然,他并不清楚整件事情的来龙去脉,但是,这个人吓唬宁可安,就已经踩到了他的底线。

"我……我也不知道那个人是谁啊。"

"不知道?"言泽舟的脚用了力。

白影男人双手合十地比着求饶的手势。

"那人给了我一千块钱,让我在这里晃两下就成。这钱这么好赚,我当然抵不住诱惑,我错了,我真的错了,大侠你饶命啊!"

"报警吧。"可安冷冷地出声。

这一切已经很明显了。

有人知道她因为于佳的死心存愧疚，故意借此来吓唬她，好让她忧思不断，惶惶不安。如果能得什么精神疾病，从此不理"朝政"，那就再好不过了。

这样的事情，谁能干得出来，她猜得到。

徐宫尧看了看言泽舟，言泽舟对他点了点头。

警察很快就过来把人带走了。又是一番口供，一番折腾，却没有任何结果。

夜很快就深了，浮躁不安的人心在夜幕下渐渐归于沉静。

可安坐在大厅里，看着言泽舟。

那么久没有见面，他黑了也瘦了，下巴上青色的胡楂让他看起来有些沧桑但显得男人味十足。

15

他回来了，就像一阵风一场梦，让她无法感受到真实。

这一刻，她不知道自己该用什么情绪去面对他。

她很累。

徐宫尧正在和言泽舟说话，可安站了起来。

"我先上去睡了，你们谁最后走，记得帮我关门。"

两个男人同时朝她看过来，但只有徐宫尧应了声，言泽舟沉默。

可安没管他，是久别再见没错，但他高兴走就走了，高兴来就来了。所以叙不叙旧，也得看她的心情。

上楼洗了个澡，可安躺在床上却翻来覆去睡不着。

言泽舟替她抓到了装神弄鬼的人，她心里的疙瘩算是真正解开了。

这世间哪有什么妖魔鬼怪，任何恐惧皆由心生。是她自己不好，才让别有用心的人抓到了可乘之机。

她可以偶尔软弱，但不能一直任人欺凌。

这一切，也该放下了。

可安翻了个身,细细地听着楼下的声响。

庭院里有车子发动的声响,不知是谁先走了。她从床上跳下来,跑到窗户前,悄悄撩了一角窗帘。

正在掉头的是徐宫尧的车。

言泽舟并没有开车来,这会儿,也没有搭徐宫尧的车一起走。

他是不打算走了吗?

这个念头在可安脑海里一闪而过,她更睡不着了。又在床上翻腾了一阵,她终于忍不住下楼。

大厅里的灯亮着,但并没有人。

可安找了一圈,才在门廊里看到他。他正耐心地检查着窗户和门锁,想必,刚才发生的一切,也让他心有余悸。

"你怎么还不走?"可安抱肘,倚在柱子上。

言泽舟闻声回头。

她站在灯光下,头发懒懒地落在肩头,眼神不明。宽大的棉布睡衣罩在她的身上,松松垮垮。

他的目光落在她胸口的卡通图案上,夸张幼稚又可爱。

"原来这才是你正常的睡衣风格。"他感慨。

可安猛然想起之前在酒店为了撩拨他,故意买的那些性感睡衣,谁能想到,破功来得这样猝不及防。

"才不是。我今天只是……"她捂着胸口的卡通图案想解释,但想了想又闭嘴,"关你什么事啊!"

言泽舟气势凌人地朝她走过来。

可安不自觉地往后退了一步。

"你想干什么?"她话音刚落,他已经一把将她打横抱了起来。

"天气凉了,你这样光脚踩在地上,会生病。"他没好气地说着,手却不自觉地掂了掂她,宠溺至极。

言泽舟的身上,并没有熟悉的皂角香,相反,是一股陌生的,好像来自远山深林的味道,间或,还混杂着淡淡的消毒水味。

"是啊,你这一来一去,天气都凉了。"

可安从他怀里挣下来,在鞋柜里给自己找了双拖鞋穿上。

"想我了?"他的嗓音低沉。

"没想。"她不解气地瞪他一眼。

"我看也没想。"他靠过来,将她抵在鞋柜上,"我不在,你和徐宫尧处得挺好是不是?"

"那是,我们每天都培养感情。"

他轻声地呵了一口气,似笑非笑。

可安感觉到莫名的危险正悄然逼近,她想从他的臂弯里逃出去,可才扬手推他,他已经低下头来,重重地将唇压向她。

她偏头一躲。

言泽舟捏住了她的下巴,将她扳回来,又重新吻住。

她再躲。

言泽舟直接将她抱起来,扣在怀里。

她无处可逃,躲亦无法躲掉。

他的吻又深又狠,像是要把她吞进肚里吃掉。

可安软软地挂在他身上,从负隅抵抗到缴械投降,中间是如何过渡的都不知道。等她反应过来时,他已经完全成了她的主宰。

不仅是她的身体,而且还有她的灵魂。唇齿相依的纠缠,终于让她感觉到了真实。

他回来了。

终于回来了。

意乱情迷间,可安的手不自觉地朝言泽舟的腰环过去。

他忽然抽手按住了她。

吻停了。

他松开了她。

可安舔了舔发麻的嘴角,撑着鞋柜调整自己的呼吸。

他没事人一样,悠然地看着她。

"我明天开始休假。"

"关我什么事?"可安红着脸扭开头,想转身走又被他扣住了手腕。

"休假的意思是,有时间可以每天和你培养感情。"

"我没时间。"

"我可以等。"

"等也没用,我白天很忙。"

他薄唇一扬。

"白天不行,晚上更好。"

"……"

16

梁多丽靠在天台的栏杆上,风很大,她的马尾摇摇晃晃,不时抽打到她的脖子,有些麻,有些疼。

她的思绪很乱。不知从什么时候开始,她常常陷入这样混乱无章的状态,像一个漩涡,稍不甚,都可能致命。

可她,无法自救。

医院的大门口,遥遥地开进来一辆黑色的越野车。

她定了定神,确定那是言泽舟的车。

车子进了停车场。

她从自己的口袋里掏出了手机,把静音模式取消,期待着手机能够响起来。可等了好一会儿,手机都没有响。

也是,他怎么可能是来找她的呢。

梁多丽从栏杆上抽身,迈步下了楼,在走廊里看到了言泽舟。

走廊里来回都是白衣飘飘的护士,而言泽舟穿着深色的衬衫,稳重英挺,看起来格外扎眼。

认识他的护士都忍不住同他搭讪,问他是不是来找梁医生的。

可他摇摇头,说:"我找顾医生。"

护士们都故作失望地唏嘘,但他很礼貌地笑了。

梁多丽静静地跟着他。

顾医生的办公室在走廊的尽头,言泽舟熟门熟路,等走到门口时,他抬手敲了敲门,里面很快传来了应门声。

言泽舟推门进去，又合上了门。

梁多丽站在拐角，没有动。

顾医生是医院里年纪最大的外科专家，他一生治过无数的刀伤枪伤，当年言泽舟死里逃生，后续的治疗，都是由顾医生跟进的。

所有人都知道，言泽舟和顾医生感情很好。

顾医生子女都在国外，言泽舟有空的时候，经常会去陪顾医生喝茶、下棋，解解孤寂。

但是，言泽舟很少来医院找他。

今天突然过来，是发生了什么事情吗？

梁多丽想了想，脑海里有不好的念头闪过，但是，她没有动。

约莫等了半个多小时，言泽舟才从里面走出来。他还是那样，笔挺卓越，走路带风，看不出任何异样。

"泽舟。"梁多丽叫住了他。

言泽舟回眸，看到她的时候，笑了一下。

"这么巧。"

"你怎么来这里了？"她一边问一边打量着他。很久不见，他黑了点，但看起来更精神，也更加俊朗。

"找顾医生有点事情。"

"又受伤了吗？"

"不是。"言泽舟面无表情，丝毫没有露出端倪。

"你别骗我。我等下去问一下顾医生，就什么都知道了。"

言泽舟不语。

"我猜对了，是不是？"

梁多丽朝他走过来，她的手下意识地抬起来。言泽舟却往后退了一步，没有让梁多丽的手碰到。

"没事，只是小伤。"他淡淡的。

梁多丽苦笑："阿姨说你去出差了，但她一个月都联系不上你。我就知道，你一定又是去做什么危险的事情了。"

"别告诉她。"

"你也知道我们会担心你吗?你为什么总是这样?你已经不是那里的警察了,你现在是海城的检察官,就算那里发生天大的事情,就算那里的战友再需要你,你都没有义务冲到前线去扛枪挡子弹了,你知不知道!"

言泽舟黑眸镇静,波澜不惊。

他不为自己说一句话,但沉默,就是他最好的答案。

梁多丽眼里泛着泪花。

她不懂。言泽舟,他的心到底有多大,才能装下那么多的责任与正义?

17

可安虽然不确定言泽舟会不会真的如他所说的那样在家等她,但是下午的会议提早结束之后,她就没有再安排工作了。

车子刚开到家门口,她就看到了言泽舟。

言泽舟正站在庭院里,拿着剪刀,专注地修剪她的花花草草。

可安把车开进去,停在他的车边,下车的时候按了一下喇叭。

言泽舟闻声转头,见到是她回来了,他放下手里的东西,朝她走过来。

虽然已经入秋,但是秋意未浓,院里的花草依旧葱翠繁盛。言泽舟自这片葱翠中走来,翩翩不凡。

"你又在干什么?"她问。

他回身随手指了指:"没看出来吗?我在拈花惹草。"

可安打量他一眼。

他衣袖轻挽,一身的干净雅致,半点不像个辛勤劳作的园丁。

"万花丛中过,片叶不沾身,你道行不浅啊。"她揶揄。

他靠过来,与她并肩。

"我对得道成仙的事情不感兴趣,只想在牡丹花下做个风流鬼。"

可安扬眉:"那也得问问牡丹花愿不愿意。"

他收敛神色,忽而深情。

"那我问问,愿意吗?"他看着她。

可安脸一热,转身不理他,哪知旋转太急,高跟鞋的细跟一下卡进了鹅卵石的缝隙里。

"哎哟!"

她东倒西歪的时候,他坏笑着把胳膊送过来让她扶着。她倔强不接,还气急败坏地推了一下。

"有你这么不庄重的牡丹吗?"他教训着,伸手将她抱起来。

"有你这么不自重的鬼吗!"可安挣了挣。

"别用力,真想让我变鬼是不是?"他装作表情痛苦。

"放我下来,我又没有让你抱。"

"好好好,是我自己想抱。"他用下巴抵住可安的发心,商量着,"你就安分忍忍,让我抱你进去好不好?"

可安静下来,不吵不闹了。他身上有皂角香,也有淡不可闻的药味儿。

"你是不是不舒服?"可安警觉。

"是不舒服。"

"哪里?"她紧张。

"心里。"他噙了一下嘴,"对徐宫尧投怀送抱的,让我抱一下还得求爷爷告奶奶。"

"……"

他一步一步,走得又稳又踏实。

可安沉在他臂弯里,像是躺在母亲怀里的婴儿,舒服自在又有安全感。

"我不在,你过得好吗?"他忽然问。

可安仰头看了一眼,他表情严肃,让人不知意图。

"吃好喝好睡好。挺好的。"她贫嘴。

"难怪。"他恍然,"其实我昨天就想说了,你胖了,抱着越来越沉。"

"是你虚。"

"你越界了。"他沉声提醒,"虚不虚可是男人的自尊问题。"

"胖不胖同样是女人的自尊问题。"

"那我们扯平。"

"谁和你扯平了,我胖不胖群众的眼睛是雪亮的,你虚不虚谁能给你作证?"

他忽然低头,把唇贴到可安耳边:"我只想你来给我作证。"

"……"

18

进了屋,可安上楼换了衣服。

下来的时候,言泽舟已经在厨房里忙开了。

"需要我帮忙吗?"可安进去。

"不用。"他菜刀一挥,指着水槽的方向,"你去那里站着。"

"站那么远干什么?"可安不乐意。

"热油不会溅到。"

"我相信你的炒菜技术。"

"我不相信。"他开玩笑。

可安听话站远,顺势打量起他,他精窄的腰身上系着她的围裙,粗粗一看,竟也莫名和谐。

他先配菜,等一切准备就绪,才正式开炒。

这流程,专业得好像受过高人指点。

可安全程不参与意见,只负责在他身后打下手,递递油盐酱醋,递递水。

几个菜下来,他们的配合越发精进有度,有时只要他一抬手,她就知道他要的是什么,连话都不用讲。

"我们上辈子一定是夫妻,才能这么默契。"他说。

"也可能是敌人。"她泼冷水。

"怎么说?"

"为了百战不殆,所以知己知彼。"

"有道理。"他点点头,"上辈子的事情就让它过去,这辈子我们好好处着。"

"你说好好处就好好处啊?凭什么总听你的?"

他微微一笑。

"行,那听你的。"

菜很快上了桌,他虽然很少下厨,但是手艺一点都不比她差。

可安大快朵颐,在他面前全然不顾形象。

他时不时地往她碗里夹上一筷子菜,温柔提醒:"慢点,谁和你抢?"

是没有人和她抢,可这样的时光,仍然让她想要小心翼翼地收藏。

"你前段时间去哪儿了?"快要吃完的时候,她忽然问。

言泽舟戳向汤盘的筷子一顿。

"出差。"

"不是说很快回来吗?怎么去了那么久?"

他搁落了筷子,敛眉。

"临时出了点变故。"

气氛忽而就沉了。

可安看出他避重就轻不想多谈的样子,也就不问了。她收拾了自己的碗筷站起来,往厨房走。

言泽舟还坐着,没动。

不一会儿,他放在餐桌上的手机忽然响了起来。

言泽舟看了一眼,屏幕上显示的是可安的号码。

"你干什么?"言泽舟握着手机站起来,他走到厨房门口,对里面的可安晃了晃手机,"隔着一扇门,想和我说话也不用这样委婉吧。"

"原来能通啊。"可安撇撇嘴,"我还以为你换号码了呢。"

他沉默地看着她。他不是不懂她的意思,但是,这一刻,就是想听她继续说下去。

"那之前我给你发了那么多短信,你怎么没回呢?"

"那么多是有多少?"他朝她走过去。

"你没收到?"

"我去的地方信号不好。"

"骗人。"

"真的。"他站定在她的面前,抬手悄然握住了她的下巴,"你还说你没有想我?"

他的瞳仁乌亮如哑光宝石。

可安静静地,感受着他的摩挲。

"发你短信又不代表想你。"

"那是干什么？"

"找你有事。"

"什么事？"

"过时不候，现在说已经没有了意义。"她低头，情绪微动。

言泽舟想起昨晚，徐宫尧对他说起的那些事情。

朦胧的月色下，那个男人眼底的爱慕与心疼明亮又动人。

他忽然就很后悔，没能在她最需要的时候，陪在她身边。

言泽舟伸手，轻轻地拥住了她。

"以后，我一定随时让你找到。"

19

合力做饭，合力吃饭，又合力洗碗。

可安觉得，这样的日常，才是男女平等的正确打开方式。

"你什么时候回去？"她靠在沙发里，看着言泽舟端了两杯水从厨房出来。

纵使他真的在休假，那也不用一天一夜都赖在她这里不走吧。

"看个电影再走。"

他放下水杯，绕过了茶几，拿出了早已准备好的器具箱。

可安盘腿，看着他变戏法似的，稍稍一动作，就把客厅变成了一个小型的电影院。

言泽舟关了灯，客厅里一片黑暗，投影布上渐渐出现了清晰的影像，音箱里的声音同步跟着。

一切，完美又浪漫。

"什么电影？"可安顿时来了劲儿。

"恐怖电影。"

他走过来，坐到她边上，那一本正经的样子，丝毫不像是瞎说。

"恐怖电影？"可安低呼一声，"你要我和你一起看恐怖电影？"

"不合适？"

"当然不合适。"她摇头，"你让我和你一起看鬼片，你这是安的什么心啊？"

"司马昭之心。"

可安瞪着他，黑暗里，她的瞳仁像是两颗小火球。

他捏了捏她的脸。

"你见到'鬼'的时候，看起来比较主动。"

这是意有所指。

可安瞬间就明白了，言泽舟是还在对那晚她抱着徐宫尧的事情耿耿于怀呢。

真是够小气的。

"我不要看，我怕。"她从沙发上跳起来，想逃。

言泽舟一把握住了她的手腕，将她拉回来，按到自己的身边。

"以毒攻毒，以后就不怕了。"

可安嘤嘤求饶："我等下会不敢睡觉。"

"那更好，我不用走了。"

"……"

屏幕上已经出现了恐怖的画面，耳边音乐也很是慑人。

可安进退无路，只能挨紧言泽舟的胳膊，硬着头皮坐着。他俊朗的侧颜轮廓忽明忽暗的，明明那么好看，她却觉得像恶魔。

真是霸道。

电影开头刻意营造的恐怖氛围很快就过去了，情节渐渐走入佳境，可安也一点一点地被吸引。

原来，所谓的鬼故事，暗藏了那么温暖感人的前因后果。

恐怖只是个噱头，而电影背后要传达的情怀，才让人震撼。

每一个"鬼"，都曾是谁深爱的人。

可安想起了那晚将她吓得失控的那个"白影"，想起于佳，也想起哥哥……

这一瞬间，好像什么都不再害怕，好像什么都可以释怀。

"你相信这世间有鬼吗？"她问他。

"不相信。"

言泽舟起身，去把灯打开。

一室莹莹的灯火，点亮了她水光潋滟的眸。

"我以前也不相信，但是哥哥去世之后，我真的很想相信。因为只有这样，我才能说服自己，他还会回来看我。"

言泽舟倚在吧台上，沉默地看着她。

她好像刚刚哭过，那红红的眼圈，在他心里烙下痕迹。他觉得有些疼，有些麻。

"但是，今天之后，我不会再傻了。"

言泽舟扬了一下唇。

她是那么聪明，永远一点就通透，让别人觉得欣喜，让别人觉得为她做什么都有意义。

"过来。"言泽舟张开双臂，"告诉我你看懂了什么？"

可安扶着沙发软垫站起来。

她走向他的每一步都很慢，很郑重，好像仍有顾虑，却被牵引。

"珍惜眼前人。"她轻声说。

言泽舟眼底一片深情，他快速将她收进怀里，紧紧抱住。

- 未完待续 -

【官方 QQ 群：555047509】

每周丰富多彩的群活动，好礼不停送！
作者编辑齐驾到，访谈八卦聊不停！

扫一扫看更多图书番外，作者专访

图书在版编目（CIP）数据

良人可安 / 轻轻著. -- 贵阳：贵州人民出版社，
2017.4（2020.3重印）
ISBN 978-7-221-14035-7

Ⅰ.①良… Ⅱ.①轻 Ⅲ.①长篇小说—中国—当代 Ⅳ.①I247.5

中国版本图书馆CIP数据核字(2017)第054650号

良人可安

轻轻 著

出版人	苏 桦
出版统筹	陈继光
选题策划	杜莉萍
责任编辑	唐 博
特约编辑	雁 痕
封面设计	颜小曼
内页设计	米 籽
封面绘画	Cherolia
出版发行	贵州人民出版社（贵阳市观山湖区会展东路SOHO办公区A座 邮编：550081）
印　刷	三河市华东印刷有限公司
开　本	880×1230毫米 1/32
字　数	282千字
印　张	9.5
版　次	2017年4月第1版
印　次	2017年4月第1次印刷 2020年3月第2次印刷
书　号	ISBN 978-7-221-14035-7
定　价	48.00元